O Mar em Casablanca

FRANCISCO JOSÉ VIEGAS

O Mar em Casablanca

EDIÇÃO APOIADA PELA DIREÇÃO-
GERAL DO LIVRO, DOS ARQUIVOS E DAS
BIBLIOTECAS/PORTUGAL

CULTURA
DIREÇÃO-GERAL DO LIVRO, DOS ARQUIVOS E
DAS BIBLIOTECAS

GRYPHUS

© Francisco José Viegas e Porto Editora
Publicado originalmente em Portugal pela Porto Editora, 2009
O autor é representado pela Bookoffice (http://bookoffice.booktailors.com/).

Revisão
Maria Helena da Silva

Editoração eletrônica
Rejane Megale

Capa
Martin Ogolter - Studio Ormus

Adequado ao novo acordo ortográfico da língua portuguesa

CIP-BRASIL. CATALOGAÇÃO-NA-FONTE
SINDICATO NACIONAL DOS EDITORES DE LIVROS, RJ
....
V712m

Viegas, Francisco José
    O mar em Casablanca / Francisco José Viegas. - 1. ed. - Rio de Janeiro : Gryphus, 2019.
    254 p. ; 21 cm. (Identidades, 20)

    ISBN 978-85 -8311-131-3

    1. Ficção portuguesa. 2. Ficção policial. I. Título.

19-56226   CDD: P869.3
                                                             CDU: 82-3(469)
....

GRYPHUS EDITORA
Rua Major Rubens Vaz 456 — Gávea — 22470-070
Rio de Janeiro — RJ — Tel.: (0XX21) 2533-2508 / 2533-0952
www.gryphus.com.br — e-mail: gryphus@gryphus.com.br

*Veles e vents han mos desigs complir faent
camins dubtosos per la mar.*[1]
AUSIÀS MARCH

*Las únicas autobiografías interesantes son las de los
grandes policías o la de los grandes asesinos, porque
de alguna manera rompen ese molde deprimente y
real de que el destino de los seres humanos es respirar
y un día dejar de hacerlo.*
ROBERTO BOLAÑO

*Las cosas de la vida y las de la muerte son
las mismas, solo que unas suceden a las siete
e las otras a las siete y media.*
ÉLMER MENDOZA

---

1 "Velas e ventos os meus desejos cumpram/ seguindo os incertos caminhos do mar."

Onde se escondem as pessoas que não querem ser vistas?

1

DEBRUÇADO SOBRE O VAZIO, O HOMEM PASSARIA POR UMA ESTÁTUA numa noite de chuva. Noites destas eram vulgares quando vinham as primeiras neblinas de novembro – e as manchas de nevoeiro passavam pelos feixes de luz amarelada dos candeeiros da ponte. Nuvens baixas, podia ser. Nuvens que tinham descido até à cidade e a deixavam molhada. Primeiro, pegajosa, manchada de poeira. Depois, com o tempo, apenas molhada, escorregadia, obrigando o trânsito a circular com lentidão, as portas dos cafés a fecharem-se. Não havia ainda o frio do inverno, rigoroso, silencioso – ao longe, o rumor nas ruas, despedindo-se do dia. Folhas de árvores arrastadas pelo vento, juntamente com lixo e jornais abandonados nos parques.

Daquele lugar via-se o mar, mesmo em frente. Uma ondulação baixa, permanente. A crista das ondas, muito branca, fria, riscando o corpo negro das águas. Havia uma estrada, ao fundo e à esquerda, que contornava as rochas e se dirigia para os antigos bairros de pescadores depois comprados a preço baixo por gente que queria viver diante do mar e transformou a curva do rio em zona de luxo, um planisfério de novas burguesias – mas apenas um luxo intermédio, assaltado por noites de tempestade quando o mar subia pelas rochas e chegava à estrada; um luxo que já não era romântico, como o fora há dez ou vinte anos, antes de haver promotores imobiliários falidos e de a cidade se separar, de novo, dos subúrbios – mas a estrada estava lá, menos solitária, menos suja. E estava também o pequeno ancoradouro, debaixo da curva que escondia os rochedos, o último ponto em que o rio era rio e passara a ser engolido pela água salgada do oceano, escura e opaca. E havia a outra estrada, também iluminada de laranja, seguindo pela margem direita do rio por entre retratos do que a cidade fora no princípio do século passado: muros de cimento erguidos contra as cheias e a maresia, contra a neblina e a curiosidade, decorados com palmeiras e tílias, jacarandás que mal floriam, palmeiras que foram atração dos viajantes de bonde, pequenas ruas que subiam para uma ermida solitária onde um parque abrigava carros que estacionavam a meio da noite ou ao entardecer. Restaurantes de paredes envidraçadas tinham-se multiplicado ao longo da margem do rio para lhe dar um ar mais cosmopolita, pequenos parques nasceram para albergar gente que passeia aos domingos de manhã, ciclistas da madrugada, homens solitários que correm a horas insuspeitas, suados, sacrificados, felizes.

E, no meio, pelo meio, o monstro negro das águas do rio. Não bem o monstro, afinal: só aquele corpo negro que estava para lá do nevoeiro, sobre o qual dançavam aves noturnas (com alguma concentração podiam ouvir-se, sim) e que se preparava para o confronto com o mar. Por isso, a figura do homem debruçado sobre o vazio parecia a de uma estátua, uma dessas que se instalam por dois ou três meses num ponto de passagem de trânsito, arte móvel, como se dizia. Havia várias, espalhadas pela cidade. Mas nenhuma como aquela, vestida, o cabelo despenteado de um homem de meia-idade, a gola de um blusão puxada para cima, uma estátua viva, imóvel mas viva diante do corpo negro e profundo do rio que corria lá em baixo. Depois, tudo aconteceu como numa sequência preparada com rigor e antecedência: visto da estrada, debruçado sobre o rio, o homem parecia abandonado à ventania sob a luz alaranjada dos candeeiros da ponte. E gotas de chuva miúda, afinal. Poeira de água, desfazendo-se, dançando no ar frio da noite. Um carro parou no meio da ponte, a vinte metros. Atrás dele parou outro, com os pequenos faróis piscando, intermitentes. Do primeiro deles saiu um homem que fechou cuidadosamente a porta antes de subir para o pequeno passeio que quase nunca era utilizado, como se calculasse o tempo que lhe levaria a percorrer os vinte metros que o separavam do outro, o que parecia uma estátua. Começou a caminhar, as mãos ao longo do corpo, pendendo, uma gabardina escura levantada pelo vento. Vinte passos, trinta passos – a dois metros, o homem estacou, encostou-se ao varandim da ponte, meteu a mão esquerda no bolso das calças, usou a direita para passar pelo cabelo despenteado. Dois passos mais.

"Andava à sua procura", disse ele, dando o passo derradeiro que colocaria o outro ao alcance do seu braço – mesmo que não o estendesse. "Está uma noite boa para vir passear, eu entendo. Está aqui à espera do inverno?"

Um pequeno passo mais e ficaram lado a lado, os dois olhando em frente, ligeiramente para baixo, enfrentando o vazio escuro que os separava do rio, o corpo negro do rio. Encostou-se ao varandim e recomeçou a falar:

"Ali à direita. Veja bem. Eu jogava bola ali, há trinta e tal anos. O Campo do Grou, lá em cima, rodeado de árvores. Descíamos até ao cais, a correr. O meu pai passava o fim da tarde numa daquelas tabernas que de tempos a tempos eram engolidas pelas cheias do rio, à volta do Cais das Pedras. Fazíamos o que faziam todos os rapazes: íamos até ao Passeio Alegre dependurados nos bondes, atirávamos pedras contra as janelas da Alfândega, aprendíamos a fazer cavalos-de-pau de bicicleta ali ao lado do Marégrafo. Está tudo mudado. Acho bem, sabe? Estava tudo podre, tudo sujo, tudo a precisar de conserto, de mudança. Mesmo assim, quando passo por lá, vinte anos depois, ainda sinto o cheiro de sardinhas fritas nas tabernas da Cantareira. Iscas de bacalhau. Estou a falar-lhe de comida porque sei que é um assunto que lhe interessa. Estou a fazer um esforço, demorei muito a encontrá-lo. Estou nisto há quatro ou cinco horas e gostava de me ir embora, mas também tenho de levá-lo comigo. Prometi."

Pela primeira vez olhou bem para o rosto do outro, que se mantinha silencioso, olhando sempre para o mesmo ponto da escuridão. Notou-lhe um estremecimento. Não no rosto; nos ombros. Uma espécie de arrepio. Há quanto tempo o conhecia? Vinte anos? Talvez menos.

"Quer fumar? Trouxe-lhe um charuto. E fósforos. Está bem, ficamos os dois aqui pendurados sobre o rio, calados, à espera que seja dia. Gostava de me ir embora, mas tenho tempo."

Ficaram ali. Nenhum dos dois falou durante um bom bocado. Observavam as luzes dos barcos, entre a chuva miúda e o nevoeiro que se adensara sobre o rio. Os faróis dos carros que seguiam para a Foz. A ondulação branca do mar naquele ponto em que o rio deixa de ser rio. Os rochedos. A língua de areia que se estende até ao molhe, e onde os barcos dos pescadores tinham sido recolhidos. Depois, quando ele se preparava para relembrar, já com voz mais impaciente, que tinham de ir embora – o outro antecipou-se, perguntando sem desviar os olhos:

"Que charuto é esse?"

"Montecristo, Edmundo. Fui comprá-lo antes de vir para aqui."

E depois: "Estava com saudades da sua voz, chefe. E diga-me, o que está a fazer aqui? Nenhuma asneira, espero."

O outro mexeu-se, finalmente. Apoiou-se no corrimão da ponte e olhou-o de frente como se confirmasse que já não estava sozinho:

"Vim aqui parar, Isaltino. Vim aqui parar e por alguma razão deve ter sido."

"Distraiu-se, andou por aí."
"Levas-me para onde?"
"Para casa, chefe."
"Vim aqui parar sem saber como, e não sabia sair."
"Está a chover, vamos embora."
Tomou-lhe o braço e puxou-o. Começaram a andar pela ponte fora, na direção do carro, um protegendo o outro, o mais novo protegendo o mais velho, amparando-o pelo meio da chuva. O outro carro continuava parado, lá atrás, as luzes intermitentes.

Depois, o mais novo deles abriu a porta e o mais velho entrou no carro, o blusão molhado, os sapatos molhados, o cabelo molhado.

"Há quantos meses é que eu estava aqui, Isaltino?" perguntou o homem, já sentado, olhando para o céu através do vidro do carro.
"Umas horas, acho eu."
"Pareceu-me muito tempo. Tudo isto dura há muito tempo", disse ele, aceitando o charuto que Isaltino lhe estendia.

2

Os sonhos de Jaime Ramos: o violoncelo

HAVIA UMA NEBLINA ESTRANHA, A IMAGEM era esta: uma neblina estranha, uma névoa que oscilava de um lado a outro do cenário – um bosque. No centro do bosque, um lago. No centro do lago, um barco. No barco, alguém toca violoncelo. Jaime Ramos não ouve nada, a princípio. Depois, entende os primeiros acordes de uma melodia desconhecida. Mas só isso – os primeiros acordes –, porque os sonhos são mudos, como se sabe. Uma neblina sem cor, uma melodia que não se ouve, um céu que não existe, um rio que não corre. Mais tarde, depois de acordar, enquanto acende a primeira cigarrilha do dia, junto da janela, encostou os dedos ao vidro e pressentiu o ruído da rua mas teve medo de sair de casa. Era uma coisa rara, ter medo; era uma coisa nova, ter medo de sair de casa.

3

Semanas antes. Havia relâmpagos a meio da noite. Clarões entre o arvoredo, todos se lembravam dos clarões entre o arvoredo. Os carros iluminados e salpicados de água, os relâmpagos refletidos no lago diante do hotel, quase todas as janelas iluminadas na noite de novembro como uma recordação de glória e romance. A frase foi repetida aqui e ali, admirada, reescrita como um testemunho e uma despedida: uma recordação de glória e romance.

O hotel, que albergou os refugiados da Monarquia e os primeiros luxos da República, despedia-se do século seis anos depois de ele ter passado, quase cem anos depois de ter sido inaugurado às escondidas. O casal, um homem e uma mulher de meia-idade, ele de smoking, ela de vestido preto, abriram o baile – havia uma orquestra que tocou pela primeira vez nessa noite depois de todos terem aplaudido o cozinheiro, um homem de quarenta anos e barba rarefeita que foi apresentado aos convidados a meio da sobremesa. Uma sala cheia de admiradores, ele sempre sonhara ser aplaudido daquela forma.

"Ele é um dos artistas desta noite", disse então a mulher, sorrindo de pé no meio da sala, junto do microfone que seria depois utilizado para o resto dos discursos da noite, sob os lustres refletidos nos espelhos das paredes, ligeiramente inclinados. Ela: cabelo negro caindo sobre os ombros, uma madeixa no rosto, a perfeição de uma atriz atuando no início de um espetáculo em que nada falha, em que os olhares se concentram naquele círculo de luz no meio da sala e de onde sobressaía aquele vestido preto e comprido. Ele: dois passos em frente. Uma ligeira vênia, genuflexão aprendida, estudada, milimetricamente ensaiada, repetida durante a tarde, já com o casaco branco de chefe, com aquele sorriso que cativou os convidados, o nome e o monograma a azul-pérola, uma madeixa caindo sobre o lado esquerdo da testa.

"Melhor a coreografia do que a sobremesa", sorriu ele, quase sussurrando, o olhar passeando entre as mesas, de mesa em mesa, pousando aqui e ali, empurrado pelos aplausos. Soube-se depois que ele dissera a frase piscando o olho. Sobrevoando a sala com ironia.

"Não é a melhor parte da festa", disse a mulher em surdina, só para ele, deixando-o sob os aplausos dos convidados e afastando o microfone. "E que tem a sobremesa?", ela perguntou baixinho, sem deixar de sorrir.

"Um vinho errado." Outra vênia.

Há fotografias penduradas na parede, antigos hóspedes que autografaram os retratos, visitantes do restaurante, famílias de há cinquenta anos, setenta, oitenta. Há um óleo em formato gigante: arvoredo de outono, folhas soltas num caminho que atravessa a montanha, uma luz acastanhada, febril – a mulher e o chefe recuam sob os aplausos, cada um toma o seu caminho enquanto as palmas esmorecem e os convidados se voltam para as mesas, cumprida a homenagem. Ela regressa ao seu lugar, um homem ergue-se e afasta a cadeira para que ela se sente, o smoking ligeiramente menor do que o tamanho indicado, mas ninguém notaria. Ele, rodeado dos cozinheiros, do maître, do escanção, do general manager, recua como um bailarino até à porta que leva à velha sala do café da manhã, mal iluminada por um lustre de museu. O escanção saúda-o, apertando-lhe o braço naquele instante em que a música regressou à sala. Eram dez e meia da noite.

Todos recordariam também o momento em que começou a trovejar, ao fim da tarde, um relâmpago iluminando o terraço comprido onde tinha chovido à medida que o hotel recebia os hóspedes mais tardios para a noite triunfal, carros estacionados, guardadores recolhendo as chaves dos carros, duas recepcionistas oferecendo as boas-vindas.

"Sejam bem-vindos", elas vestidas de tailleur vermelho muito vivo e maquilhadas nessa manhã, profissionais, de pé atrás do balcão, entregando chaves, indicando o caminho do elevador. Na maior parte das vezes, casais que vinham para um fim de semana derradeiro naquele hotel escondido no meio dos bosques. Malas nos elevadores. Salas de jogos, uma mesa de sinuca, outras mesas cobertas de flanela verde, luminárias, lâmpadas amarelas, luz mortiça, tênue, filtrada, um final de tarde de sábado, as nuvens sobre a copa das árvores mais altas. Cedros, abetos, pinheiros, carvalhos, castanheiros, bétulas gigantescas rodeando o canal onde um barco a remo tinha sido deixado amarrado em memória dos passeios antigos, dos verões antigos.

Antes da inauguração, há cem anos, o pequeno rei ficara alojado no quarto, exatamente aquele, diante do lago, as portas abertas para uma pequena varanda. Cem anos antes, o pessoal alinhado e engomado e bem vestido na escadaria aguardava o desfile de carros e carruagens que subia a estrada de terra vinda da colina de vinhas e oliveiras – estava previsto que, cem anos depois, à medida que os convidados abandonassem o hotel, despedindo-se, deixando atrás de si o grande casarão cor-de-rosa, o toldo de riscas, os candeeiros de ferro forjado, os dois torreões laterais, sob a luz tardia de um domingo de novembro, cada carro daria duas voltas inteiras em redor do lago e seria aplaudido pelos criados e pessoal do hotel: general manager, o gerente, dois administradores, camareiras, porteiros, recepcionistas, escriturários, contabilistas, criados de mesa, um escanção, dois bagageiros, um dos cozinheiros, o gerente do campo de golfe, dois jardineiros, a chefe de lavanderia, até um médico, o médico privativo do hotel. Treinaram os aplausos durante a semana, mediram o compasso, calcularam o tempo que cada carro levaria para completar duas voltas ao lago. O pequeno rei subiu esta escadaria, ouviu os aplausos cem anos antes sob o rugido dos trovões, o vento atravessando a floresta, o primeiro frio do ano, que lhe seria fatal.

E houve aquele instante em que a trovoada regressou e o primeiro relâmpago da noite iluminou o terraço e as poltronas abandonadas à chuva, lá fora. Arvoredo. Clarões entre o arvoredo. Pequenos charcos que escorriam pelo saibro. Os faróis de um carro subindo a alameda e afastando-se depois para trás. Nessa altura a orquestra já tocava, o chefe tinha recolhido à cozinha depois de festejado pela sala inteira, o grupo seguiu em fila indiana, disciplinado e treinado, o escanção ficara ligeiramente para trás, havia duas garrafas de Porto desalinhadas sobre uma das mesas de apoio, à entrada do restaurante.

"Que Porto?"

"Não sei bem. Talvez os vintage, mereciam mais cuidado."

"Eu gostava de saber."

"É importante?"

"Se for vintage, sim, é importante."

"Posso saber."

"Agradecido."

"Depois do jantar, as garrafas de vintage ficaram guardadas nos armários do restaurante. Não no balcão. Ficam sempre guardadas lá, um vintage deve ser bebido na mesma semana. Estas ficaram de certeza."

O gerente do hotel olhou de novo para aquele homem que não tinha feito a barba nessa manhã e que, sentado num dos bancos altos do balcão do bar, sem se mover, olhava para o cenário em que tudo se tinha passado: as mesas usadas na noite anterior, os sofás ocupados pelos retardatários, as poltronas do terraço, a sala de restaurante, o hall de madeiras avermelhadas, a escadaria com as suas duas grandes colunas de mármore, a claraboia no terceiro andar, por onde descia uma luz cinza, escondendo o céu da primeira hora da manhã. Apenas os olhos se moviam, ele notou. Como se estivesse a meio de um exercício, treinando a memória para depois enumerar objetos, sombras, cores, os elevadores dos anos setenta que destoavam naquele ambiente do princípio do século anterior, os tapetes ligeiramente gastos, os odores ligeiros de tabaco e de comida que se cruzavam à entrada do bar, as agulhas dos pinheiros ou as folhas dos plátanos que amareleciam ao fundo da alameda que dava para o enorme portão verde do hotel. E os restos da noite. Pequenas migalhas recolhidas nas alcatifas, depois do jantar, um banquete para cento e vinte e seis pessoas escolhidas a dedo, convidadas pessoalmente, eleitas para assistir à última noite de vida do hotel que depois seria quase desmantelado e reconstruído.

"Estavam bem vestidos", disse o homem de roupa escura, gravata cinza, um cetim de cinza brilhante, o cabelo como se nunca tivesse sido necessário penteá-lo. "E toda a gente vestia de preto. Ou de branco."

"Só preto e branco?"

"Há sempre gente que desobedece", concedeu com tristeza.

"Uma festa assim merece alguma consideração. Classe, concentração, esforço. Dedicação. As pessoas vestem-se, preparam-se, tem de haver alguma cerimônia, em memória dos tempos mais antigos, os dias de glória, se me entende."

"Uma recordação de glória e de romance."

"Perdão?"

"Uma recordação de glória e de romance. Está escrito no convite para o jantar."

"Isso mesmo."
"Havia charutos?"
O homem de terno olhou para o outro, de frente, e viu-o mal barbeado, de jeans, sapatos gastos e de borracha, a t-shirt cinzenta, o blusão escuro, os dedos cruzados sobre os joelhos, tamborilando sem ruído. Tinha esquecido esse movimento há pouco: os dedos tamborilando, o resto do corpo imóvel. Viu-o deslocado naquela sala de tons escuros e tranquilos de onde se via chover através das vidraças, umas janelas altas e limpas, os reposteiros afastados, cortinas enroladas, as mesas limpas, flores mudadas nessa manhã em pequenas jarras de porcelana branca.
E, de repente, teve pena de si mesmo, obrigado a atender aquele sujeito, a responder-lhe, a olhá-lo:
"Havia. Há sempre. Temos dois umidificadores. Geralmente, os charutos vêm de Espanha e são mantidos pelo chefe de mesa. É responsabilidade dele."
"Cubanos?"
"Mais de cinquenta por cento. O resto, dominicanos, jamaicanos, hondurenhos. E acho que açorianos. Não fumo, sei de ouvir dizer. Também é importante?"
"Não. Só curiosidade. Questão pessoal."
"Pode ser preciso."
"À sua disposição."
Ficaram os dois suspensos daquele silêncio do bar abandonado à primeira hora da manhã. Por volta das quatro havia, cálculo superficial, quinze ou vinte convidados rodando no salão, dançando, pares que se arrastavam por mais um instante, eles já sem o casaco do smoking, uma nuvem de fumaça junto das mesas onde a orquestra ia pousando os instrumentos desnecessários, reduzindo de doze para dez e de dez para oito elementos, depois apenas o pianista de cabelo em rabo-de-cavalo (o contrabaixo foi o penúltimo a abandonar o palco), curvado sobre o teclado,

olhando para o único par que sorria e já não dançava – ambos foram servidos de champanhe, um criado apareceu de entre os cortinados escuros, de veludo grená, segurando uma garrafa que retirara de um balde de gelo. O pianista escolheu uma melodia conhecida para encerrar a noite, enquanto o casal saía e atravessava o hall, na direção dos elevadores. Uma vênia mais dos criados que aguardavam o final. Uma recordação de glória e de romance, a última antes de o elevador partir para o terceiro andar transportando o casal, cada um deles levando o seu copo quase vazio. Na meia hora seguinte o silêncio absoluto foi apenas interrompido pelos ruídos irregulares que vinham da cozinha, onde – pela última vez – entrara a equipe da manhã, que vinha preparar o brunch. Serviço a partir das onze, como estava impresso no convite. Para o café da manhã dos madrugadores estaria disponível uma outra sala a partir das dez. Haveria cestos com farnel se alguém saísse mais cedo, mas ninguém encomendou.

"Ninguém saiu mais cedo. Está tudo a dormir. Ainda ninguém se levantou, aliás", o homem de terno escuro confirmando, espreitando o relógio. "Dez menos um quarto."

Foi então que o outro, confirmando a hora pelo seu relógio, desceu do banco alto e lhe perguntou, enquanto procurava qualquer coisa nos bolsos do blusão:

"E quem encontrou o corpo?"

"Não sabemos. O telefonema foi depois das cinco e meia. E antes das cinco e quarenta e cinco."

"E quarenta e cinco."

"Seis menos um quarto."

"Eu sei fazer contas."

4

Imaginemo-lo visto do céu. Na altura, alguém sugeriu que tentassem voltá-lo ainda na água, mas todos ouviram essa frase e ficaram paralisados:

"Imaginemo-lo visto do céu."

Ele disse a frase enquanto, com o olho direito semicerrado, acendia uma cigarrilha escura que retirara do bolso do blusão: "Imaginemo-lo visto do céu", e guardou o isqueiro, olhando em redor, para aquela clareira aberta no coração do parque, protegida pela copa dos grandes cedros e abetos, como se procurasse alguma coisa específica, ou nada em particular: um sinal na vegetação, entre os buxos, nos canteiros de tulipas transplantadas, entre as roseiras. Ou pegadas, provavelmente, porque se demorou uns minutos a inspecionar o chão de saibro e os caminhos que iam dar ao campo de golfe – por um lado – ou aos campos de tênis – descendo a colina. Alguma coisa. Uma nuvem de fumaça, azulada, contrastando com o verde e castanho do parque, o cheiro do tabaco no meio dos musgos. E então olhou para o céu, erguendo o rosto para a luz cinzenta da manhã. Daí a minutos começaria a chover, aquela chuva miúda que mal se ouvia a cair. Os quatro homens que rodeavam o cadáver formavam um semicírculo de fantasmas vestidos de escuro, três deles vestindo impermeáveis compridos, até aos tornozelos, azuis, com capuz e monograma do hotel – apenas o polícia permanecia indiferente à chuva, a cigarrilha pendendo do canto da boca, como se não prestasse atenção ao corpo abandonado no chão. Vinte metros à direita, o jipe que os guardas tinham feito chegar até ali, com uma das rodas enterrada na areia.

"Viemos logo", informou um deles quando um dos homens da Judiciária – o mais velho – saiu do carro azul-escuro deixando os vidros abertos, apesar da chuva. "Arrastamo-lo para a margem, mas achamos que era melhor deixá-lo ali. Quem souber fazer as coisas, que as faça agora. A cada um o seu mister. Fizemos bem?"

"Quem é ele?"

"O gerente do hotel já foi ver. Um dos convidados da festa. Grande festa, raio de festa, uma festa de encerramento do hotel. Vai estar fechado dois anos."

"E onde está o gerente do hotel?", perguntou o homem.

"Foi lá para dentro há uns minutos. Diz que é uma chatice, isto tudo. Há cento e vinte convidados a dormir."

"Cento e vinte e seis", corrigiu ele, apontando a cigarrilha para o corpo estendido na margem. "O que não altera muito as coisas. Vamos vê-lo."

"Não se espante."

"Eu ainda me espanto com muitas coisas", murmurou ele, voltando-se para o polícia mais novo, que já se aproximava da água, falando ao telefone.

"E fizemos bem?", voltou o guarda.

Ele olhou-o, sério. O guarda tinha um bigode de outro século, como o hotel, e – de perto – viam-se duas gotículas de água da chuva num dos cantos.

"Sim. Fizeram muito bem. Como é o seu nome?"

"Rodrigues. Sargento Rodrigues. É muito raro isto acontecer no Vidago, inspetor. Não estamos habituados, mas vê-se muito nos filmes. E nos regulamentos."

"É o progresso, amigo Rodrigues. Algum dia teria de chegar ao Vidago. Faça-nos um favor: não deixe ninguém andar por aqui, mande vedar isto, desde o lago até ao caminho ali ao fundo. Vamos ter muito que fazer por aqui."
"Só uma pergunta. Veio logo um inspetor assim, como o senhor, por alguma razão?"
"O médico disse que eu preciso de fazer ginástica de vez em quando."
"Estou vendo. Mas vir do Porto ao Vidago é como se não houvesse ginásios no Porto."
"Estão fechados aos domingos, sargento."

Os guardas reuniram-se perto do jipe, de costas voltadas para o pequeno lago que se afunilava sob os dois teixos e os rododendros que sobreviviam debaixo da camada de musgo dos troncos. Ficou de pé, as mãos atrás das costas, a cigarrilha dependurada da boca, olhando primeiro para os ramos das árvores e, depois, para o corpo que tinham retirado da água, coberto por uma espécie de espuma esverdeada, a mesma que flutuava no canal. Ele lembrava-se do canal, mas era uma imagem que só existia na sua memória e apenas durante o verão, quando havia ruídos ao longo do parque, ruídos e vozes de crianças vindas da piscina monumental, de azul-claro, aquele burburinho das mesas e o tilintar de copos no terraço. Um mergulho na água transparente da piscina, sobre um azul de azulejo. Quantas vezes estivera ali? Três, quatro. Talvez quatro. Apenas uma vez em pleno inverno, depois de uma viagem extenuante pelas velhas estradas que entretanto tinham sido abandonadas, entre florestas que arderam e campos que foram sendo conquistados pelas vilas do planalto. Havia uma lareira na velha estalagem atrás do hotel. Serviam aguardentes antigas, silenciosas, em balões aquecidos. Havia sofás. Tapetes junto da lareira. Quartos com grandes janelas de vidro de onde se viam os pinhais, a vegetação que tomara conta das colinas, o céu cinzento da manhã seguinte.

Rosa gostara daquele quarto aquecido, voltado para as montanhas, os cumes cobertos de granitos disformes, rochas escuras recortadas no horizonte. E gostara do entardecer na sala do velho restaurante onde os criados se movimentavam em silêncio, durante o jantar, durante o almoço, durante a hora do chá. Ele limitara-se a guiar pelas estradas que levavam a cruzamentos perdidos nas colinas das serras, e na sua memória tudo isso se passara num inverno qualquer, mesmo que tivesse acontecido durante o verão. Essa geografia vinha de outro mundo e esse era o mundo da sua infância; não tinha com ele uma boa relação, nem sequer uma relação. Limitava-se a reconhecer o cenário: fumaça a erguer-se sobre as aldeias ao final da tarde, em crepúsculos densos e frios, ou a neblina de calor que tarda em desaparecer dos sopés das montanhas, durante o mês de agosto; os rios, os animais, as nuvens, os muros dos campos, os choupos, os castanheiros, as vinhas, a história da sua família, os pais que tinham morrido há tempo demais, os cemitérios em ruínas, o sotaque, o pão, o vinho. Ele não fora talhado para essas coisas nem para essas memórias. Rosa costumava dizer que havia uma incompatibilidade entre ele e o mundo da natureza, mas não era bem isso. Simplesmente, não tinha relação com esse mundo.

"E que mundo é o teu?"

"Não sei. Esta casa. Um dia depois do outro."

Ele compreendia a pergunta, mas gostava de não pensar na sua terra – o que poderia ser invulgar num transmontano do princípio dos anos cinquenta, educado pelo amor das neblinas e pelo temor das insolações. E pela ideia de que havia nobreza na pele muito branca das mulheres das montanhas, onde se notavam mais os sinais rosados da boa saúde ou da abundância de geadas e de cieiro. Ultimamente pensava muito na paisagem das montanhas, nos vales escuros do rio, que o enviavam à sua adolescência, antes do serviço militar e da fuga para a cidade.

"És feliz aqui ou queres voltar à tua terra depois da reforma?", perguntara-lhe Rosa depois. Ou uma noite destas. Ou há uns anos, tanto fazia. Não se lembrava quando fora, mas a pergunta fazia eco desde essa altura, sobretudo quando aquela onda de nostalgia voltava para inquietá-lo e ele propunha uma viagem pelas serras, subindo e descendo por estradas sinuosas, escuras, percorrendo florestas abafadas e úmidas.

"O meu cheiro preferido", ele dizia. Mas não era. Era apenas uma paisagem – um negrume no limite do céu, ao crepúsculo. Um retrato de uma beleza de outrora, aquele que se podia ver do alto dos miradouros e das ermidas abandonadas, em ruínas. O seu cheiro preferido não era aquele, indefinido e carregado de arvoredo. Esse cheiro ele nem recordava; apenas o reconhecia se a paisagem lhe lembrava a infância: a fumaça dos crepúsculos, na sua aldeia, o ruído dos vales. Realmente, ele não tinha cheiro. Precisava de um, como toda a gente, mas tudo na sua vida dependia das horas do dia – e, por isso, ele sabia que não iria voltar à sua terra depois da reforma, porque a sua terra tinha acabado, um vendaval tinha eliminado a sua memória para impedi-lo de ser um velho nostálgico.

Junto do ancoradouro havia um cesto de lixo e foi lá que esmagou o resto da cigarrilha, enquanto se voltava para o outro polícia, que se erguera e sacudia as pernas, depois de ter estado ajoelhado junto do cadáver.

"Já está?"
"Por mim."
"Quem é ele?"
"O gerente do hotel já foi ver. Ainda está tudo a dormir."
"Era bom que estivessem todo o dia a dormir. Precisamos de mais uma ou duas horas. Vamos ter com o tal do hotel."
"E isto, chefe?", perguntou o outro, apontando para o corpo.
"O chefe não quer vê-lo? Vai ficar aqui?"

"Mostra lá, Isaltino, mostra lá, não há morto que te apareça que não queiras fazer dele a estrela da companhia", ele encolhendo os ombros, encaminhando-se para a beira do lago e preparando-se para se ajoelhar ao pé do morto.

O homem estava vestido de smoking e continuava calçado, a pele escurecera, suja e manchada de líquenes, folhas de árvore que tinham caído na água do lago, saibro amarelado da margem para onde fora arrastado. A camisa com o colarinho desapertado, o laço desfeito mas preso debaixo do colarinho por um alfinete, aliança no dedo anelar esquerdo, um relógio de mostrador preto no pulso esquerdo, botões de punho, naturalmente, um dos sapatos deformado, e aquelas duas manchas de vermelho e negro, à altura do estômago, por onde o sangue escorrera bastante, sujando a camisa e espalhando-se pela água do lago.

"O celular estava no bolso das calças, chefe. Está aqui", disse Isaltino segurando um saco de plástico onde guardara o telefone, um minúsculo objeto preto do tamanho de um maço de cigarros.

"E os documentos?"

"Nada, chefe. Nada. Nem carteira, nem isqueiro, nem chaves, nem papéis nenhuns. Procurei em todos os bolsos. Não se guarda grande coisa num smoking. Digamos, não é um roupa que a gente vista todos os dias."

"Tu tens smoking, Isaltino?"

"Não. Para quê?"

"Nunca se sabe. Há coisas que me escondes."

"Eu nunca esconderia isso. Um smoking nunca. Mas enfim. O chefe tem?"

"Também não, mas tu sabes mais de smokings do que eu."

"É dos livros. E dos filmes. Há sempre um smoking no James Bond."

"Mas este não era o James Bond."

"À primeira vista, não, mas os mortos enganam muito. Se o chefe não se importar, eu gostava de ir andando. O médico está ali a chegar e temos um hotel inteiro por nossa conta. Ninguém nos manda vir tão cedo, às seis da manhã."

"Eu ando com insónias, Isaltino."

5

O HOMEM AGUARDAVA-OS NO ALTO DAS ESCADARIAS DO HOTEL, recortado contra a fachada rosa ou alaranjada que o tornara famoso, digno de postais ilustrados, daqueles que se enviam durante as férias – um cenário de termas, sanatórios onde vítimas da hepatite ou do reumatismo podiam passear entre arvoredos, vestir-se para o pôr do sol, jogar cartas em mesas dispostas nas varandas iluminadas pela derradeira luz do dia, jantar no terraço. Jaime Ramos conhecia a literatura do gênero; Rosa – era essa uma das suas funções, admitidas por ambos sem discórdia – obrigara-o a ler romances com mais de trezentas páginas em que se colecionavam doenças do final do século XIX, roupas engomadas, amores entre personagens de classes sociais estranhas, bebidas tomadas em cálices de vidro baço, onde o brilho da época tinha já desaparecido no meio de recordações tênues ou turbulentas. Ele conhecia o cenário e o cenário deixava-o tranquilo sem que soubesse porquê, sem notar contradições de classe, o horror da doença ou, sequer, o catálogo de contradições que a literatura trazia para o irritar, cheia de personagens que sofriam muito, que morriam muito, que choravam por amor. Não tinha jeito para a literatura, não gostava das descrições solenes, densas, falsas – limitava-se a pedir a Rosa que lhe contasse a história de *A Montanha Mágica*, ou que lhe escondesse *Morte em Veneza*. Rosa tentara várias vezes, nesse verão que passara, durante as férias, contribuir para a sua formação intelectual, afinando aqui e ali a sua atenção ou a sua sensibilidade.

"Que hei-de ler?"
"*O Monte dos Vendavais*."
"Nunca li."
"Por isso podes ler."
"De que trata?"
"Ciúme, amor, desconfiança, ressentimento."
"Estou velho, Rosa."

"Não tenhas pena de ti próprio", disse ela, estendendo-lhe um copo de vinho, debruçada da cadeira da mesa para o sofá, onde Jaime Ramos se tinha sentado depois do jantar.

"Gostaria que me contasses a história desses livros", ele apontou para as estantes, havia mil cores distribuídas nas prateleiras, e ele imaginava-a sentada no sofá, as pernas pendendo, lendo livros, preparando as aulas, folheando este e aquele livro. Literatura inglesa, ele supunha que essa fosse a sua paixão, e era, como pôde conferir naquela semana em que Rosa adoecera e ele tratara dela, cozinhando sopas, levando-lhe a bandeja das refeições, correndo os cortinados para que a luz não ferisse aquela tranquilidade que ele julgava a tranquilidade dos grandes leitores, a beleza intocável da grande leitora, Rosa, agora deitada no sofá, e já não sentada, rodeada de livros, Golding, Nabokov, Dostoievsky, Poe, Tolstoi, Greene, Updike, recitando um poema, como ela fazia quando a noite terminava sem sexo, os dois deitados lado a lado, olhando para as estantes, olhando para a janela, olhando para a escuridão.

Então, voltou-se para trás e considerou a alameda que ia dar à estrada de paralelepípedos, ladeada de plátanos e muros em ruínas. Gotas de água. Uma chuva mansa que não incomodava, mal se dava por ela, arrastada pelo vento que vinha do bosque.

De cada vez que subia umas escadas cansava-se muito, isso acontecia ultimamente mas não o preocupava. Atribuía o caso à idade, limitava-se a olhar para trás e a contar, doze degraus subidos, vinte degraus subidos, dez degraus para subir, um patamar para descansar antes da escalada final, uma subida pela rampa. E respirava fundo: ainda consegues subir estas escadas, ainda chegas ao alto das escadas e queres acender uma cigarrilha para sentir o gosto amargo, grave, obscuro. O vício. Às vezes imaginava uma pequena tontura nesses instantes – como um duplo movimento de rotação do mundo, à sua volta. Impor um pouco de disciplina, de dever, de cuidado, de saúde geral num corpo que a pede constantemente. Menos gorduras, menos hidratos de carbono, menos álcool, menos – muito menos – tabaco, menos insônias. E agora vinha a tontura, uma pressão no topo do crânio, como se o cérebro se encostasse acima e provocasse uma dor intensa, aquela dor que ia e vinha, que voltava e desaparecia como uma ameaça, e ele tinha intuições desgraçadas sobre essa dor, às vezes imaginava-se rodopiando junto de uma escadaria de degraus intermináveis, não como aquela, de granito, que levava ao chão de saibro molhado. Mais dois degraus, então. O homem esperava-o, sério, circunspecto, hirto:

"Provavelmente, terei de ir ver o corpo", disse o gerente alisando as lapelas do casaco, passando a mão esquerda pela plaquinha dourada onde estava escrito "general manager".

"Não é preciso", disse Isaltino.

"Acho que vai ser preciso. Para confirmar, só para confirmar. Eu não tive coragem de ir lá, logo quando isto aconteceu. Compreenda, um morto não é uma coisa agradável de ver. E estavam lá os polícias, não era preciso, eles não me chamaram. Depois, enfim, os senhores chegaram, não tive tempo. A falar verdade, à noite houve muita bebida, um cadáver não é a melhor coisa para tratar de um princípio de ressaca. Mas suponho que vou ter de ir."

Isaltino olhou para Jaime Ramos, que continuava agarrado ao corrimão, o pé direito num degrau, o esquerdo no outro, inferior, tomando impulso para os últimos dois, olhando para a alameda de cedros, plátanos e pinheiros.

"Se quiser, nada a opor. Sabe quem é?"

"Não faço ideia e evito pensar nisso. Tenho uma ideia, aliás, uma má ideia, e gostava que não fosse verdade."

"Quem?"

"O nosso administrador-geral, ontem à noite, não foi visto subindo para o quarto", disse o general manager fazendo um risco imaginário com a ponta do sapato. Tinha-se formado um charco no patamar de granito e os três tinham-no evitado durante a conversa.

"A que horas saiu da sala de jantar?"

"Eu?"

"Não. O administrador."

"Por volta das três, um pouco antes. Um jogo de futebol, havia um jogo de futebol ontem à noite, e ele queria saber o resultado. Por princípio perguntaria a um empregado, a alguém que andasse ali, mas ele é muito cioso quando se trata de futebol. É sportinguista", explicou, pedindo: "Compreenda."

Jaime Ramos fez uma cara indiferente, mas Isaltino manifestou alguma compreensão, abanando a cabeça, inclinando-a ligeiramente para o lado esquerdo. Era o seu modo de dizer que estava à espera, Isaltino tinha formas obtusas de avançar num inquérito. Rondava o inimigo. Rodeava-o de perguntas sem sentido, fingia compreender coisas sem explicação, depois voltava atrás, suavemente, como se reunisse toda a sabedoria de um vizinho atencioso, compreensivo, envolvente, vendo mais longe.

"Eu sei", disse então ele. "O senhor é sportinguista?"

"Ai de mim." Aquilo tinha ressonâncias literárias, como a confissão de um padecimento, ou então como as nuvens que passavam mais baixas, confundindo-se com a neblina estreita que

caía sobre todas as árvores do Vidago, as das colinas e as do parque, cuidado e triste como um filme outonal.
"E já foram ao quarto?"
"Não. É cedo. Um momento", e o general manager começou a descer as escadas, um pouco de lado, como um atleta procurando equilibrar-se no meio de uma corrida. Dali, viram-no chegar ao terreno de saibro e encaminhar-se para o grupo de homens, junto do jipe da Guarda – e debruçar-se sobre o corpo arrancado aos líquenes do lago, coberto por um plástico negro. Um dos polícias destapou-o e o gerente do hotel observou bem o morto, de cócoras, as mãos sobre as coxas, preparado para levantar-se em grande estilo, como um homem capaz de movimentos rápidos, elegantes. Levantou-se finalmente, alisou o cabelo e ficou uns instantes como uma estátua de mármore vestida com o terno cinzento que era a sua farda habitual, olhando para os dois homens que tinham ficado no alto da escadaria, diante da fachada do hotel, aquela fachada alaranjada que cabia em todos os postais ilustrados. O botão do casaco não se desapertara, nada nele se desalinhara. Meteu a mão no bolso e começou a caminhar lentamente, regressando ao edifício, subindo os degraus com aquela leveza de quem conhecia o caminho e o tinha percorrido muitas vezes – até encarar Jaime Ramos e Isaltino de Jesus, os dois polícias que tinham chegado do Porto nessa manhã.
"Então?", perguntou o mais velho.
"Não. Não é o nosso administrador. Mesmo considerando tratar-se de uma morte, e de uma morte desta natureza, é um grande alívio."
Jaime Ramos ouvia-o como se lesse um livro; mesmo se a solenidade o incomodava, ele gostava de frases corretas, de quem falava com sujeito, predicado e complementos. O gerente do hotel parara junto deles e também se encostara ao corrimão como se não tivesse medo de sujar a sua farda cinzenta.

"Sabe quem é?"

"Há sempre gente desconhecida nestas festas. Nunca se sabe quem convida quem, há sempre um convite que se entrega na última semana, como sabe." O homem olhou para a fachada. Um século inteiro para contemplar daquele sítio, sob a chuva miúda que ia e vinha. Os arquitetos tinham proposto recuperar a cor original, um ocre que iria manchar a paisagem, iluminar a floresta que descia, atrás até ao relvado da enorme piscina que seria abatida. Aves no céu, pensou Jaime Ramos. Aves que resistem à chuva, que voam entre as nuvens mais baixas.

"Conhecia-o?"

"Pouco, de vista. Eu, na verdade, não conhecia ninguém desta festa, ou conhecia muito poucos. Alguns, da televisão, das revistas. É gente que aparece quando há festas, recepções, apresentações de coleções de relógios, um fim de semana oferecido por uma marca de carros. Vi-o jantando numa mesa de jornalistas, a conversar. Os jornalistas são a gente que menos se conhece, porque mudam muito, aparecem e desaparecem, não deixam rastro quando mais se precisa deles. Porque precisamos deles de vez em quando, essa é a verdade. A maior parte dos jornalistas que vieram é gente fácil, dessas revistas aí, conhecem os nomes dos convidados, vestem como eles, já não pedem smokings emprestados. O mundo muda muito, se me faço entender. E a maior parte deles julga-se do outro lado, do lado de lá, do lado que é fotografado, como se tivesse sido contaminado pela importância dos outros. Antigamente, um jornalista era um jornalista, indicávamos-lhe a mesa dos jornalistas, ao canto, onde podiam fumar antes da sobremesa e beber mais um pouco. Hoje misturam-se muito. Já não se distinguem uns dos outros."

"Uns dos outros?", perguntou Jaime Ramos.

"Uns dos outros. Os ricos dos pobres, ou coisa parecida." Encarou o polícia mais velho e justificou-se: "É a hora da manhã.

E esta chuva. Adiante. Mas ele, sim, claro que se sabe quem era. Joaquim Seabra, jornalista de economia, escreve de vez em quando sobre os nossos hotéis, e era uma visita regular disto. Disto, do hotel, quero dizer. Vinha uma vez por ano, no verão, de cada vez com sua companhia. E veio ontem, de fato.
Uma impressão súbita. Isaltino fechou o pequeno bloco onde anotava tudo o que lhe parecia ouvir e olhou para Jaime Ramos. Mas Jaime Ramos não olhava para lado nenhum, não respondia àquela pergunta silenciosa que ficava a pairar entre os três homens que já não se importavam que chovesse ou que o morto continuasse depositado no chão, sob os cedros, junto do lago.

"Vamos lá ver quem é o seu convidado", disse então Isaltino de Jesus. E reiniciaram a subida da escadaria, que a Jaime Ramos pareceu penosa, mas não impossível.

6

A VARIEDADE DE INSTRUMENTOS NÃO O DESMOBILIZAVA. Reconhecia aquela luz branca que só na sua imaginação passava a azulada em certas horas do dia ou da noite – e pensava na normalidade da morte de cada vez que ali entrava, na morgue, empurrado por uma missão estranha: visitar os mortos que colecionara ao longo de uma carreira sem grandes tormentas nem grandes momentos de glória. Polícia, ser polícia. Nada disso tinha sentido, ele sabia, por mais que inventasse argumentos para tranquilizar os novos agentes, os estagiários que chegavam e deviam trazer sangue novo e entusiasmo. Uma profissão sem sentido, como a dele; a de vigiar os mortos e a de lhes traçar um destino interrompido. Não, ao fim destes anos, nada daquilo teria sentido – o sentido da disciplina, da ordem, das investigações solitárias, das intuições, do castigo dos criminosos. Aquela mesa conhecia-o, mais do que ele a ela. Tinham passado ali muitos corpos, geralmente com nome, morada, identificação completa – e corpos que nunca conseguiriam romper o anonimato, a condição das sombras, do esquecimento. Sentado, enquanto esperava a médica-legista, ele relembrava o dia inteiro. Às vezes fazia-o ali, rodeado de cheiros anônimos, éter, clorofórmio, tinturas, sabões, restos de odores que se escapavam das paredes, vísceras antigas, suspeita de uma podridão que havia de chegar, ruídos de instrumentos metálicos suspensos sobre um corpo, justamente – e o cenário ajudava-o a abstrair-se.

Um dia, Rosa dissera-lhe que as operações matemáticas eram, em regra, abstratas, e não tinham uma relação direta com o real. Um número existia num universo perfeito, límpido, onde não havia interrupções nem turbulências – como um acontecimento sem rastro e sem defeito. E era assim que se sentia diante do dia que passara: como um fato sem rastro nem explicação. Um homem assassinado durante a madrugada, vestido para dançar, para um jantar de cerimônia, uma festa de despedida durante o encerramento de um hotel erguido no meio dos bosques. Os convidados, Isaltino escutara-os a quase todos. Ao fim da manhã, José Corsário foi em sua ajuda, com a sua paciência de cabo-verdiano, anotando o que havia a anotar, desenhando um cronograma que ilibava mais de cem pessoas reunidas durante um fim de semana naquele cenário de despedida e de melancolia. Isso irritava Jaime Ramos, que não apreciava reconstituições históricas, nem a chegada do outono, nem as primeiras chuvas frias de novembro, nem a proximidade do Natal (a menos de um mês, na verdade). Mas a proximidade do Natal seria resolvida com umas férias em Cabo Verde, marcadas com antecedência, disciplina e desprendimento – Rosa comandando os horários, os preparativos, as malas, o nome dos hotéis, a recolha de informações sobre meteorologia. Traindo essa fase de estudo, Jaime Ramos procedia a um inquérito básico e distraído – fazendo perguntas a José Corsário, e surpreendendo Rosa com informações avulsas sobre o traçado das ruas do Mindelo, o horário dos barcos para Santo Antão, a altitude dos picos de São Vicente, a cor das areias turísticas do Sal.

"Noutra reencarnação fui cabo-verdiano. Ou pelo menos vivi lá", explicava ele.

"Estiveste na Guiné", Rosa sorrindo. "Para ti, tudo o que é fora de Portugal resume-se à Guiné."

"A Guiné não é um sítio. É um lugar abstrato, um dos números primos, uma espécie de teorema que ninguém explica senão a Guiné, se a Guiné tivesse vontade."
"Gosto de ti romântico. A dar explicações."
"De vez em quando distraio-me, fico humano."
De vez em quando distraía-se. Isso acontecia-lhe naquela sala e àquela hora da noite, quando os ruídos do corredor diminuem e as luzes começam a apagar-se nas salas em redor. Fica apenas um murmúrio, os motores das câmaras frigoríficas, ronronando, o que apaziguava a respiração, o que apaziguava a insônia e o autorizava a adormecer. E então relembrou as coisas do dia, a chuva na estrada, os cedros ao longo da estrada, as colinas do Alvão, enegrecidas. E o cadáver de Joaquim de Sousa Seabra a ser guardado numa ambulância, os carros da Guarda a abandonarem a alameda de plátanos, Isaltino de pé, as mãos atrás das costas.

"Joaquim de Sousa Seabra, 48 anos, divorciado, morada em Lisboa, Areeiro, sem profissão conhecida, o chefe sabe, negócios aqui e ali, jornalista de economia nas horas vagas, um escritório como investigador independente, informações econômicas, políticas, o que calhar, clientela selecionada entre empresas que precisam de informações sobre os seus próprios negócios. Natural de Angola, 1962, Luanda. Divorciado. Foi fácil." Isaltino dobrou o bloco de notas, guardou-o no bolso do casaco, apontou-lhe a esferográfica: "A informação veio de Lisboa há pouco. Dois tiros chegaram. O chefe viu."

"O que faz um homem desses num hotel que fecha as portas?"
"Festeja, como os outros. O hotel há-de abrir mais tarde, daqui a dois anos, ou três, renovado, segundo sei, com quartos modernos, spas, piscinas, restaurantes, investimentos. Aí está o que faz um jornalista de economia, chefe. Um jornalista de economia é uma espécie de ajudante de astrólogo. Os economistas são astrólogos, fazem previsões – os jornalistas de economia ajudam a fazer

previsões porque publicam as previsões, as falências, os investimentos. O fecho de um hotel é o anúncio de um investimento, sobretudo este, que há-de ser todo novinho. É o que dizem os astros."
"Eu não gosto de hotéis novos, Isaltino."
"Eu sei, chefe. Se as coisas fossem feitas à sua vontade, o mundo estaria melhor. Mas as coisas são como são", disse ainda Isaltino, voltando-se para o lago de onde fora retirado o corpo e sobre o qual uma estranha paz tinha descido, como uma neblina arrastada pela tarde. As lareiras acesas. O ruído das árvores. Cães que ladram entre as vinhas, rodeadas de muros em ruínas. Jaime Ramos não gostava do campo. Luzes acesas subitamente nas colinas, entre aldeias escondidas na serra – o bosque do Vidago era o último refúgio para quem queria refugiar-se. A última oportunidade. Reis, príncipes, atores de cinema, jornalistas, políticos transportados em carros negros, antigos, volumosos. Folheara o álbum do hotel, vira os rostos, as cores de fotos que perdiam a cor, alguém saltando para a piscina, uma família vestida para jantar, aguardando que o criado os acompanhe a uma mesa no terraço. Há velas acesas na mesa, uma jarra de flores, outras famílias sentadas a mesas iguais, um criado serve o vinho, Jaime Ramos imagina os ruídos da hora de jantar, uma espécie de murmúrio que não cessa enquanto não passar a hora de jantar, pessoas que se cumprimentam apesar de se conhecerem há pouco. Mas participam todos desse espetáculo, da grandiosidade do hotel, um monumento recuperado dos anos de ouro da velha burguesia do Porto, que gostava de termas, de médicos compreensivos e de bom serviço de piscina. Ou ingleses que reviviam o seu tempo, a memória dos grandes hotéis do passado, escondidos entre bosques, com salas de jogo, sofás, mesas de leitura, conhaque servido todas as noites a uma mesma hora, juntamente com uma caixa de charutos. Casais em lua-de-mel, tomando chá, vestidos para passeios pelos pinhais, a pé ou de bicicleta. Ou casais de idade avançada, a

quem o porteiro ajuda a escolher uma mesa voltada para o lago e a quem chama o criado – pedem água mineral, café com leite, informações sobre o tempo de amanhã. Sol todo o dia, diz o criado, com um sorriso amigável, o de quem conhece todos os clientes do ano, todos os hóspedes do verão. E há crianças ruidosas que atravessam o pequeno campo relvado lá atrás ou brincam às escondidas entre os cedros à beira do lago. Famílias organizadas. Solitários que leem romances. Casais de meia-idade que vêm para um tratamento termal – ele, sobretudo; ela acompanha-o à distância, lê as revistas abandonadas nas mesas do terraço, lembra a hora de recolherem ao quarto, pede a água mineral à hora certa, atende os telefonemas da família, conversa com os criados, leva para todo o lado um casaco de lã que há-de servir quando chegar a primeira ventania de outono, mesmo que o outono ainda esteja distante. Mas o verão traz noites frescas, uma umidade que cai sobre as árvores, as varandas dos quartos do piso superior, o saibro dos caminhos da montanha.

Seja como for, Joaquim de Sousa Seabra foi morto à beira daquele lago (e não arrastado para lá) e o hotel devia ficar isolado: os quartos abandonados para serem revistados, as bagagens passadas a pente fino, os carros investigados à procura de uma arma que tivesse disparado aqueles dois projéteis de calibre 9mm, letais – e identificados logo nessa manhã.

Jaime Ramos também se recordava do espetáculo de malas abertas ou entreabertas em cerca de 50 quartos do hotel – e da forma como José Corsário e dois outros polícias vasculhavam entre roupa amarrotada, bolsas de toilette, sacolas de todos os formatos ou porta-luvas de carros estacionados atrás do hotel. Até que ele próprio se ergueu do sofá esverdeado, estacionado ao canto do pequeno bar, entrou de novo na sala de jantar onde tinha começado a ser servido o brunch de despedida e, sob o ar interrogativo de meia centena de hóspedes esfomeados e nada alarmados com os rumo-

res que corriam sobre o crime, se sentou a uma das mesas, acendendo uma cigarrilha escura. Foi então que falou para o grupo: "Eram amigos dele?"
Falou o mais velho dos três:
"Não se pode falar de amizade mas sim, sabemos quem era."
"Ele veio sozinho?"
"Já sabe que sim, que veio sozinho."
"Mas esteve na vossa mesa."
"Estava escrito nos papelinhos, não era? Ele sentou-se em último lugar, andou por aí, como todos nós, informações aqui, informações ali, todos tínhamos de escrever qualquer coisa, menos ele. Ele veio como convidado. E raramente escreve."
"Não era jornalista?"
"Limitava-se a recolher informações. Vendia-as a quem pagava mais por elas, não era propriamente um jornalista. Vai continuar a fumar?"
"Eu? Sim. Incomoda-o?"
"Não. É que assim também fumo. Há muito tempo que não fumava um cigarro com proteção da autoridade."
"Há muito tempo que não me chamam autoridade", sorriu Jaime Ramos, enquanto se levantava para procurar o general manager. Saiu sob o olhar da sala inteira e, num último momento, voltou-se para trás, como se quisesse agradecer o interesse. Por isso, escolheu não seguir pelo corredor adiante, na direção do escritório, e preferiu tomar o elevador para se refugiar num minuto de silêncio, enquanto subia para o terceiro andar. Buganvílias, cedros, sempre cedros frondosos, enormes, tingidos de chuva e do sol tímido da montanha – em simultâneo, como uma paisagem verdadeiramente transmontana a que só faltavam muros em ruínas, animais atravessando os caminhos e gotas de orvalho caindo de fotografias a sépia, melancólicas, tristes, sujas. Mas a paisagem era delicada, sim: carreiros ladeados de hortênsias que levavam às quadras de

ténis, ao campo de golfe, ao rio – lá em baixo, entre uma colina de pinheiros. Como uma invasão cosmopolita no meio dos bosques. O terceiro e último andar do hotel tinha corredores atapetados de verde seco, meio gasto, com manchas de umidade que deviam ter sido conservadas desde as primeiras férias dos ministros do Estado Novo. O detetive parou diante de uma janela, olhando para o teto e considerando – rodeado de fotografias e ilustrações antigas – que Salazar passava férias nos pinhais da Urgeiriça, não do Vidago, que era distante demais, despovoado demais, luxuoso demais. Um luxo que nascia da própria paisagem, exuberante como nos manuais de geografia, nas recolhas de botânicos curiosos que procuravam raridades no meio dos vales.

A meio do corredor, uma sala minúscula, de cor amarelada, papel de parede que não era substituído há muitos anos, um cheiro de tabaco seco e amargo, quase centenário – foi aí que encontrou o administrador, que estava a fumar, sentado num sofá. Jaime Ramos sentou-se também num poltrona junto do homem, vestido de traje completo apesar do domingo:

"Vou para o Porto e daí saio para Londres. No domingo", o administrador justificando-se, enterrado no sofá, olheiras escuras e fundas, a gravata desalinhada como um acessório inútil naquela manhã. "Vim para aqui."

"Também eu."

"Sabia que existe aqui a maior variedade nacional de plantas silvestres?", ele apontando para o pinhal que se via ao longe, por detrás dos reposteiros verdes. "Tojos, giestas, urzes, carqueja, pascoinhas, trevos, tremoceiros, tudo o que quiser. Hibiscos selvagens, magnólias raras. Hoje encontrei uma tília anã e uma espécie rara de luzerna da montanha."

"Não é a minha especialidade."

"Eu devia ter sido botânico. Noutra encarnação, numa encarnação futura, muito futura, certamente. Mas interesso-me pelo assun-

to, basta dar um passeio pelos jardins ali atrás para encontrar um laboratório de botânica. Enfim. Já chegaram a alguma conclusão?"
"Conhecia-o?"
"Mal. Muito mal, mas sabia quem era."
"No entanto, convidou-o para a festa."
"Meu caro inspetor. Se soubesse a quantidade de gente que temos de convidar seja para o que for. Inaugurações, apresentações, balanços e encerramentos, sem falar em almoços que temos de oferecer de vez em quando, em jantares a que temos de ir. Julga que é agradável."
"Não faço ideia", disse Jaime Ramos sentando-se na cadeira em frente.
"Mas eu podia contar-lhe. Na maior parte desses jantares, almoços, apresentações, seja o que for, estamos mortos por sair, por ir embora e deixar aquela gente a festejar e a comer os croquetes todos. E os whiskies. Bebe-se muito mau whisky nestes lugares. Eu só bebo cerveja, imagine. Faz-se muito, demais, pela vida de uma empresa. Atura-se toda a gente."
"Mas ele estava na festa, era seu convidado."
"Não estava na lista de convidados. Veja bem a lista, inspetor. Não está lá o nome dele", o administrador estendendo-lhe duas folhas fotocopiadas.
Jaime Ramos segurou nas folhas e passou os olhos por ela, conferindo a ausência de Joaquim de Sousa Seabra.
"Como é que ele veio à festa?"
"Pelos seus próprios meios. Sem ser convidado. Assim." Fez um gesto com os dedos. Um estalido. "Assim. Já está. Apareceu."
"Apareceu?"
"Apareceu e pronto. Alguém lhe disse que veio com ele, que ele veio com alguém?"
"Não."
"De fato, inspetor. Creio que tem aí um problema. Eu não o convidei o gerente do hotel não o convidou. Repare que os con-

vites eram pessoais, não eram convites, digamos, a empresas, a jornais, a instituições. Convites, sim, individuais. Um a um. Por telefone, confirmando a presença. No próprio dia anterior, sexta--feira, telefonemas a toda a gente, mesas rigorosamente distribuídas, para ter em conta as sensibilidades, as amizades. E as nossas conveniências. Pôr este ao lado daquele. Pôr esta longe daquela. Viu o nome dele? Não. Não foi convidado."
"Mas viu-o ontem à noite." Ele sorriu:
"Quem é que não o viu? Entrou na sala no meio do jantar. Sabia onde estava um lugar vago, sentou-se, falou com as pessoas – e saiu daí a minutos."
"Que lugar estava vago ali, nessa mesa? Mesa oito."
"Sobre a mesa oito eu não sei, acho que teria de perguntar, mas eu adianto-lhe o serviço, facilito as coisas: não esteve sentado no meu lugar, inspetor. Por uns minutos, digamos dez minutos, eu saí da sala. Não fui ao banheiro, se quer saber. Fui falar com o chefe, para aproveitar a pausa no serviço. Mas ele não se sentou no meu lugar. Quando acabei de falar com o chefe ele já tinha saído."
"Com o chefe?"
"Um vinho catastrófico à sobremesa. Era preciso compensar."
"Que tinha o vinho da sobremesa?"
"Não era aquele. Não era indicado. E, para o meu gosto, já envelhecido demais."
Tudo isto fora naquela manhã. Agora, Jaime Ramos estava sentado, de novo – sentava-se cada vez mais, aliás –, mas diante dos armários cinzentos da sala de autópsias, olhando para a mesa que aguardava o corpo de Joaquim Seabra. Mas realmente, não era isso que o inquietava. Ele pensava, sobretudo, que devia existir um motivo para que Joaquim Seabra tivesse sido encontrado com dois sapatos completamente diferentes. E com aquela ferida não cicatrizada, um rasgão na pele, entre as omoplatas. Ou seja, na omoplata esquerda.

7

Um profissional dispara à altura do peito, se tem tempo e disposição. Ergue a arma, aponta, fixa o alvo, imagina a trajetória de uma bala e de uma segunda bala. Dois tiros são o sinal de uma precisão inqualificável – um apenas é sinal de arrogância ou de descuido. Há corpos que resistem ao primeiro tiro, mesmo se ele é certeiro, Jaime Ramos vira muitos casos desses, homens alvejados na guerra, desfazendo-se em vísceras e sangue, e sobrevivendo por um excesso de vontade. Há quem dispare à altura do rosto. Sobretudo as mulheres pouco familiarizadas com armas de fogo.
A médica-legista acompanha-o pelo corredor. "É uma questão de gênero. Deveria existir uma disciplina sobre o assunto, sobre homicídio e questões de gênero, como matam as mulheres e como matam os homens. O uso faz da faca, como se empunha a faca."
"Existe", disse ele. "Todos os polícias sabem como isso se faz."
"Nem todos, senhor inspetor, nem todos. Olha tu."
"Eu não sou exemplo para ninguém."
Ela era a mais bonita das mulheres daquele edifício – o fato de se ter dedicado à medicina legal era um mistério para todos. A morte não ia bem com ela, não cabia naquele retrato, não ia bem com os seus dedos delicados, Jaime Ramos conhecia-os, e ao seu riso, aos dentes brancos que floresciam num rosto sempre moreno.

Ele chamava-lhe cigana. Cigana, senhora doutora, a senhora é uma cigana, morena e expulsa da tribo. E agora, a seu lado, ela explicava o que deve acontecer num cenário daqueles, num bosque iluminado por postes que espreitam a madrugada, um lago onde barquinhos a remos, ou movidos por pedais (ah, as gaivotas dos parques, as famílias), deviam fazer a floresta parecer-se com uma nuvem romântica: piqueniques à beira da água, sob a proteção das quatro araucárias gigantes que há lá ao fundo, na curva; passeios rente aos pinhais, ao pôr do sol; grupos reunidos para o crepúsculo; casais deitados lado a lado, aguardando que escureça e o pudor recolha a casa com as famílias que se despedem de um dia nos bosques, em piqueniques; uma mulher de meia-idade sentada em posição de lótus, solitária, recordando os dias passados, os anos passados, o tempo em que foi mais feliz do que hoje; duas crianças correndo entre os pequenos arbustos para que mais tarde recordem como tiveram uma infância feliz e saudável, cheia de passeios nos campos e de bolas de voleibol coloridas e sujas de terra úmida; jovens adolescentes de biquíni, rindo ou adormecidas sobre um livro sem título à beira de uma piscina; velhos sentados em cadeiras de lona, falando do tempo, comentando, esquecendo as horas. Vidago. Dois barcos cruzam-se no lago do velho hotel à espera de ser desmantelado. Um telhado coberto de musgo apontando ao morro do outro lado das montanhas. Jaime Ramos detectava aquele cheiro de campo molhado, ouvia – pelo ouvido bom, o outro perdera-se quase definitivamente na Guiné, na explosão de uma mina ao longo da estrada de Bafatá – o ruído dos passos no saibro rugoso, molhado.

"Quem quer matar procura um lugar pouco frequentado. No meio das montanhas, entre as rochas. Mais apropriado. E Vidago não tem esse cenário."

Jaime Ramos ouvia-a com atenção. A médica-legista sentara-se e olhava com ar distraído para as duas folhas de papel onde escrevera um relatório provisório.

"O que é um cenário apropriado?", perguntou-lhe. Ela demorou a responder, encarando-o com um gesto de infinita paciência diante de um polícia ignorante:
"Sem paisagem. Sem memória."
"Vidago tem isso."
"Tem essa paisagem e essa memória. Vidago era o verão dos meus avós, e foi o verão dos meus pais. Os meus pais morreram e eu fui criada pelos meus tios. O verão deles era Vidago, por quinze dias em cada verão. Eu, se quisesse procurar esse cenário desolado, ia para os lados da montanha – ou para o meio da serra, por cima de Pedras Salgadas."
"Há quanto tempo nos conhecemos?, Jaime Ramos sentado, atento.
"Há quinze anos, senhor inspetor. Os polícias daquela época eram mais atentos do que tu."
"Eu já era um polícia nessa altura."
"Não sabias o que era *Riders on the Storm*."
"Ainda não sei. O que tens aí?"
"Um caso de praia, um homem abandonado junto de um carro queimado. Rosto esfacelado, quer dizer, cortado em várias direções com uma faca, ou instrumento cortante, uma lâmina tipo flat ground." Ela não sorriu. Limitou-se a mudar de página.
"Três cortes profundos em cada pulso. Um centímetro de profundidade. Incisão superficial em volta do pênis, não letal. Incisão na coxa direita, centímetro e meio de profundidade, doze centímetros de extensão. Morreu devido ao sangue que perdeu pelos pulsos. Os cortes no rosto foram feitos depois da morte, embora o deixassem irreconhecível. E álcool. O relatório vai dizer-te quanto álcool encontramos e de que tipo. Mas eu posso dizer-te que era whisky. Novo ou velho, ainda não sei."
Uma mulher bonita lidando com a morte.
"Onde foi isso?"

"Afife, perto de Afife, nas dunas. Mata-se muito, mas é anormal para o começo do inverno."

"E sobre o meu morto?"

"Tirando os sapatos trocados, aliás, os sapatos desirmanados, porque um era número 45 e o outro 46, nada de especial. Dois tiros à queima-roupa, ou a distância média, há ainda resíduos, uma camisa branca é o que dá. Mas os sapatos são a única coisa estranha."

Isaltino de Jesus dera pelo pormenor mas só lhe falara dele quando, a meio da tarde, saíram do hotel e se sentaram no carro, de frente para o terraço do hotel, que escurecia como o convés de um navio:

"Dois sapatos diferentes, chefe. Mas os pés iguais. Isto não lhe diz nada?"

"Isaltino, deixa-te de palavras cruzadas."

"O homem, chefe, o morto. O homem tinha sapatos diferentes. Olhei para os pés de toda a gente, para ver se detectava alguma falha e nada. Todos os sapatos estavam de acordo com a indumentária, se bem que hoje se calcem sapatilhas para acompanhar ternos completos."

"E qual deles era o errado?"

"O esquerdo. O esquerdo era 46, o sapato dele era 45. Tentei ver quem calçava 46, a olho, mas não posso andar tropeçando por aí. Está tudo controlado. Só está ocupado ainda o quarto 114, uma suíte no terceiro andar, quase de frente para esse pinhal, vê-se o lago da varanda, se é que me entende. De lá vê-se tudo."

"Quem está nesse quarto?"

"Um casal, tudo identificado. Vão descer daqui a pouco."

"Isaltino", chamou Jaime Ramos, como se o outro não estivesse prestando atenção. "Quem vem a estas festas?"

Isaltino abriu de novo o bloco e, encontrando uma página, apontou para lá, para que Ramos confirmasse que ele era a fonte de toda a informação:

"Médicos, jornalistas, corpo diplomático, um angolano e um inglês, empresários, administradores de empresas do grupo, digo, do grupo de que faz parte o hotel, professores, um músico, um pintor, dois deputados, gente que não tem profissão, relações públicas disto e daquilo, gente da publicidade e da televisão, enfim, muita gente."
 Jaime Ramos acenou com a cabeça, aprovando. Ele aprovava tudo à medida que o dia avançava e o caso o desinteressava. O homem chegara ao hotel às oito e meia da noite, exatamente à hora do jantar. Tinha havido um desfile, propriamente dito, pelas escadas. No último dos degraus, à beira do patamar, seis ou sete fotógrafos aguardavam os convidados, que vinham dos quartos, arranjados os ternos completos, os vestidos pretos, tudo devia ser branco e negro. "Uma noite de glória e romance." A mulher que, às oito e meia, anunciaria o início do jantar e receberia os convidados com um discurso preparado desde o dia anterior – não havia menção à chuva nem à trovoada –, estava ainda perto da recepção, vendo o espetáculo de longe. Entrara na cozinha XX, conversara com o chefe, voltara ao hall, aquela recordação do princípio do século com mármores e imitações de mármores, espelhos gastos e amarelecidos, tapetes originais expostos pela última vez. Ela guardara um pormenor no meio do branco e negro da indumentária obrigatória, um lenço vermelho. Isaltino reconstituíra os movimentos de cada um, passo a passo, que jornais leram na sala de jogos, quem ocupou a mesa de sinuca na tarde de sábado, quem jogou damas no terraço interior, o da piscina, quem subiu pela última vez – aquele casal que dançou até ao fim, cada um deles transportava uma flûte de champanhe, num derradeiro gesto de encenação, de triunfo sobre a chuva que caía sobre as montanhas em redor. Jaime Ramos tinha uma admiração incontrolável por Isaltino e pela sua capacidade de trabalho. Olhou para ele e perguntou lhe:

"Que idade tens, Isaltino?"
"O chefe sabe. Trinta e seis."
Um dia Jaime Ramos foi vê-lo no hospital. O carro do subordinado tinha sido alvejado e despistara-se durante uma perseguição nos arredores de Penafiel.
"Tiveste medo, Isaltino?"
"Um pouco", disse ele depois de pensar, fechando os olhos, e então abrindo-os para fixar um risco no teto, uma luz nos aparelhos de reanimação, no frasco de soro, um esvoaçar dos cortinados. E, naquele instante de um mês de março, Isaltino de Jesus, inerte, desprotegido, frágil, pareceu-lhe uma das suas tias, a que fora sempre a mais próxima, adormecendo antes de morrer, consumida pela tuberculose numa aldeia de montanha, tossindo, tossindo sempre, emagrecendo, arrastando-se na varanda de madeira apodrecida, no meio do inverno. Então, também ele teve de fechar os olhos para não continuar a ver a sua tia, para não ver o par de amoreiras que escondia o caminho, para não ver a neve no alto dos penhascos, para não ver a lenha a arder na lareira, para não ver o rosto do seu passado consumido pelo tempo.
"Tive medo", disse então Isaltino de Jesus, encolhido na sua cama de hospital. "Podia nunca mais ver a minha mãe ou a minha mulher. O chefe nunca teve medo de nunca mais ver uma coisa?"
"Não. Já quis nunca mais ver uma coisa, Isaltino."
"O chefe é um herói. Eu não sou."
Aquela foi a única ironia que Isaltino lhe dirigiu nesses anos. Jaime Ramos divertia-se à sua custa, ele sabia – ele desdenhava, sorria, imaginava. Imaginava como seria a pequenez do seu bairro em Valongo, nos arredores do Porto. Imaginava como seria o seu Renault Clio, como seria a sua roupa, o seu casamento, os seus dois filhos batizados numa igreja cheia de gente vestida de domingo (os penteados, os sapatos brilhantes), as férias de verão

na Praia de Mira ou no Nordeste do Brasil, e a obrigação de chegar cedo a casa, a sua obsessão em manter limpo o pobre carro de serviço – e o modo como Isaltino o protegia dos telefones, chamando-lhe a atenção para os relatórios a fazer, para o fato de ele fumar demais. Jaime Ramos, que pensava ser o dono de si mesmo, acabou por ter em Isaltino uma proteção amável, meticulosa, cheia de amor familiar, dedicação, organizando-lhe os papéis, a correspondência por abrir, as caixas de fósforos de que necessitava para os seus charutos e cigarrilhas, as fotocópias de processos, os códigos legais anotados, os recortes dos jornais. Ele tinha a imensa e infinita paciência dos humildes, a serenidade daqueles que se espantam e surpreendem, a vulgaridade agradável e tranquila que não discute gostos, nem ideias, nem aprecia o risco, nem a aventura, nem o pecado – e era feito daquela imensa vontade de progredir na carreira, composta de dedicação e segurança no trabalho. Um emprego, o respeito pelos superiores, a dedicação, a atenção, o esforço, até aquela inclinação um pouco reacionária contra os adultérios, a marijuana dos adolescentes recolhidos durante o fim de semana, as famílias disfuncionais, as férias de inverno ou o velho blusão do próprio chefe.

 De certa maneira, Isaltino não devia estar na polícia, pelo menos naquela polícia onde abundavam os conspiradores, os colecionadores de segredos, os armazenadores de chantagens, as conveniências políticas que decidiam que se devia investigar este caso e não outro (aquele que não vinha nos jornais nem nas televisões). Os homicídios eram o reduto dos velhos investigadores, de polícias silenciosos e alcoólicos ou ex-alcoólicos, dos que colecionavam casamentos absurdos e divórcios ruinosos, dos que não dormiam e mantinham amizades suspeitas – tudo para que as burguesias nacionais não se incomodassem com os cadáveres, um tiroteio num bairro de subúrbio, essa coisa desagradável que afastava as boas consciências e o pudor das pessoas elegantes.

Tudo isso, menos Isaltino de Jesus, que era um prodígio de ordem no meio da delinquência da própria polícia que, de resto, se dedicava agora, em grande parte, a assuntos limpos, a investigações de gabinete dirigidas por pessoas que apareciam na televisão, a inquéritos que vinham nos jornais.

"Ramos, velho Ramos", um dos diretores olhando-o da porta. "Gosta do cheiro dos seus mortos?"

Ele sorrira, sorrira apenas um pouco, meio encostado à porta, segurando as folhas de um processo. Jaime Ramos nunca lhe respondera, mas a verdade é que sentia saudade, saudade dos seus mortos antes de a televisão ter banalizado o homicídio, vulgarizado a morte, os cadáveres por identificar, regados com gasolina e incendiados num pinhal deserto dentro de um carro roubado nos subúrbios, em Ermesinde, S. Mamede de Infesta ou Fânzeres. E tinha saudade de casos passionais, dos locais do crime, dos casos que não vinham nos jornais e lhe deixavam tempo para procedimentos irregulares, decisões arriscadas, desleixos inqualificáveis, processos sem explicação. Isaltino avisara-o um dia:

"Um homem da sua categoria, chefe, não deve andar por aí."
"Dizem isso de mim, Isaltino?"
"Não, chefe. Sou eu que digo."
"Tu és a voz da polícia. E o que mais dizem?"
"Eu digo. Eu."
"O que mais dizes?"
"O chefe é um chefe à moda antiga. Mas esse mundo acabou, hoje é mais fácil descobrir um assassino, vê-se na televisão, há cientistas do crime, especialistas que se preocupam, sociólogos, assistentes sociais. Por isso é que eu lhe digo: ninguém liga. A gente vê na televisão o modo como eles resolvem os crimes e toda a gente pensa que é fácil. Ninguém liga."
"E a que ligam as pessoas?"

"Aos crimes de colarinho branco."
"És um profeta, Isaltino", disse ele, voltando-lhe as costas. Isaltino, pobre Isaltino. Ele gostaria de passar um domingo com a sua família, comer o assado de domingo, passear na pracinha central do bairro onde há dois balanços e um cheiro a casas modestas, aquele cheiro de lixo mal recolhido e de lama que fica do inverno para o verão a sujar as paredes dos prédios que vão perdendo a cor. Gostaria de passar um desses domingos com Isaltino, verificar se ele ia à missa (Jaime Ramos apostava que sim), se telefonava aos pais antes de almoço, se acompanhava os filhos aos balanços municipais, se via televisão durante a tarde, se ajudava a lavar a louça do jantar. Mas nunca foi capaz de ultrapassar essa linha invisível que o separava da absoluta intimidade daquele rapaz de Massarelos que agora vivia em Valongo – e essa incapacidade era agora um peso na consciência, uma acusação contra a sua arrogância diante da humildade quase servil de Isaltino de Jesus, o cumpridor, o absolutamente mais cumpridor de todos os seus subordinados.

"Recapitulemos."

Jaime Ramos ouviu-se a si próprio dizer "recapitulemos", e começou a reunir os fatos em voz baixa, como fazia sempre, enquanto brincava com uma cigarrilha entre os dedos, hesitando sobre o momento em que devia acendê-la.

"O homem chegou ao hotel às oito e meia da noite. Na recepção pediram-lhe o nome. Ele disse que não tinha sido convidado para ficar, mas que tinha um lugar no jantar. Mesa número oito, entre os jornalistas."

"E tinha um lugar?"

"Tinha lugar, mas não com o nome dele. Com outro nome, alguém que não veio e com quem já falamos, e que está com gripe, em Lisboa, e que lamenta isto tudo. Foi o que ele disse."

"Não esteve toda a noite sentado a essa mesa."

"Não, durante uns minutos seguiu para uma das mesas principais, sentou-se, conversou com as pessoas, saiu antes de o administrador voltar para ocupar o lugar."
"Meio estranho."
"Nem por isso. Tinha sido servida a sobremesa, as pessoas andavam de mesa em mesa, a música de dança ia começar daí a pouco."
"Quem abriu o baile?"
"Três casais. O administrador, a diretora de comunicação e o médico. E consortes."
"Que médico?"
"O das termas. O Vidago tem termas, claro. Foi termas, só, durante muitos anos. Havia um médico residente. Um casal que dançou toda a noite. São conhecidos aqui. O casal que melhor dança. Tangos, passodoble, chá-chá-chá, valsas, as grandes orquestras, o swing de Glenn Miller, iê-iê-iê, boleros, habaneras, maxixe e merengue, salsa, rumba e polca."
"Estou vencido. Como sabes tu isso tudo?"
"As danças?"
"O chefe não me dá valor nenhum", pensou Jaime Ramos que Isaltino pensava naquele instante.
"O chefe não me dá valor nenhum, mas eu não nasci ontem. Danças de salão. Os bailes de bombeiros são uma surpresa, chefe, uma surpresa, e as academias de bairro."
"Tu também és uma surpresa. O que é um maxixe?"
"Dança rara, chefe. Uma espécie de tango brasileiro, com os mesmos passos, um nadinha mais apertado, uma volta a mais. O meu tio era o rei do maxixe, em Massarelos. Maxixe e habanera, salvo erro. O meu preferido é o bolero, o grande bolero mexicano."
"Eu sei tudo sobre o bolero, meu rapaz."
"Faço ideia."

"Há um bocadinho de ironia nessa frase, Isaltino. Mas Consuelo Velázquez, Agustín Lara e Pedro Vargas fazem parte da minha criação. Andei com eles na escola primária. Trocámos figurinhas e rebuçados no recreio."

"Assim mesmo. É assim que gosto de si, chefe."

"Pois respeitinho", e Jaime Ramos acendeu a cigarrilha. A primeira baforada obrigou-os a abrirem as janelas para que uma onda de vento purificasse o interior do carro e desaparecesse o odor a tabaco negro queimado. "E então eles dançaram."

"Toda a noite. Até às quatro e meia", Isaltino folheando o bloco que parecia acompanhá-lo sempre. "Às quatro e meia começaram a arrumar a sala, a ocupar a cozinha, a desligar as luzes nos corredores. Às cinco e vinte, o pessoal das arrumações, os dois jardineiros incluídos, entraram pela alameda do hotel e viram um corpo deitado no chão, à beira do lago. Às cinco e meia acordaram o gerente do hotel. E aí temos um resumo das coisas."

"Às seis fomos chamados nós. E aí viemos."

"Uma maneira de dizer, chefe. O médico diz que ele morreu entre as três e as quatro, não pode dar uma hora por causa da chuva e da água, o relógio funciona na mesma, o celular está desligado e temos de o entregar para ver os números."

"Em que carro veio ele?"

"Já só há seis carros estacionados ali à frente e todos com dono. Os outros partiram. O carro dele é este, aqui, à nossa frente."

"Já o abriste?"

"Todo. Tirando uns jornais, cds no porta-luvas e uma mala com roupa usada, não havia grande coisa."

"Alguém notou que ele usava sapatos diferentes?"

"Ninguém deu por isso. Aliás, poucos deram pelo homem. Veio, sentou-se e morreu. Mas os sapatos, isso, está resolvido. Na mala do carro está um par de sapatos dentro de um saco plástico, a que vamos mandar analisar as impressões digitais. Um é 45, outro 46. São os sapatos que faltavam."

"O que leva um homem a andar com sapatos trocados?"

"Não sei, chefe. Hoje em dia há gente para tudo."

"E por que não me disseste antes?"

"Porque, chefe, não me leve a mal, um homem tem de guardar uma arma para se defender. A minha arma era essa – um par de sapatos desirmanados e sem interesse nenhum."

8

Um profissional dispara à altura do peito, dizem os manuais. Se tem tempo para isso. De outra forma, dispara como pode. Mas isso não poderiam determinar, uma vez que não tinham um único depoimento, um único testemunho, tirando a marca da entrada das balas um pouco acima do estômago. Os últimos números para onde Joaquim de Sousa Seabra ligara eram a sua ex-mulher (ela mencionara vagamente o dinheiro para pagar o colégio das crianças, cujo pagamento estava atrasado dois meses, e falara durante cinco minutos sobre a absoluta irrelevância do ex-marido quer como pai de duas crianças que não o conheciam muito bem, quer como ex-marido que tem todos os vícios dos ainda maridos, e que já devia ter sido assassinado há pelo menos dois ou três anos, antes de ter ido trabalhar para Angola, se é que foi trabalhar, ela acrescentou, porque ele nunca foi de trabalhar, agora pelo menos estou mais descansada, era um filho da puta e não faz falta nenhuma, se bem que não saiba grande coisa do que ele fazia, do que pensava fazer ou do que lhe tinha acontecido nos últimos meses, a vida dá voltas, ele ligou-me porque lhe deixei uma mensagem pedindo para me ligar – nesta altura, Jaime Ramos desligou o telefone porque tinha ultrapassado o seu limite para histórias de ex-mulheres e de ex-maridos), um número de onde respondeu alguém que garantiu que não conhecia Joaquim de Sousa Seabra (e que falava de um restaurante), um número permanentemente desligado que reenviava para uma atendedor de mensagens que pedia para não deixar mensagem, um outro de onde uma voz pedia para esperar em nome da Agência Reuters, e outros cinco que foram devidamente investigados por Isaltino de Jesus – números particulares, todos eles já sabiam o que tinha acontecido.

Não havia mensagens escritas recebidas ou enviadas, não havia fotos, não havia mais nada. Só o aparelho, negro, minúsculo. Uma camisa branca, manchada de sangue e de lama. Duas meias pretas. Um par de calças pretas, associadas do smoking, onde não foi encontrado nada. Um relógio de pulso. Uma esferográfica vulgaríssima. Um laço para o smoking. Duas abotoaduras. Ele olhou para os objetos reunidos sobre uma das mesas, cada um dos objetos guardado em sua embalagem plástica e transparente, com uma etiqueta colada e preenchida. Sentou-se de novo. Antipatizava com anônimos ou com mortos que não deixavam muitas informações. Antipatizava com o cheiro da sala, com a memória que ele próprio tinha desta sala. Antipatizaria consigo próprio se não fosse interrompido pelo ruído da porta a abrir-se para que a médica-legista passasse. Maria Luísa. Há quanto tempo nos conhecemos? Ele fazia sempre essa pergunta em nome do passado e do que poderia ter acontecido se a determinada altura, num verão antigo, ela não estivesse sóbria o suficiente para enviá--lo para casa, a meio de uma noite de trabalho. De vez em quando davam as mãos, ele acariciava-lhe o ombro, ela queria saber como ia a vida – ele respondia por monossílabos, envergonhado de ter vida, mas a verdade é que tinha vida. Um homem a caminho de velho tem de ter vida, mesmo se não é uma vida heroica, cheia de glórias e de benefícios para a carreira.

"Vens ver o teu morto?" Uma mulher bonita lidando com a morte. Enfrentando a morte.

"Cigana", Jaime Ramos chamava-lhe cigana, ela ocupada com o seu morto de Afife, um cadáver destruído por lâminas manchadas de ferrugem. O seu morto podia esperar. "É isso na omoplata, ali atrás?", ele apontando para uma fotografia. "Uma ferida mal cicatrizada, recente. Dá a ideia de ter sido feita por um prego, um bico de aço, mas deve ter sido há mais de uma semana. Todo o resto parece demais, mesmo num homem com demasiadas cáries e uma úlcera no duodeno. E há feridas cirúrgicas, mais cicatrizes. No hemitórax direito, oblíqua, de cima para baixo e de fora para dentro, com oito centímetros. Na zona submamilar direita, cicatriz horizontal com dezesseis centímetros. E na zona abdominal, cicatriz vertical, supraumbilical, medindo quinze centímetros. Equimoses dispersas e com pouco significado, na face e dorso do nariz, e que devem ter sido da queda. Nada de sexo, senhor inspetor, lamento muito. Não jantou. Não bebeu álcool. Nada de muito especial. Calibre nove milímetros. Um dos projéteis destruiu duas vértebras, o outro entrou pelo estômago, rasgou o fígado, ficou alojado perto da coluna vertebral mas não lhe tocou. Disparo a cerca de três metros, à altura do abdome, ligeiramente à direita, daí atingir estômago e fígado. Foi disso que morreu, portanto. Nove milímetros mas de uma arma rara. Está aí o relatório da balística."

"Já?"

"Foi sorte", mentiu ela, entregando-lhe um papel. "Nem cheguei a pedir urgência. Eles estavam cá e por isso não é um relatório propriamente dito, só uma folha que eles deixaram para ti, são simpáticos, devias mandar-lhe charutos."

Caracal, leu ele. Caracal F, dezoito munições, estampido seco, sem ângulos retos, 750 gramas. Caracal C, quinze cartuchos, polímero com fibra, ergonomia pura. A sua memória ainda funcionava. Aquela arma não tinha sido comprada em Portugal.

9

HÁ QUANTOS ANOS PERCORRE O MESMO CAMINHO, PELA NOITE AFORA, ATÉ CHEGAR AQUI? Talvez há vinte anos, desde que um jogador de futebol morrera à porta do bar e ele viera identificá-lo e começar uma investigação sobre o Grande Inverno – o tempo das chuvas, o tempo do frio, o tempo. Desde então, quantas vezes falhara? Muitas. "Falhar, tentar de novo, fracassar melhor", era uma divisa sem nada de extraordinário, mas era a sua divisa – até não restar nada ou quase nada. Muitas vezes Rosa vinha buscá-lo e interromper uma conversa com Jorge Alonso, o dono do bar, o incorrigível irlandês. Tão incorrigível irlandês como Texas Jack era o incorrigível justiceiro ou Philip Marlowe o incorrigível detetive e ele próprio o incorrigível inútil. A vantagem sobre todos eles era a de não se levar a sério e de apenas querer sobreviver mais uns anos, a de querer que o tempo passe e que Rosa o venha buscar, embora, se possível, sem interromper nenhuma conversa com Jorge Alonso.

"Cerveja e pecado, meu amigo. É a única associação que se pode fazer", Jorge Alonso sentado ao balcão do andar superior.

"Que veio fazer aqui?"

"Vim ver o bar, tinha saudades. À medida que se envelhece há mais saudades. Os velhos têm mais saudades. E depois adormecem felizes."

E sorriu, o cotovelo pousado sobre uma pilha de jornais em inglês. Jaime Ramos sentou-se no banco ao lado:
"Cerveja e pecado. Veio beber?"
"Já não bebo há muitos anos, você sabe. Há muitos anos que não faço uma série de coisas."
"Já escreveu o testamento?"
"Já. Deixo-lhe várias caixas de whisky. Tudo Tullamore Dew, que agora está em saldo. Vai ter bebida para muitos anos, se não forçar muito."
"Vou ser moderado na bebida."
Jorge Alonso levantou-se e enrolou os jornais, que guardou debaixo do braço.
"O meu médico exige que me deite cedo. E eu deito. O outono é a estação da obediência."
"Você é um reacionário perfeito."
"É verdade. Temo a morte, leio jornais irlandeses, deito--me cedo."
Ambos riram e apertaram as mãos. Jaime Ramos vinha ao Bonaparte há tanto tempo como durava a amizade entre eles. Há uns anos, ele fora visitá lo no hospital depois de um AVC – e encontrara um Jorge Alonso pálido, lendo um romance e falando da morte como se a tivesse conhecido. "Uma luz branca", ele dissera. "Mas, ao contrário do que circula por aí, não é nada tranquila a sensação. É como se ficássemos surdos e fôssemos aspirados por um túnel de vento. Não queria morrer já. Sobrevivi." Nessa altura Alonso prometera deixar-lhe várias caixas de whisky em testamento; ele pedira malte Bushmills, mas obtivera apenas Tullamore Dew com a promessa de beber as várias caixas em sua memória.
"Eu espero. Não tenha pressa. Tenho ainda várias cervejas para provar, o que me vai dar para vários anos e, depois sim, vou começar a insistir consigo para que trate do assunto. Mas, pelo

sim, pelo não, assine o testamento, Alonso, assine o testamento. Não duro sempre." Alonso vestira o casaco e desceu as escadas do bar, deixando-o sozinho, a pedir uma cerveja clássica, vagamente amarga, apenas vagamente – uma ruiva. "As ruivas fazem parte da minha história pessoal", podia dizer. A ruiva pecaminosa, a ruiva desvairada, a ruiva turbulenta, a ruiva obsessiva que atravessa o palco em busca da tempestade, a ruiva dos filmes, a ruiva dos livros. Não sabia se era mesmo assim: tinha conhecido ruivas angélicas. E gostava de cervejas ruivas, despedindo-se do caramelo, deixando escorrer gotas de água pelas paredes exteriores do copo. Gostava de estar ali, no Bonaparte, que agora a filha de Jorge Alonso comandava. E gostava de quando Rosa vinha ter com ele e se sentava para fumar uma das suas cigarrilhas finas – até para o lembrar de que talvez haja amor para além das mortes que ele colecionava, e de que não devia cair na tentação de ter pena de si mesmo, como acontecia com os homens de meia-idade. Falhar, tentar de novo, fracassar melhor, mas sem misericórdia, sem nostalgia, sem nada. Olhou, pela janela, para o mar da Foz, o mar da praia dos Ingleses – e viu a chuva caindo sobre as árvores que ainda resistiam ao salitre. Tinha visto a chuva no Vidago, a duzentos quilômetros dali. Mas só agora chegava à Foz, inaugurando o outono, a estação da obediência.

10

Jaime Ramos sabia que o passado viria algum dia ter consigo, por telefone, batendo-lhe à porta, acenando-lhe da janela de um carro em movimento. Ele era um homem sozinho, apesar de Rosa. Apesar da sua coleção de cervejas. Apesar da sua casa. Apesar da proximidade da casa de Rosa, dois pisos acima, duas dúzias de degraus (ele sabia que eram mais). Rosa tinha a chave do seu apartamento mas ele era um homem sozinho. Rosa também era uma mulher sozinha, apesar de ele viver no mesmo prédio e de ter a chave do apartamento dela – e ele temia as pessoas que viviam sozinhas. Recebiam telefonemas, as pessoas sozinhas, e Jaime Ramos não gostava que o telefone tocasse a horas inexplicáveis, como acontecia quase sempre, onze e meia da noite – ele chegara a casa e ficara sentado no sofá, meio adormecido, pensando que Rosa (ela morava dois andares acima) estava já deitada. Daquela vez, o telefonema não interrompeu nenhum sonho porque ele estava de olhos abertos, ouvindo a chuva a cair no pátio interior do prédio, sobre a tijoleira – de olhos abertos no escuro, ouvindo a chuva. Esse era o retrato de conjunto, e Jaime Ramos sabia que alguma vez isso teria de acontecer. Por isso, reconheceu a voz do homem que disse o seu nome, antes de ele confirmar.

"Sou eu."

"Ela morreu. Morreu ontem, o velório é aqui, no Carvalhido." Reconheceria aquela voz mesmo que tivessem passado muitos anos. Júlio Freixo. "Pensei que quisesses saber, que talvez quisesses vir."
"Obrigado. Eu vou."
As pessoas sozinhas têm mais tempo para os sonhos, para as preocupações. E para que os suicidas despertassem quando menos se esperava, no meio da noite, durante a madrugada – se o sono se interrompesse –, à hora do crepúsculo, quando chegava a primavera, ao meio-dia de verão, perto do Natal. E desenhava-se nele, então, mesmo que o não quisesse, aquele retrato de granizo e folhagem arrastada pelo vento, de homens de gabardinas caminhando ao longo das ruas, passeando cães que viviam em apartamentos, fumando o cigarro proibido e noturno, indo ao encontro de alguém naquela espécie de clandestinidade sem clandestinos. Ele conhecia esses relatos. "Ah, senhor inspetor, ele saiu para passear com o cão, estava tão calmo." Nunca mais apareceu. Homens solitários que passeiam pelas avenidas, debaixo da luz dos candeeiros e refugiando-se debaixo dos plátanos. Homens que devem caminhar meia hora depois de jantar. Homens que atravessam as praças e acendem um cigarro à saída de um café de bairro. Casais que caminham devagar e em silêncio percorrendo todos os dias o mesmo caminho, contornando as mesmas esquinas, parando diante das mesmas vitrines de lojas, saindo de casa à mesma hora. E há aqueles que não regressam desse passeio, homens que desaparecem para outra cidade, para outro mundo, sem deixar rastro nem se despedirem. A mulher que fica à janela, com um roupão pelos ombros, aguardando o ruído daqueles passos incertos ou regulares, o cheiro do cigarro, cheiro de roupa usada, passos que sobem as escadas, passos que atravessam uma rua entre resmungos e vozes dispersas no meio da noite e que quase nunca se sabe de onde vêm. Colesterol alto. Taquicardia. Problemas cardíacos.

A tosse depois de um enfisema. As doenças que se arrastam e se ignoram. O mundo que se repete. Um carro que sai de um beco, os faróis acesos, os candeeiros da rua entre plátanos. Os seus primeiros tempos de solitário verdadeiro, por exemplo. Os primeiros tempos em que voltou a dormir sozinho depois do divórcio, acumulando uma espécie de alívio e de apreensão, de esperança e de tédio.
"Vais morrer sozinho", ela dissera.
Ele recordou essa tarde. Havia um café cheio de fumaça e de ruído, ruas preparadas para o inverno, carros vazios nos parques. E ela. Como era ela? Mal se recordava, fora há muito tempo e essas recordações são quase sempre ridículas, uma espécie de retrato fugidio que passa à nossa frente como uma ameaça e um apelo que vem não se sabe de onde. Como era ela? Vestia uma saia xadrez, gabardina, um gorro de lã – e haveria um rosto, certamente, mas o rosto era uma espécie de desperdício ao fim destes anos que tinham passado sem tê-la visto uma única vez. Não tinham nada para rever, nenhum filme para verem juntos, nenhum restaurante que fosse deles, nenhum passeio para se perderem. Nunca tiveram álbuns de fotografias, recordações de férias, vida em comum. Ele fora avisado, ela avisara-o:
"Vais morrer sozinho."
Ele morreria sozinho. Ele seria Jaime Ramos, aquele que vai morrer sozinho, aquele que se despede sem que ninguém saiba. Seria Jaime Ramos, aquele anônimo que vivia numa rua sem história. O único fragmento de história pertencia a Rosa, não a ele. Ele era um objeto flutuante, como os papéis da rua, os ramos quebrados das árvores, a fumaça dos ônibus que atravessam as pontes – não tinha ninguém que lhe pertencesse. Alívio. Tranquilidade. Eram essas as palavras que resumiam esses tempos. Depois, sim, só então veio a palavra "apreensão".
"Quem vai cuidar de ti? Vais morrer sozinho."

Mas ainda não morrera sozinho. Ainda não precisara de ninguém para cuidar dele. Tinha gripes, ficava cansado, tossia, tinha ressacas tranquilas, às vezes insônias, raramente más digestões. E esquecera o que havia para esquecer exceto – e essa era uma imagem que voltava de vez em quando – aquele instante, há muitos anos, em que um homem o esperara à saída do banco, quando ele trabalhava no banco e viera da Guiné:
"Eu sou o teu contato no partido." Como se dissesse: "Eu sou o partido." Jaime Ramos olhara-o de lado, protegido pelas sombras, escondido no passeio. Um dia de vento antes da revolução. Ao olhar para a noite de outubro, Jaime Ramos viu como as nuvens se moviam depressa, como corriam pelo céu, como se esfarrapavam. Ao recordar esses dias ele sentiu-se subitamente cansado, devorado pela vontade de dormir ou pela tentação de nunca mais dormir. Nuvens velozes. Nuvens que desenhavam animais obscuros no céu. Às vezes imaginava, no meio do seu cansaço – puramente físico – que o sangue tinha deixado de lhe correr nas veias, que uma doença invisível mas previsível se aproximava do centro do seu corpo, que qualquer espécie de fim estava iminente. Nuvens velozes empurradas pelo vento de outubro, ligeiramente temperado pela saudade da chuva, quando começava a anoitecer mais cedo.

Durante a revolução, antes da revolução, ele lembrava esse tempo. Com essa idade e uma adolescência por cumprir, Jaime Ramos caminhou onde se podia caminhar, onde a sua vida era mais frágil, ouviu os discursos em todas as reuniões, frequentava assembleias, conhecia as palavras de ordem, as canções, os nomes, as inflexões, a estranha coragem daqueles camaradas que estavam permanentemente vestidos para a revolução, que tinham sempre uma palavra, tanto de conforto como de rigor, e que participavam em todos os momentos da sua vida. Em outubro de 1973, ele disse pela primeira vez a senha da sua nova vida: "Sou comunista."

Tenho uma fé, estou protegido, transporto uma palavra em chamas, ela incendeia tudo, deixa labaredas dentro de casa, destrói as minudências, as dúvidas, sobretudo as dúvidas e os pormenores, atravessa a minha biografia de um lado a outro, "sou comunista". Júlio Freixo acabava de lhe perguntar – havia soldados a vigiar as pontes, jipes atravessando as avenidas, grupos cruzando as praças – o que ele sentia naquele instante, o que tinha ele a declarar. "Sou comunista." Mais tarde isso pareceu-lhe absurdo, como se tivesse dito outra coisa: "Sou comunista. Diz-me tu o que devo eu, como comunista, sentir neste instante."

Depois, Emília. Conhecera-a numa casa dos arredores, talvez Gaia, não se lembrava. Bebia-se muito nessas noites, festejavam-se vitórias que chegariam mais tarde ou mais cedo, havia uma mesa onde toda a gente pousava os seus copos de vinho vazios, e ele estava ligeiramente bêbado, Emília era a preferida de Júlio Freixo, a mais séria, a mais competente, a que participava e que em breve seria chamada. Marcaram encontros que às vezes não aconteciam, encontravam-se sem terem marcado hora, ela tinha ocupações, tarefas, horários, reuniões para participar, material para distribuir. Dormiram juntos pela primeira vez numa daquelas noites de julho de 1974, ela avisou: "Não quero compromissos agora, há muitas coisas a acontecer."

Voltaram a encontrar-se depois. Ela tinha regressado da Bulgária, onde passara três semanas num curso de verão e onde ele a acompanharia mais tarde. Ele imaginara a Bulgária antes de ir lá: montanhas negras, cidades escuras e um ponto luminoso a apoderar-se do Mar Negro, mas Emília desenhara um cenário de praias e de hotéis onde se encontram camaradas de todo o mundo que também queriam conhecer a revolução, a nossa revolução. "Nunca deverei brincar com a revolução", ela citando Lénin. Ele disse:

"Se for preciso, eu vou à Bulgária para te conhecer melhor."
Ela não riu. Havia uma seriedade na revolução, ele não compre-

endia, brincava com tudo, de tudo fazia um carnaval, um motivo de desleixo. Não era verdade; ele participava. "Participar" foi a palavra que mais repetiu durante esses anos. Casaram em junho de 1974. Houve um bolo muito branco, com muito açúcar e uma bandeira do partido esculpida no topo, muito vermelha, uma bandeira de morango artificial. Depois, esqueceu tudo. Ou, pelo menos, um dia esqueceu de repente tudo o que se tinha passado – Emília, o partido, a revolução. Era abril, um ano depois da revolução, três meses depois do seu casamento. A revolução não é uma avenida em Leningrado. Passou duas semanas num hospital, os médicos falaram de trauma de guerra, mas ele sabia que era surdez apenas, ficara momentaneamente surdo na Guiné, durante uma operação militar em que tinham morrido dezenas de homens. Não se lembraria jamais do que aconteceu nessas duas semanas, naquele hospital onde recebeu visitas que lhe levavam jornais e livros. Emília vinha ao fim da tarde, banhada daquela felicidade que a imunizava contra o sofrimento ou as gripes. Ele passava os dias sentado, surdo, envolvido por essa imagem alaranjada, de terra leve e alaranjada que nunca o abandonara: nuvens alaranjadas percorrendo todos os ângulos de visão, todos os pontos cardeais, todos os objetos tingidos por aquela nuvem que devorava a memória e apenas lhe devolvia coisas sem importância aparente: corpos de mortos estendidos no acostamento, na estrada de Missirá, o rosto de uma enfermeira negra num hospital de Bissau, um maço de antigos cigarros sagres pousado na mesa de cabeceira (ele recorda aquela embalagem vermelha, o escudo, as quinas, as armas de Portugal), a primeira manhã em que andou a pé pela Praça do Governador, o primeiro passeio de barco até ao ilhéu dos Pássaros, um crepúsculo onde não chegavam emboscadas, nem colunas incendiadas, nem ruído das operações especiais, nem cartas da família.

Emília foi ter com ele no hospital uns dias depois. Estava sentado numa cadeira, na varanda da enfermaria, e sentiu que ela estava ali – um perfume de que não se lembrava, atravessando o fedor de doenças e de desinfetantes, de remédios, de gemidos. Ela olhou-o então, uma sacola ao ombro, aquele ar insolente e feliz, determinado, e ele sentiu que nunca morreria ao lado daquela mulher e talvez de nenhuma outra.

Quatro meses depois, em setembro, a vida tinha corrido depressa demais e ela dissera, no calor do final do verão:

"Nunca mais te quero ver."

Devemos servir o partido em função da revolução, não em função dos nossos interesses ou das nossas expectativas pessoais, ou até das nossas ideias sobre o que a revolução poderia ser.

"Nunca mais nos vemos", respondeu. "De certeza", ela juntou."

Era bom que tivesses a certeza, tu."

"Se isso te alegra."

"Alegra."

"Então tenho a certeza."

"Podes sair", ela autorizou-o, como se prolongasse até ali a sua qualidade de camarada de confiança do partido, recrutada antes do 25 de Abril, ela que conhecia as noites em branco e guardava na memória – podiam ser necessárias – as moradas em que podia refugiar-se, esconder-se, passar meses seguidos sem ver o sol. "Podes sair."

E saiu. Ele não esqueceu. Jaime Ramos nunca mais passou naquela rua de que as recordações não eram desagradáveis nem agradáveis, não eram nada, porque ele servira o partido também em nome daquele amor desfeito. Ele não era nada, não tinha ciúmes, não tinha saudades, não tinha vontade de lembrar nada embora sentisse, por vezes, curiosidade em saber como tinha sido destruída a fachada cor-de-rosa da velha casa com o seu fio de camélias burguesas no jardim, ou se os pombos continuavam a morrer e se os gatos da vizinhança, pardos e louros, e negros ou albinos, continuavam a dormir ao sol, sobre os muros. As coisas, simplesmente, aconteceram assim.

Há pouco mais de um ano, Isaltino, testando-o, informara-o:

"Temos de ir a Monte dos Burgos, chefe."
"Vais tu, Isaltino. Eu já fui muitas vezes."
E também se lembrava mal dessa última noite, quando Emília disse "podes sair", e ele saiu, bem como das instruções do camarada Freixo:
"Outro lugar, camarada, outro Centro de Trabalho, outros camaradas, mas vou estar de olho em ti."
"Para me controlar, ver se eu cumpro?"
"Não. Para te proteger, para te ajudar. Um homem solitário está sujeito a muitas tentações."
"A muitas traições."
"A muitas traições sobretudo. Mas tu já traíste, Ramos. Bastou teres dito a palavra. Tu és um animal solitário, na verdade, bem vistas as coisas, e as pessoas solitárias são perigosas, desenvolvem todo o tipo de doenças e de manias. Há quem dê a vida por estas coisas, a revolução, o socialismo, as lutas. Tudo aquilo em que acreditamos. E há quem ande no nosso caminho. Tu andas no nosso caminho, mas eu sempre soube que não eras um dos nossos, realmente. Conheces os nossos combates, mas não te levo a mal. És um amigo. A tua mulher é uma boa camarada."
"Eu sei. É uma boa camarada."
"Perdes uma mulher de garra."
"Ela perde um tipo sem brio."
"Não. Ela fica mais disponível para o partido, e vai subir, vão ser precisas pessoas como ela. Depois, um dia, recomeçará a vida com alguém que mereça aquela energia."
"Eu sei."
Júlio Freixo telefonou umas semanas mais tarde, no meio do outono:
"Ouvi dizer que vais deixar o emprego no banco."
"Talvez."
"Podias ter uma boa carreira no banco."

"E no partido, até."

"No partido tenho muitas dúvidas", Freixo muito sério, respondendo a sério, ele respondia sempre a sério como se o destino gravasse cada uma das suas frases, mesmo as mais inesperadas, as mais solitárias. O partido não tinha solitários e a solidão era uma espécie de doença.

Silêncio. Fez-se um silêncio, então, ambos sabiam porquê. A revolução perdera aos poucos os seus revolucionários; restavam aqueles laços familiares a unirem gente desavinda, gente que fora partindo pelo caminho afora, como alguém que descobre que há outono e que não se pode voltar atrás.

"A Emília foi à União Soviética, sabias?"

"Não."

"Não pensas em trabalhar mais para o partido?"

"Eu não gosto muito de trabalhar, Freixo. E o partido tem gente muito dedicada", disse Jaime Ramos que, no entanto, não lhe contou toda a verdade, não lhe disse por que razão deixava o banco – para deixar tudo, para deixar Emília, para deixar a disciplina, para deixar de ser aquele homem de que realmente não gostava. Olhava-se ao espelho e via um homem magro e derrotado pelo divórcio, pelo emprego e pela história. Também não lhe disse que gostava dele, que gostava muito dele, apesar de tudo. Que gostava muito de Freixo, da sua dedicação e do seu paternalismo, e que apreciava o seu controle – e que ele seria um Freixo de si próprio, mas não de ninguém mais. Quando a polícia estava dividida naquele mundo de inspetores, subinspetores, agentes, Isaltino de Jesus apresentou-se-lhe numa manhã de verão com as suas calças de sarja e a camisa de manga curta, listrada, e Jaime Ramos olhou-o para ver um homem como ele poderia ter sido se não fosse aquilo em que se tornou. Engordara um pouco, sim. Envelhecera sem esperança num mundo depois deste. Amara um pouco, como acontece com os homens solitários.

Mas, tal como nunca mais passou naquela rua onde vivera com Emília (o acaso ajudou, é certo), também não voltou a imaginar o mundo como o tinha imaginado naquela época em que tudo tinha sentido e em que para tudo havia uma explicação – e havia, apesar de tudo, uma oportunidade para os deserdados ou para os indisciplinados. Ele aproveitou a sua oportunidade porque era um deles, pertencia ao mundo dos indisciplinados, embora não sentisse especial alegria em admiti-lo, porque traíra. Emília continuara, ele traíra – era apenas um amigo do partido, votaria no partido, guardaria respeito pelo partido, pelos seus nomes, pela forma como conhecera Emília, naqueles dias de turbilhão. Talvez ainda fosse o que foi nesse tempo. Mas o tempo passaria e ele apenas se tornaria mais cético, mais infeliz e mais solitário como as pessoas sozinhas. Agora, Freixo telefonara. Emília morrera. Ele disse "eu vou", mas não iria. Não pertencia àquela memória, àquele desenho do mundo, a que o ligavam as memórias de gabardina ou de anoraque usados, de cachecóis para proteger de um frio prematuro, de camisolas de lã e de sobretudos de corte antigo, de rostos onde a barba ficou grisalha cedo demais, ou de repente, cobrindo as rugas, tornando amistosos todos os apertos de mão. Ele, que fora do partido e que vivera as suas promessas, ele que dissera a palavra mágica ("o partido") e atravessara várias vezes a noite do Porto para esperar horas à chuva por uma mensagem ou um recado, ele não pertencia a esse mundo nem iria reconhecê-lo.

"A doença devorou-lhe a esperança", dissera Freixo.

Da esperança Jaime Ramos sabia pouco, muito pouco. Ele não gostava da palavra nem tinha ilusões sobre o futuro, e não iria despedir-se de Emília, porque nunca se encontrara realmente com ela, nem ali nem em qualquer outra parte da sua vida, onde tinham ficado já separados.

11

Jaime Ramos foi, pensando que não iria. Talvez ele fosse um homem demasiado frio. Júlio Freixo esperava-o à entrada da capela mortuária e Jaime Ramos reconheceu aquele casacão igual a todos os outros, usados por velhos militantes comunistas – a lã cinzenta, escura, o cachecol de cores discretas, xadrez. Reparou que Freixo tinha as luvas calçadas e supôs que fosse de propósito, para evitar apertar-lhe a mão. Não se aperta a mão a um traidor em nenhum caso. Talvez ele fosse um homem demasiado frio e fizesse suposições que não vinham ao caso. Os velhos camaradas apertam as mãos em silêncio, abraçam-se, peito contra peito; uma, duas, três palmadas nas costas, como se quisessem verificar a estabilidade do esqueleto; olham-se em silêncio em nome dos mortos que caíram ao longo do caminho. O que pensariam os velhos camaradas acerca de um mundo que decidiu caminhar noutro sentido?

"Mais tarde ou mais cedo, mesmo que não seja durante a nossa vida, a humanidade chegará ao socialismo", Freixo sentado, olhando-o. Tinha sido há muitos anos, em janeiro de 1974, um inverno frio, numa casa de Vila Nova de Gaia, voltada para o rio. "E nós estaremos lá. Somos homens de fé, Ramos, temos a História do nosso lado, e a razão, e o tempo." Era a sua educação política servida em sessões regulares, em encontros discretos ao fim de semana, em redor de uma mesa nua, sem livros, sem cadernos, sem canetas – aulas sem material escolar, nada escrito, apenas a voz monocórdica mas generosa de Júlio Freixo falando das tarefas mais ou menos imediatas: ler os documentos do partido, que seriam entregues na semana seguinte, levar um recado aqui e ali, ler este livro, acreditar, manter a fé, aceitar as decisões do partido, respeitar os camaradas presos, camaradas que viviam na clandestinidade. O seu primeiro contato fora na Guiné, duas, três conversas ao calor dos trópicos, em fevereiro de 1973. Sobre a mesa havia um maço de cigarros Kart e duas cervejas Cuca. Adelino Fontoura era um transmontano rude e silencioso, de voz grossa e bigode, calças vincadas, camisa branca imaculada. Jaime Ramos sempre se surpreendera com as camisas de Fontoura onde nunca caía uma nódoa, onde nunca pousara um grão de poeira – e com a sua voz tranquila que, mais tarde, lhe faria lembrar a voz de Júlio Freixo. Dois ou três anos depois ele reconstituiria essas primeiras conversas, tendo como fundo o ruído dos grilos de Bissau e as vozes dos negros que passavam na rua cheia de acácias, e chegaria à conclusão de que Fontoura também sabia que a História estava do seu lado. Daí a sua tranquilidade.

Mas ele, Ramos, não era um homem tranquilo. Inquietavam-no as certezas absolutas mas não sabia como contrariá-las. Aos vinte e um anos uma certeza absoluta é a coisa mais invejável que se pode ter, tal como a superioridade moral, uma camisa sem nódoas, o cabelo penteado, os vincos das calças, uma voz grossa, de tenor. Ele não sabia o que era uma voz de tenor, ligeiramente rouca, nunca tinha ouvido ópera, mas seria de um tenor que fumava Kart, os cigarros que lhe dão quilômetros de prazer. Fontoura nunca repetia o prato às refeições, nunca tomava mais de um café, não ficava acordado até tarde. Jaime Ramos invejava essa disciplina, os sapatos engraxados para os domingos de dispensa de serviço, o pente escondido no bolso de trás das calças, os livros arrumados junto da cama, a caneta Bic Laranja no bolso da camisa branca, a escova de dentes limpa, a superioridade de um homem que raramente bebia mais de duas cervejas e que tinha um ascendente desconhecido sobre os milicianos que chegavam à Guiné para visitar uma guerra de que desconfiavam. Fontoura não desconfiava da guerra. Ao contrário de Ramos, que caíra em combate e passara um mês de baixa, primeiro no hospital, depois arrastando-se pelas duas esplanadas do centro de Bissau, Fontoura era um homem determinado com um horário preciso para as suas tarefas do dia a dia: escrever cartas, ler, sentar-se ao canto da parada, no quartel, observando como chegava até ali a luz do crepúsculo. Ele via-o, sentado, ao canto do pátio – uma estátua, um perfil iluminado pela luz do crepúsculo, silencioso e superior diante dos seus vinte e um anos e daquela surdez prematura de que só despertava aos domingos, para escutar relatos de futebol na rádio.

Ramos passara duas semanas em Guileje e, no regresso a Bissau, perto de Quebo, a sua coluna caíra numa emboscada. Ele não esqueceria o nome Aldeia Formosa, a poucos quilómetros da fronteira com o Sul. Não esqueceria aquele silêncio à sua volta, depois das explosões, nem o rosto do capitão que lhe acendeu um cigarro enquanto estava atordoado, no chão, rodeado de corpos. Não ouviu o ruído das vozes à sua volta, contabilizando mortos e feridos. Não ouviu o voltear dos dois helicópteros esvoaçando rente à copa das árvores. Não ouviu o crepitar das chamas consumindo mato e caminhões. Simplesmente, não ouviu. Só dois dias depois, em Bissau, para onde fora evacuado, pôde – na enfermaria – despertar daquele silêncio pesado com o zumbido longínquo de um rádio que transmitia um relato de futebol. Desde essa altura que os relatos de futebol na rádio eram uma evocação desse momento em que, deitado numa cama suja, num domingo de

Bissau, recuperou parte da vida e soube que poderia voltar a escutar os boleros de Los Panchos, de Agustín Lara, de Bienvenido Granda, ou de Consuelo Velázquez.

Tivera alta e direito a dez dias em Bubaque, nos Bijagós, entre plantações de arroz, copas das palmeiras e pântanos que se aproximavam do mar, diante da Ilha Roxa. Fontoura aguardava-o à saída da enfermaria, naquela manhã.

"Já de saída, amigo Ramos? Ouvi dizer que vais de férias para a praia."

Ele estendia-lhe um cigarro e amparara-o até um banco de cimento debaixo das buganvílias junto do muro do hospital. Mantinha a sua voz grossa, o cabelo penteado e a confiança no futuro. Falaram durante essa tarde e Fontoura mencionou o partido pela terceira vez – e indicou-lhe um contato no Porto, aonde Jaime Ramos regressaria daí a três meses. No dia seguinte saiu de lancha para Bubaque e nunca mais viu Fontoura, cujo corpo ficou entretanto apodrecido ou foi devorado pelos animais perto de Varela, no norte, depois de ter percorrido de jipe, sozinho, a estrada entre São Domingos e Sucujaque, diante do Cabo Roxo, encostado ao Senegal. O jipe, conta o relatório enviado pela guarnição local, entrou pelo mar, sempre em frente, levando lá dentro um Fontoura semimorto, varado por uma rajada de metralhadora que ninguém conseguiu explicar e que o desfigurara totalmente, a cabeça explodindo no meio do trajeto, um braço desfeito por uma rajada. Soube da notícia duas semanas depois, no regresso dos Bijagós, carregado de cerveja e com a pele queimada pelo sol doentio das ilhas e picada pelos mosquitos. E imaginou Adelino Fontoura, pela primeira vez despenteado, guiando um jipe sujo e coberto de poeira, pela estrada da fronteira, enfrentando o ar rarefeito e salgado da savana atlântica, o vento quente de Casamansa que arrastaria consigo as poeiras do deserto, se chegassem até ali.

Jaime Ramos queimou a folha de papel onde Adelino Fontoura escrevera o nome do homem que devia contatar no Porto – preferira decorá-lo. Também não esqueceu o lugar onde devia encontrá-lo. Guardou-os como uma promessa de redenção e uma homenagem a Adelino Fontoura.

12

Em Varna havia um promontório a cerca de cinco quilómetros da primeira das praias do Sul. Nunca soube o nome do lugar, mas foi de onde melhor viu o Mar Negro enquanto Emília participava em mais uma reunião com camaradas que vinham sobretudo de África e da América Latina para discutir o futuro do socialismo ou para decidir o que os comunistas poderiam fazer para que o mundo tivesse um sentido e a Bulgária um destino. Jaime Ramos não voltaria da Bulgária para fazer a revolução. Limitara-se a acompanhar Emília até Sófia, a partir de Lisboa e de Paris, e de Sófia a viajar num avião menor até ao anfiteatro monumental diante do Mar Negro. Aí, ele foi entregue a um grupo de militantes comunistas transformados em turistas, organizados para visitar o Palácio dos Desportos, o centro de Congressos, o Museu Marítimo, o Museu de Arqueologia e uma sala onde assistiram a vários documentários sobre a vida na Bulgária e a amizade entre os povos, apresentados por professores que falavam espanhol ou português com sotaque brasileiro.

Ao fim da tarde, por volta das seis, Emília regressava das reuniões e davam passeios ao longo da praia, e escolhiam até um cais onde os dois ficavam sentados a fumar, rindo sobre isto e aquilo, tentando imaginar a distância que, pelo mar, os separava da Romênia ou da Turquia, a norte e a sul. E então lembravam-se os dois do Porto, e de como o Porto ficava longe demais daquele mar intenso, escuro, tépido, agradável, quase perfumado pelos pinheiros inclinados para a baía. E de como as suas vidas ficavam longe daquele perfume. Ela vestia uns vestidos coloridos, como se usavam na época, e arrastava-o através do cais, das pequenas praias escondidas entre eles, até se afastarem do hotel onde todos os outros estavam alojados – e de lá viam a cidade, com as suas luzes confundindo-se com o brilho das primeiras estrelas. Ela ria. Ele ria. Não prestavam atenção aos outros, salvo quando estavam ocupados em cumprir o programa oficial, as visitas, as reuniões, as sessões de trabalho político, as leituras em voz alta, os jantares com camaradas que estavam entusiasmados com a revolução portuguesa e cantavam a Internacional em várias línguas.

Jantavam em grupos, falavam espanhol com os outros convidados. À noite, antes de irem para o quarto (um quarto minúsculo que não tinha chave) e depois de verem um filme, alguém aparecia para relembrar o programa do dia seguinte ou para distribuir documentos (Jaime Ramos perdeu os seus no aeroporto de Sófia, antes de regressarem). E, como tinham dificuldade em dormir, ficavam sentados na cama, de janelas abertas, bebendo vodka e fumando SG Ventil levado de Portugal, espreitando as luzes dos grandes barcos que cruzavam o Mar Negro e pareciam abandonados naquela grande solidão de todos os mares. Tinham sido felizes nessa viagem. Ele pensava nisso, agora, trinta anos depois, e recordava aquele promontório onde tinham chegado depois de caminharem durante uma hora através de dunas e de falésias. Foi de onde melhor viu o Mar Negro. Nessa primeira vez, Emília pediu para voltarem antes de escurecer totalmente, porque alguém poderia ficar preocupado com a sua ausência. Mas ele voltou lá duas vezes enquanto Emília participava em reuniões que poderiam vir, um dia, a salvar o mundo, mas que não salvaram.

13

"Eu tenho uma solução."
Jaime Ramos não pestanejou mas encarou Isaltino de Jesus com interesse:
"E pode saber-se como é que isso aconteceu?"
"Fácil. Sem me gabar, chefe. Veja bem: quem estava na festa? Todo o mundo, já vimos a lista: empresários, diplomatas, professores, gente influente, gestores, gente, enfim, gente, e jornalistas. Não estavam as pessoas habituais em festas cor-de-rosa, com o grupo das telenovelas e da televisão. É estranho que, numa noite assim, o homem tenha ido sem convite. Demos voltas sobre voltas e interrogamos duas vezes o pessoal do hotel, os administradores da empresa que estavam lá e, chefe, ao fim de quatro dias, parece-me que ele não foi mesmo convidado. O estranho não é isso, porque ele não está ligado a nenhum daqueles nomes, nem àquele mundo. Em Lisboa, a casa foi virada do avesso e há uma palavra que não encontramos em nenhum lugar. A palavra Vidago. O Corsário conta-lhe."
José Corsário bebia vinho em goles pequenos, enquanto ouvia Isaltino. Jaime Ramos gostava de vir a este restaurante, mesmo no centro do Porto, a dois passos da Baixa, sitiado pelo ruído dos ônibus e pelas fachadas de azulejo das lojas que sobreviviam

no bairro – alfaiatarias, dois supermercados, uma frutaria, lojas de tecidos e uma farmácia, além dos cafés que eram frequentados por quem esperava um ônibus na Praça de Lisboa. Depois, gostava de descer as ruas dos alfarrabistas e de observar, da vitrine, os livros que talvez Rosa não tivesse acumulado e que lhe serviriam, a ele, de companhia no próximo inverno, porque ele só lia romances no inverno, para se proteger do frio e da noite. Entrava num e noutro, contava mentalmente as notas que guardava na carteira e escolhia um livro que talvez servisse para o efeito – impressionar Rosa, por exemplo. Ou agradar-lhe. Ou ter o livro na sua estante. Mas o epicentro de todos os movimentos em redor da praça era o restaurante: vinha ali buscar uma comida que já se encontrava raramente nos restaurantes da cidade, cozidos elementares, estufados profundos em que as carnes se dissolviam lentamente para horror dos dietistas, aromas de gorduras liquefeitas, peixes fritos (marmotas, fanecas, pescadinhas, carapaus), vitela cozida com brotos de verduras, iscas de fígado, tripinhas enfarinhadas, caras de bacalhau com arroz de feijão vermelho, arroz no forno a lenha, sardinhas fritas, pernil cozido com batatas, dobradinha com feijão, a comida burguesa do Porto que tinha alimentado gerações de pequenos comerciantes e de funcionários competentes que respeitavam escrupulosamente a pausa para almoço e guardavam o vinho de uma refeição para outra, homens maduros e quase sempre solitários, raramente com a família, armazenando qualidades essenciais de colesterol e de bem-estar, desconfiando da modernidade, das inovações culinárias e de comensais ruidosos.

   O cabo-verdiano olhou para Jaime Ramos e confirmou:

"Se eu tivesse entrado num quarto de hotel, seria a mesma coisa, tirando a arrumação, que nem lhe digo. A casa estava toda desarrumada. Cama por fazer, roupa espalhada no chão, a cozinha não existia, se isto lhe interessa."

És os meus olhos, José Corsário. És os meus olhos, pensou Jaime Ramos, acendendo uma cigarrilha escura enquanto esperava pelo café e depois de ter comido o seu polvo no forno. Corsário tirou o seu bloco (ele treinara-os para anotarem tudo antes de lhe fazerem um relatório) e encarou Ramos:
"Um computador. Trouxemos um computador, com a autorização de Lisboa, naturalmente. Mandei abrir e copiar os fichários todos antes de o devolver. O quarto dele era uma espécie de escritório, havia pastas com documentos pessoais e recortes de jornais, sobretudo acerca de Angola, ele tinha interesse em coisas de Angola."
"Que coisas de Angola?"
"Nada de política. Investimentos. Bancos, negócios imobiliários, Luanda, companhias de seguros, foi isto que encontrei. Quanto aos recortes de jornais, todos eles sublinhados. E os mesmos assuntos: negócios imobiliários, compras e vendas de bancos, o costume e que vem em todos os jornais. Havia um mapa de Luanda dobrado na mesa de cabeceira. Cartas recebidas na caixa de correio: contas de telefone e da luz. Extrato do banco: seis mil euros em conta-corrente, mas deu para ver que tinha ações, dois ou três mil euros, o empréstimo da casa está quase pago. Fotografias nas paredes, o chefe gosta sempre destes pormenores: os filhos e pouco mais. Ele aqui e ali, uma delas, das fotografias, em Luanda. O resto, nada. Ou seja: se a partir destas coisas fôssemos adivinhar a profissão do homem, estávamos lixados. Ou não. Digamos que ele se interessava por assuntos angolanos, o que tem a ver com a profissão anterior dele, jornalista de economia. No *Diário de Notícias*. Deixou o jornal há três anos e meio e esteve a trabalhar para uma empresa angolana de comunicação, é o que percebi de uma conversa. Esteve em Luanda durante quatro meses, no ano passado, na montagem de um jornal de lá. O jornal saiu, ele veio para casa. Onde há dinheiro há

jornais, parece-me. E esta coisa: as últimas transferências de dinheiro para a conta vêm de um banco angolano, o Comércio e Indústria, agência da Marginal de Luanda. Ele tem duas contas, pelo menos pela correspondência que vi, uma no BCP outra no Santander. E uma num banco angolano, o Comércio e Indústria, exatamente. Impostos: oitenta e dois mil, quatrocentos e quarenta e cinco euros declarados no ano passado. Proprietário de um carro, um Volkswagen Passat preto, aquele que encontramos no Vidago. Outros dados que não vêm da casa dele, e que não pode saber como me chegaram à mão tão depressa: fez três viagens para Luanda este ano, de janeiro a novembro. Em março, abril e julho. Uma semana cada. Este é o homem. Quarenta e oito anos, divorciado, jornalista de profissão, et cetera, et cetera, et cetera, não encontramos o passaporte, não encontramos a carteira, não encontramos preservativos na mesinha de cabeceira, fazia a barba com barbeador e lê muita história em quadrinhos, pelo menos há uma estante cheia de história em quadrinhos na sala de estar. Eu não aprecio lá muito."

"Quando esteve em casa pela última vez?"

"Pelas minhas contas, quinta-feira. E havia duas cartas na caixa do correio, ambas com o carimbo de terça-feira."

"Mesmo se não soubermos onde esteve na sexta-feira, onde dormiu, já sabemos que no sábado apareceu no Vidago. Mas não estou a ver onde está a solução, Isaltino", Jaime Ramos voltando-se para ele.

"Nisto, chefe: ele foi mostrar-se. Dizer que existia. Ou que estava ofendido por não ter sido convidado. Ou mostrar-se. Estavam lá outros jornalistas. Estava lá gente de negócios."

"Estava lá alguém de Angola?"

Isaltino sorriu:

"Mesa número três. Veja este desenho, neste papel. Mesa um, a mesa do administrador e dos convidados, o presidente de uma fundação, gente que conhecemos daqui e dali. Mesa dois, ao lado, na direção da porta, o mestre cervejeiro da empresa, a anfitriã da noite, que fez os discursos, um escritor convidado, o administrador de outra fundação. Mesa três: diretores da empresa, um adido comercial da embaixada inglesa, porque os ingleses costumam vir muito para este hotel, um representante comercial de Angola, porque interessa ter Angola debaixo de olho, e assim por aí afora. E agora veja: mesa número oito. Nas costas da mesa número três. Ele sentou-se nesta cadeira, junto do homem de Angola. Ao lado dele, de costas para ele, não se sabe bem, mas junto dele. Coincidência, não?"

Jaime Ramos abriu as mãos, como se não houvesse mais nada a fazer:

"E esse homem, podemos falar com ele?"

"Temos um problema aí, chefe. Ele é diplomata. Temos de pedir autorização, já fui informar-me. Nada de mandar a polícia nestes casos. Um pedido de autorização formal. Ainda por cima, é angolano. Susceptíveis, segundo me disseram."

"Trata disso."

"Não posso. O chefe tem de pedir ao nosso diretor, e pelas vias oficiais, com uma justificação séria. Não há outra maneira."

"Hoje é sexta-feira, fica para segunda."

"É que já lá vão quatro dias, digamos cinco."

14

Rosa insistiu em fazerem uma viagem durante o Natal e Jaime Ramos, finalmente, concordou. Na verdade, se o Natal já não era Natal, então não seria Natal já esse ano. Iriam a Cabo Verde. Nos dois últimos meses ela tinha colecionado folhetos publicitários de agências de viagem – fotografias onde não havia chuva, nem neve, nem lama, nem o cinzento frio da tarde atravessado pelo trânsito da cidade. Ele concordara com a viagem; a sua resistência tinha limites e aquela ilha de Cabo Verde, banhada pelo azul das fotografias, pelas ondas de um mar desenhado em fundo de cartolina, parecia um destino possível – não para o Natal mas para toda a vida, embora ele não pensasse no resto da vida senão como uma ameaça para a imaginação. Até que Rosa entrou no seu apartamento com as reservas dos voos para Cabo Verde, uma espécie de recompensa pelo outono que tinha invadido a cidade e o importunava com a melancolia da época, os livros cuja leitura deixara a meio, acumulando-se junto de um sofá que devia ter metade da sua idade mas o dobro da sua resistência.

"Vamos a vinte e um", disse ela. "Regressamos antes do fim do ano, quando tudo isto tiver passado. Cabo Verde. Sal e Mindelo, férias de Natal."

"Há praia?"

"Há praia. E estradas nas montanhas."

Nos últimos anos tinham passado o Natal visitando a família de Rosa, em Vila Flor, atravessando as montanhas onde a neve era aguardada – algumas vezes com sucesso – para completar o quadro de uma tradição que deixavam sobreviver apenas no fundo da memória, onde se alojavam coisas inúteis, vagas, inocentes, ou destinadas a serem recordadas uma vez por ano, na altura certa. Como o Natal, por exemplo, com a sua música de outro tempo, com a sua paisagem de outro tempo, com os nomes que já não se usavam. Mas era uma visita rápida, um dia ou dois, apenas o tempo necessário para que o ritual ganhasse o direito a ser prolongado de um ano para o outro; depois partiam para outro lugar.

José Corsário prometera e cumprira, transportando para a sua secretária um saco com discos de mornas e funanás – e Jaime Ramos fora simpático o suficiente para observar os discos um a um, comentando, elogiando, prometendo ouvir toda aquela música de Cabo Verde, e mostrando que escutava o próprio Corsário durante a visita guiada à sua fonoteca particular.

"Eu pedi-te os clássicos, Corsário."

"Estão aí os clássicos, tirando um ou outro. Toda a música de Cabo Verde é clássica. O meu pai tocava essas mornas quando íamos a São Vicente e eu ouço-as agora com a minha mãe. Ela é de Santo Antão, a ilha em frente, mas o meu pai era um clássico do Mindelo. Tinha uma roupa especial para cantar a morna, desenhada por um tio que era alfaiate e sabia de cor todo o Eugênio Tavares. Ele tocava violino, mas um dia o cantor ficou afônico durante uma travessia do canal e o meu pai teve de o substituir. Foi um sucesso extraordinário. Foi assim que ele conquistou a minha mãe, com uma morna. Ela estava na assistência."

"Sabes qual é?"

"*Ca tem nada na es bida más grande que amor. Se Deus ca tem medida, amor inda é maior, maior que mar, que céu. Mas, entre tudo cretcheu, de meu amor inda é maior...*"

"Eu sei, eu sei."

José Corsário deu uma gargalhada e completou, em voz de falsete, meio tom acima do necessário:

"*Oh força di cretcheu abrim nha asa em flor.*"

"Sim. Estou vendo. E isso está gravado aqui?", Jaime Ramos apontando os discos.

"Claro. Três versões, nenhuma delas perfeita, evidentemente."

"Claro."

"Isso. A do meu pai era a melhor."

Jaime Ramos guardou os discos numa gaveta da sua secretária e fixou José Corsário, de olhos semicerrados:

"E Fátima? Vais casar com ela?"

"A minha mãe aprova. Vamos para Cabo Verde em junho e casamos no Mindelo. Na verdade, é o primeiro casamento africano da família", ele riu. "Os meus pais são cabo-verdianos, toda a família casou com gente de Cabo Verde. Finalmente, alguém de África, uma angolana. E de Benguela. Cozinheira à altura da minha mãe."

"Tens sorte na vida, Corsário. És cabo-verdiano, tens a Fátima e o teu pai cantava mornas."

"Nem tudo é perfeito, chefe: trabalho consigo", riu ele de novo. Mas Jaime Ramos não sorriu. Olhou pela janela o céu cinzento, as copas dos plátanos que se desfaziam, alaranjados, o lixo que se acumulava sobre os telhados, entre musgos eternos:

"Tens razão. A vida não é uma avenida em Leningrado."

"Em Leningrado? Leningrado já não existe."

"Mas a Avenida Nevsky existe ainda. Era o que nós dizíamos, bom, o que se dizia: que a revolução não era como desfilar pela Avenida Nevsky. Não era um passeio na Nevsky Prospekt."

"O chefe não anda bem."
Ficaram os dois calados, frente a frente, Jaime Ramos sentando-se devagar, José Corsário das Neves levantando-se com o incômodo de não ter nada para dizer. Dirigiu-se para a porta e, então, voltou-se para trás:
"Sabe? O meu tio conheceu o Mao Tsé-Tung. Viu-o uma vez, lá na China. Não ficou com grande impressão, mas viu-o, ao Mao."
"Como é que isso foi?"
"Um dia, às tantas da madrugada, os estudantes estrangeiros foram acordados por um oficial que lhes disse que o camarada Mao Tsé-Tung tinha uma importante comunicação a fazer e que deviam estar prontos daí a meia hora. Daí a meia hora estavam todos vestidos. Era inverno, todos metidos naqueles sobretudos cinzentos, o meu tio guardou o dele até ao fim da vida. Depois da independência, a China e a Coreia mandaram fardas para o exército de Cabo Verde, e lá vinham os sobretudos cinzentos, além de duas estátuas sem cabeça. O corpo era de Kim Il Sung, a cabeça teria de se mandar fazer. Mas lá se meteram em ônibus, todos muito surpreendidos e ansiosos, o camarada Mao ia fazer uma comunicação importante. Saíram de Pequim pelas duas. Ao fim de uma hora de viagem, sem saberem para onde iam, pediram-lhes para saírem dos ônibus e entraram num parque enorme, gelado e escuro. Alinharam-se todos numa praça que havia ao fundo de uma clareira e apareceu-lhes um oficial, muito solene, informando-os de que teriam de tomar um outro ônibus porque o camarada Mao Tsé-Tung queria fazer uma comunicação importante. Chegaram ônibus para aquela gente toda e andaram mais meia hora. Quando pararam, havia uma escadaria enorme e um palácio, onde se dizia que Mao passava a maior parte do tempo, nos arredores de Pequim. Alinharam-se todos, voltados para as escadas, a julgar que iam subi-las. Não. Veio outro oficial que lhes pediu um

pouco de paciência, porque o camarada Mao Tsé-Tung chegaria a todo o momento para lhes fazer uma comunicação muito importante. Chegaram mais dois ônibus cheios de estudantes estrangeiros, que se juntaram a eles. De repente, eram cerca de duzentos ou trezentos, vindos de todo o lado e alinhados nas escadas, até que apareceu um grupo de fotógrafos que começou a estender o material. Câmaras, luzes, fios, tudo. Então, um oficial apareceu a pedir-lhes para olharem para as câmaras. Só que o meu tio estava constipado, fartava-se de espirrar, e aquele frio agravou a coisa. De repente, voltou-se para trás, no meio daquela agitação, com todos muito direitinhos, voltados para os fotógrafos – e, no alto das escadas, muito lá no alto, lá vinha ele, o Mao, desceu um degrau, mais outro, sorriu um segundo, ou menos, os flashes dispararam, e o camarada Mao desapareceu. Mas o meu tio viu-o, viu-o lá no alto, pairando sobre aqueles estudantes reunidos de noite. Quando lhes distribuíram as fotografias, lá estava o meu tio, de cabeça voltada para trás, olhando para o camarada Mao. É o único que olha para ele, tinha de ser um cabo-verdiano. Todos os outros estavam a olhar para a fotografia."

"E que explicação lhes deram depois?"

"Nenhuma. Pediram-lhes para entrarem nos ônibus e seguiram viagem até Pequim. Uma semana depois mostraram-lhes a fotografia. Uma recordação do camarada Mao."

"O teu tio mostrou-te a fotografia?"

"Claro. É uma das poucas coisas que conservou da China. Mas nunca esteve na Avenida Nevsky."

"Eu nunca estive na Avenida Nevsky."

Foi então que entrou Isaltino de Jesus, olhando com surpresa para os dois, calados e surpreendidos.

"Chefe, mata-se cada vez mais na província", começou ele. "No Douro, um pouco acima do Pinhão. Homicídio, et cetera."

"Estou conformado com a situação do país, Isaltino. A taxa de homicídios é reconfortante, mas já temos os nossos mortos para explicar. Quem vai lá em cima?"

"Bom. Eu deixava que isto passasse para Vila Real, mas acontece que já não há delegação em Vila Real, como sabe. Tudo depende de nós. E acho que somos nós a ir. Estamos a uma hora de viagem."

"Por que nós? Já acabaram as vindimas no Douro."

"O cadáver, chefe. Benigno Mendonça. Em princípio não lhe diz nada, eu sei, mas trata-se de um cidadão angolano, para dizer as coisas com propriedade e para que ninguém nos acuse de não cumprirmos as regras. Da área comercial da embaixada de Angola. Há uma semana estava sentado à mesa número três no Palace do Vidago."

15

JAIME RAMOS GOSTAVA DAQUELA ESTRADA. Lembrava-lhe um perfume antigo, a cor dos vales que se confundia com a cor do rio, lá ao fundo. E o cheiro amargo das vinhas depois das vindimas – o que dava um toque literário às descrições dos folhetos turísticos era para ele parte da sua memória: o lagar, o xisto negro, os pés nus, a aldeia despedindo-se do verão e da tortura do calor, antes da colheita da amêndoa e do outono, verdadeiramente a estação da obediência. Enquanto Isaltino de Jesus conduzia o carro pela estrada que acompanhava o rio, entre a Régua e o Pinhão, o sol escondia-se entre as primeiras grandes falésias do Douro. Não as suas grandes falésias, acima do Tua, mas as que tinham aproveitamento turístico, justamente – e ele pensou que grande parte das suas recordações estavam ligadas a coisas mortas, ou a qualquer coisa que tinha sido transformada em turismo rural para que os fugitivos das cidades respirassem como oxigênio em vidas rarefeitas, ou recuperassem como um cenário de fim de semana.

Eucaliptos e zimbros, cedros, ciprestes, vinhas decepadas ou apenas aguardando a grande nudez do inverno, giestas adormecidas, e a imagem do rio como um espelho luminoso – havia uma recordação infiel nestas coisas e Jaime Ramos não gostava de sentir pena de si mesmo, não gostava da melancolia. Acendeu uma cigarrilha e abriu um pouco a janela do carro para que a fumaça iniciasse a fuga depois da primeira baforada. Muitos anos atrás, vinte talvez, ele percorrera aquelas estradas em busca de um assassino invisível que matara à beira do rio e abandonara o corpo à podridão do porta-malas de um carro. Matar por amor, matar por desfastio, matar para mudar o destino. O seu sentido de justiça tinha-se alterado ao longo da vida e, sobretudo, ao longo da sua vida como polícia – houve assassinos misericordiosos, assassinos justos, por muito que um assassino fosse sempre um assassino, e tivesse de conservar um mínimo de moral e de disciplina. Os seus casos preferidos terminavam muito antes de desmontar o puzzle desenhado de um homicídio. Sou um biógrafo incompreendido, Isaltino. Interessam-me os desaparecidos que não deixam rastro e nunca mais saem da lista de desaparecidos. De vez em quando vou lá, a essas listas, escolho um caso, imagino os primeiros passos do inquérito. Imagino as falhas. As peças que não encaixam. Sobretudo o lado de lá. Sou um biógrafo sem sorte. A ironia matou o resto de entusiasmo que havia em mim. Interessam-me as pessoas que não querem ser vistas, as pessoas que preferem a sombra, as que atravessam a noite pelas estradas secundárias. Onde se escondem as pessoas que não querem ser vistas? Interessam-me as pessoas que têm recordações de que nunca falam. Interessam-me as pessoas que têm recordações dolorosas e passam em frente e não sucumbem, não choram, não se lamentam, não sofrem à vista dos outros. Interessam-me cada vez mais as pessoas de antigamente, quando havia um sentido de justiça que se resolvia na sombra. Sou um biógrafo preguiçoso, Isaltino.

 Mas Isaltino ia calado, ao volante, olhando em frente. O carro seguia entre os eucaliptos da estrada, entre a folhagem dos pomares das quintas que tinham sobrevivido à ocupação de fim de semana. Ciprestes no alto das serras. Muros caiados de branco, a linha do trem na outra margem. Que recordações nos doem mais? Procura bem no passado, há sempre um trem que atravessa um caminho entre as montanhas, uma dor que sentes e que não existe em nenhum catálogo, em nenhum momento da tua vida. Procuras e não vês. Um polícia não tem luxos desses, não tem momentos de tensão baixa, deve acumular o colesterol ou as feridas de combate, contentar-se com o seu salário e com a sua vida familiar. A burguesia gosta de segurança, da tranquilidade dos seus bairros – mas detesta falar do assunto, como se isso fosse um pecado contra os assaltantes que se aventuram nos seus jardins e pisam os canteiros, abrem as portas, as gavetas, passeiam nos corredores, nas despensas, abrem os frigoríficos, sentam-se na sala de jantar, esmagam as borboletas, disparam sobre os melros. De tudo isto, que recordações te doem mais? Isso não tem importância, nunca tem importância. Olhou para o relógio, quatro da tarde, tomou nota mentalmente. Mas tomar nota mentalmente era um excesso, no seu caso – porque Jaime Ramos não escrevia ou raramente escrevia as suas notas. No seu gabinete, limitava-se a encostar-se na cadeira (tinha sido substituída há menos de um ano por um modelo confortável e ergonômico) e a semicerrar os olhos na direção da janela, como se olhasse realmente o fio de telhados desalinhados. O resto era imaginação, uma espécie de exercício a que se entregava para não ter de preencher impressos ou elaborar relatórios, trabalhos deixados para Isaltino de Jesus. Uma nova geração de investigadores, que agora teriam quarenta anos, ocupava a parte nobre dos corredores da casa, subindo e descendo o edifício como atletas à procura de solução para mistérios que ele nunca compreenderia. Com os anos, somando maus hábitos administrativos à sua idade real, Jaime Ramos evitava os corredores: pela porta, vigiava a sua equipe de bons polícias – gente que o protegia dos novos tempos, por quem sabia os resultados do futebol, as novidades sobre inquéritos mais populares (via pouca televisão, só lia jornais) e as nomeações para as chefias. Todos os anos, no verão, ele evitava ficar encarregado de casos que viessem nos jornais. A corrupção não o interessava; crimes de colarinho branco tinham tomado conta de todo o trabalho de primeira linha, mas esse mundo cheio de segredos e de nomes sonantes indispunha-o e quase o deprimia, como se andasse a desprestigiar a natureza do próprio crime. Daí a quatro anos entraria na reta final da sua carreira. Todos sabiam disso – que a partir dos cinquenta e cinco anos os inspetores eram poupados a inquéritos mais arriscados, que impusessem esforço físico ou que exigissem presença na televisão. A polícia apostava nos jovens. Ele tinha deixado de ser jovem há muito, mas isso não o incomodava. Era verdade que não tinha saudades da sua juventude, nem dos amores de juventude, nem dos seus medos ou dos atos de coragem, que foram os normais. Simplesmente, limitava-se a observar que o tempo passara.

De repente, uma mancha branca na margem direita do rio. Antes de entrar no Pinhão, o carro passou sobre a pequena ponte que atravessa o Douro, desenhada por Eiffel, junto a um fio de choupos, freixos e casas pintadas de fresco. No cais, junto do hotel, dois homens fardados. Foi para lá que se dirigiram e Jaime Ramos saiu primeiro, ainda de cigarrilha acesa.

"Ou seguimos de barco ou vamos por estrada. O tempo é o mesmo", o mais alto, bigode, moreno, óculos escuros.

"Eu vou de barco", disse Jaime Ramos. "Tu segues pela estrada. Pelo mapa já vi como é. Sobes na direção de São João da Pesqueira, voltas à esquerda daqui a oito quilômetros, há lá uma placa com o nome da quinta, e desces até ao rio, vais buscar-me."

Jaime Ramos percorrera aquela parte do rio há muitos anos, antes de seguir para a Guiné. Fizera-o como militar, em treino, fingindo resguardar-se entre a folhagem, abrigar-se no meio das rochas, enquanto passavam as lanchas dos perseguidores, que também fingiam estar em guerra. Na época, o Douro tinha corredeiras que arrastavam os barcos e os faziam estatelar-se contra as lâminas de pedra que só se viam durante a maré baixa. A sua adolescência fora passada nos cumes sobre o Douro, nas alturas das serras, onde nevava e caía geada sobre as hortas e os lameiros que ele atravessara em madrugadas de caça ou, muito mais novo, para guiar os bois até um curral. Se se concentrasse o suficiente, ouviria o estampido de um disparo numa dessas madrugadas de caça. Fora sempre um bom atirador, habituado a acompanhar caçadores desde pequeno, a percorrer montanhas entre carvalhos desfeitos e giestas que cresciam até à altura de um homem. À medida que o barco subia o rio, agora, formavam-se sombras na margem direita; um ou outro barco, transportando turistas, regressava ao Pinhão e recolhia a tepidez da tarde. Muros novos no dorso das colinas com vinhas plantadas há pouco, pássaros voando sobre as águas do rio. E, ao fundo, finalmente – daí a um quilômetro seria a foz do Tua – viu distintamente duas casas de xisto debruçadas sobre o rio e protegidas por um arvoredo recente, com um ancoradouro a servi-las. As vinhas estavam mais acima e subiam pelo monte até aos pombais que tinham sido erguidos lá no alto, entre rochas que ressequiram e se foram despindo com a passagem dos anos e do calor do vale.

"É aqui", disse um dos homens, abrandando. "Não tocamos em nada, entramos e saímos. O morto está deitado na cama, como o encontramos. Há marcas dos pneus de um carro. Pelo que sabemos, o carro era um Mercedes preto, ou azul-escuro, e desapareceu. Avisamos os donos da quinta para não se aproximarem e acho que não se aproximaram."

"Quem levou o carro?"

"Uma mulher que veio com ele, com o morto. Pelo que nos disseram. O tipo é preto, já agora, não sei se sabia."

Jaime Ramos acenou com a cabeça, como se não desse importância à informação, um preto ou um branco tanto fazia. O que contava era que havia uma nuvem de poeira descendo a colina, escondendo o carro conduzido por Isaltino de Jesus. O barco atracou com suavidade, juntando-se a outro que balouçava na sombra de um choupo mais alto. Um dos homens saltou para o ancoradouro de madeira e atou um cabo da proa do barco a uma estaca. Jaime Ramos saltou em seguida, sentiu uma dor no peito e atribuiu-a ao calor da tarde. Mas não havia calor em especial. Havia nuvens de mosquitos sobre a água, pontos luminosos em contraluz. O ruído da água a bater no casco da lancha onde viera do Pinhão e no barco – um com motor de popa branco, imaculadamente limpo – que já lá estava a aguardá-los. Mais nada.

16

O homem estava vestido como se fosse a um jantar de cerimônia. Devia existir uma farda para jantar de cerimônia, porque se sentia esse perfume, igual em todo o lado, um misto de roupa nova, de água-de-colônia e de mãos lavadas, aquele padrão de camisa com riscas perpendiculares, rosa ou azul.

"O meu pai aluga aquela casa todos os verões. Raramente no outono, e logo depois das vindimas, mas alguma razão ele teve para cedê-la durante um fim de semana."

"Só conhecendo a vítima. Ele conhecia-o?"

"A quem?"

"À vítima."

"Entre nós, sim."

Entre nós. Fica entre nós, não direi nada lá fora, na rua. Não direi que esta família ilustre aluga casas a pretos.

"Há muito tempo?"

"Ele era um homem de negócios. Era angolano, mas era um homem de negócios muito, digamos, conceituado. Hoje em dia temos de nos habituar a tudo. Onde há dinheiro, há uma possibilidade de negócio. E o dinheiro não tem cor. Ou tem?"

"Não sei. Não costumo ver dinheiro por aí."

"Não vai ver, descanse."

"E que negócios tinham com Benigno Mendonça?"

"O costume. Terrenos. A minha família, inspetor, é uma das velhas famílias do Douro – não das que vêm nos livros, no quem é quem, nas páginas das revistas. Atravessamos dois ou três séculos nestes vales, mantemos duas quintas, nunca vendemos nada a essa gente que aí anda, o pessoal da construção, dos seguros, os curiosos dos vinhos, esse desfile de vaidades. O meu bisavô privou com os grandes do Douro, os barões, os marqueses, os ingleses e os irlandeses. Chegou a administrar algumas dessas quintas que o senhor vê à beira do rio. As melhores. Com o tempo, o vinho passou a ser um luxo. Tal como a filosofia, a gastronomia em geral e a moda. E a minha família sempre se deu mal com artistas. Uma das minhas tias era pintora. Dava aulas de desenho num colégio, aqui no Douro. Casou com quem? Com um proprietário do Douro. De São João da Pesqueira para o sul, na direção da Beira, ele tinha duas ou três quintas. Vinho, fruta, amêndoa, as coisas de outro tempo. Isso dava dinheiro na época. Agora não dá mais, pelo menos como dava antes. De modo que a minha tia casou com esse proprietário. Filho de proprietário, aliás, um rapaz que estudou em Coimbra e vinha de férias para o Douro. São coisas entre famílias, como vê. Ao fim de dois anos, o pequeno advogado de Coimbra achou que o Douro era pequeno demais para as suas ambições e, como tinha sotaque e o sotaque não o favorecia em Lisboa, acabaram por partir para Angola. Quer dizer, mandaram-nos para Angola porque, em 1960, aquilo era grande demais para toda a gente. Luanda era grande demais, parecia o deserto, mas havia falta de advogados, de funcionários do regime. Um casal de brancos naquela Luanda, antes da guerra. Imagina isso, inspetor?"

"Não. Só conheci a guerra. E nunca estive em Luanda."

"Eu conheci Luanda. Ia lá de férias, para casa dos meus tios, em sessenta e seis, sessenta e sete, sessenta e oito. Era uma cidade fantástica."

Angola era fantástica. Luanda era uma cidade fantástica. Ah, que anos fantásticos. Que música fantástica. Que país fantástico era o nosso. Que gente fantástica, um casal fantástico naquela cidade fantástica, Jaime Ramos repetia silenciosamente o catálogo de pequenas indignidades que o outro ia despertando.

"E a sua tia, o seu tio?"

"Ah, separaram-se na altura, Luanda, que cidade fantástica, muitas mulheres, muita vida louca. A minha tia nunca mais veio, quer dizer, foi obrigada a voltar em setenta e cinco, com a independência, mas é como se nunca tivesse saído de lá."

"Compreendo. E ele, o marido da sua tia?"

"Não sei bem. As pessoas vão e vêm, desaparecem sem deixar rastro, e ele deve ter seguido a sua vida. A minha tia também seguiu a sua vida. Nessa altura, imagine, setenta e cinco, setenta e seis, a revolução chegou aqui ao Douro muito devagar, a minha tia era a principal revolucionária da família, se me faço entender. Uma vida fantástica em anos difíceis, esses, mas a família aguentou-se bem. O vinho continuou a fazer-se, depois, nos anos oitenta, veio o turismo de habitação, vieram os snobs do vinho, vieram os gabirus, os gestores de quintas, os técnicos de marketing, os novos sistemas de vinificação, e nós cá estávamos."

Ele fez que sim, que compreendia. Mas na verdade estava cansado, o outro não parava de falar e a sua voz, falando de coisas que eram sempre fantásticas, adormecia-o ou enfraquecia-o, já não sabia.

"Deixo-o com o meu pai. Venha. Ele sim, ele conhecia o angolano. Pobre angolano. Tanto dinheiro, tanto petróleo e veio morrer aqui, neste fim do mundo", Jaime Ramos suspeitou um nadinha de ironia na voz do homem que lhe abria a porta que dava para o escritório do pai, passando por um corredor demasiado comprido onde o soalho rangia e em cujas paredes se tinham acumulado fotografias, retratos pintados à mão, ou apenas desenhados, móveis escuros de onde percebia um cheiro de coisas antigas, triunfando sobre os anos.

"Eu não entro. O meu pai gosta de tratar dos assuntos dele a sós. É uma mania como qualquer outra. Veja bem, ele tem oitenta e tal. Quase noventa, mas está bem. Um homem do Douro", descrevia ele, caminhando pelo corredor. Depois, ao fundo, estacou e, com a mão na maçaneta da porta, que se abriu com um estalido, pediu: "Seja paciente com ele. Ele vai dizer-lhe o costume, que eu sou uma merda, uma criança, e que ele é quem aguenta a família toda."

"E isso é verdade?"

"É", disse o homem da camisa listrada. Ainda o viu dar meia-volta e começar a andar pelo corredor afora, com medo de ser expulso do escritório.

O velho não era velho. Estava sentado a uma mesa, numa varanda cheia de trepadeiras – diante de uma garrafa de vinho, de dois copos e de uma bandeja de comida.

"A minha merenda", explicou. "Um hábito que não perdi em muitos anos. Sozinho ou acompanhado. Desta vez, acompanhado, espero. Sente-se."

Foi mais uma ordem do que um convite – nunca seria um pedido. Um velho homem do Douro, explicara o filho.

"Um adolescente", e apontou com o nariz a porta por onde Jaime Ramos entrara. "O meu filho vive num filme com mordomos ingleses e coquetéis antes de jantar. Veja bem: presunto de Chaves, do genuíno e não do que vem de Espanha. Meia cura para não ficar salgado. Requeijão da quinta, uma obra de arte. Nozes. Amêndoas torradas. Uma dieta de altas calorias. Vinho, um clarete, suave e refrescado. O meu pai, o pai do meu pai e suponho que os que viveram nesta casa antes deles, refrescavam os vinhos durante o verão. Há aí em baixo uma fonte onde deixavam as garrafas uma a duas horas antes de jantar. As altas temperaturas são boas nos países frios que já não têm colônias há muito tempo e que nunca foram obrigados a resistir aos climas de África. Sabe o que disse o criador do Barca Velha quando lhe propuseram ir viver para o Pocinho, aqui no Douro? Que se quisesse viver em África então ia para Luanda, que sempre tinha mar. O mar é uma invenção minha, acho que ele não disse nada sobre o mar. Limitou-se a considerar o que sabia: cinquenta graus no verão. É o Pocinho, onde se produzem hoje os melhores vinhos do país. O calor do inferno vem de lá. O ar abafado, o calor insuportável durante três quartos do dia. Sabe o que é isso?"

Jaime Ramos pensou que a loquacidade era um defeito genético naquela família. Limitou-se a acenar com a cabeça.

"Isso não é apenas calor, senhor Ramos, isso são as condições ideais para fazer um vinho ideal. Isso e um inverno filho da mãe. Calor insuportável e a água do rio por perto. Sombra e sol. Isto é o Douro. Xisto em altas temperaturas. E mão de obra barata. Os ingleses chegaram aqui e as autoridades reduziram o seu protesto à campanha contra o excesso de aguardente no vinho do Porto – tudo o resto havia em abundância. Tudo. E uma baixa taxa de homicídios, ao contrário de hoje, pelo que vejo."

"E aquele cavalheiro, lá em baixo, na casa?"

"Benigno."

"Costumava vir cá?"

O velho segurou no copo, ergueu-o à luz da tarde e voltou-se para Jaime Ramos:

"Este vinho, senhor Ramos, é uma dádiva. Há mais de três séculos que a minha família produz vinho no Douro. Ao contrário de quase todos os outros produtores, nós nunca deixamos de produzir vinho de mesa. Não nos ficamos pelo vinho do Porto, o ouro verdadeiro do rio. Éramos muitos, tínhamos de beber, compreenda. Nos tempos de crise, todo o vinho do Porto seguia pelo rio abaixo, até Gaia, já vendido aos ingleses. Somos uma família de antes da revolução. Quando o senhor pensa na revolução, pensa no vinte e cinco de abril. Eu penso em mil oitocentos e vinte, em mil oitocentos e trinta e quatro. Somos do antigo regime, senhor Ramos, somos de outro mundo. Isto não é bom nem é mau, mas habituamo-nos a guardar as fotografias no fundo das gavetas para que não estragássemos o álbum de recordações. Os meus tetravós andaram combatendo os Marçais, uma família de bandidos liberais, e uma parte dos nossos desapareceu naquela época, morreram enforcados ou fuzilados. Os Marçais eram liberais de Foz Côa, nós éramos do velho regime, os miguelistas, os que não queriam um rei que vinha do Brasil com o título de imperador. Isto não lhe interessa muito, eu sei, mas convém que faça o seu retrato. E veja bem, veja bem. Aqui, escondidos no vale, não incomodamos ninguém durante estes quase duzentos anos. Pelo contrário, a derrota fez-nos bem: manteve-nos durante este tempo, obrigou-nos a sobreviver, a trabalhar, a prezar o passado. Estas vinhas são parte desse passado, mas os tempos são outros, mais difíceis, terríveis, bons para quem tem dinheiro vivo, dinheiro fresco. Nós não temos dinheiro, senhor Ramos. Os velhos ricos não têm dinheiro. Temos uma adega, estas vinhas, os retratos da família, vícios nem por isso caros."

Bebeu um gole, olhou de novo o vinho – uma substância perfeita, uma cor que se ia confundindo com o suave calor da tarde, com aquela espécie de música que subia do jardim, dos canteiros de camélias, da sebe que se inclinava sobre o rio, até ali, à sala de onde o velho raramente saía. Voltou-se para ele, então:

"A minha família teve ligações com Angola. Foi há muito tempo, nos anos cinquenta, nos anos sessenta. Uma irmã casou e foi para Luanda. Voltou derrotada mas nós estamos habituados às derrotas, às políticas e às sentimentais, de modo que outro irmão partiu e voltou há trinta anos, mais ou menos, um retornado como tantos outros. Também derrotado, naturalmente. Esta casa acolheu todos os derrotados da nossa história, salvo erro. Há três anos, esse pobre homem, o preto, apareceu aqui e disse que queria comprar a quinta, as duas quintas, aliás, porque são duas. E começamos a falar, a negociar. Compreenda, senhor Ramos. Sou o último exemplar desta genealogia que vem de outro mundo, um mundo onde os pretos não apareciam com malas de dinheiro para comprar quintas no Douro. Viu o meu filho? Um adolescente. Se fosse no princípio dos anos setenta havia de viver em Luanda e de ter um conversível branco ou vermelho para passear senhoras loiras e divorciadas na marginal. Eu conheci Luanda, de passagem. O meu irmão morreu. A minha irmã vive longe de tudo isto. Sou um viúvo velho à beira de nova derrota e fui um filho único que suportou as maluquices de dois irmãos. Nasci velho, senhor Ramos, nasci velho, destinado a conservar o que havia para conservar, enquanto houvesse gente que valesse a pena. De modo que agora admiti vender, vender tudo, vender a quinta, o vinho, a vista para o rio. E levaria daqui para o Porto, ou para Lisboa, os retratos da família, os retratos escondidos nas gavetas – ficaria rico, finalmente, perto dos noventa, a viver num apartamento com uma criada que me mudará a roupa quando eu já não puder, ou que me deixe morrer se eu lhe pedir. Tenho oitenta e quatro, não diga que não parece. O Douro prolongou a minha vida útil para lá do aceitável. Em resumo, o que eu sei dele, de Benigno, é que se propôs comprar tudo isto em duas prestações, ao longo de três anos. E eu aceitei."

"E de onde vem esse dinheiro?"

Ele riu, o velho, encostando a cabeça à poltrona:

"Senhor Ramos, senhor Ramos. De onde virá esse dinheiro, não quer dizer-me o senhor, que é da polícia e sabe tudo? De um banco, para mim vem de um banco. Antes de entrar num banco, não sei por onde andou, se foi sujo pelo petróleo, se foi marcado pelos diamantes, ou se foi ganho honestamente. Não me parece que tenha sido ganho honestamente, se quer que lhe diga, porque tenho uma idade que me permite ser desconfiado e ter conhecido muitas fortunas criadas com desonestidade e outras tantas desfeitas à custa de trabalho honesto. Tudo ao contrário. A única coisa que lhe posso dizer é que se trata de uma espécie de sociedade de investimentos, como agora se diz, de capitais angolanos, e que o negócio está feito, praticamente. Falta uma assinatura, a minha."

Apontou para o bolso da camisa, onde Jaime Ramos viu a tampa de uma caneta.

"Portanto, tanto me fazia que ele viesse como não viesse cá. Com esta idade já não sou racista, nem representante do antigo regime, nem agricultor do Douro. Sou o que resta disso tudo. No princípio da semana ele ligou a pedir para alugar a casa entre sexta e domingo, não fui eu que atendi. Por princípio, depois das vindimas, ou entre a vindima e o primeiro engarrafamento, não alugamos as casas lá de baixo, ao pé do rio. No verão vêm ingleses, franceses, lisboetas e até gente conhecida – angolano, é o primeiro. Mas por ser para ele, tivemos de abrir uma exceção."

"Quem a abriu?"

"Eu. Eu próprio. Dispunha-me a entregar-lhe os papéis assinados no domingo, amanhã. E telefonei-lhe a dizer isso. 'No domingo passo aí em casa, aí em cima, ao fim da manhã, na hora de voltar para Lisboa.' Foi o que ele disse. Não vai passar. Alguém há-de passar, senhor Ramos, porque nenhuma das outras assinaturas é dele. Digamos que é um testa de ferro. De alguém serão, mas, sinceramente, quero deixar isto tudo quanto antes. Ele não veio sozinho, mas nós somos discretos e a vida sexual dos outros não me interessa muito. Veio com uma mulher, uma senhora. Ele próprio me avisou. Mas ela desapareceu."

"Ninguém a viu?"

"Ninguém. Eles vieram ontem já ao fim do dia, depois de jantar, creio. Ainda havia luz, mas já foi depois de jantar."

Não me enganes, pensou Jaime Ramos. Uma mulher que acompanha um preto carregado de dinheiro para comprar esta quinta – e ninguém tem curiosidade? Ele olhou-o com insistência e o velho concedeu:

"Uma mulher normal. Branca. Morena, mas branca, quero dizer. O meu filho viu-a do barco, ela estava sentada na varanda hoje de manhã, muito cedo."

"Sete, oito."

"Tão cedo?"

"Ele vai pescar nesta altura do ano, vai dar umas voltas de barco muito cedo. Desde que se divorciou que tem hábitos saudáveis. Uma criança, como lhe disse. A mulher deixou-o e foi-se embora com os filhos. Foi esperta, salvou-se a tempo. De vez em quando falamos ao telefone, e acho que ela fez bem. Isto, o Douro, estas quintas, é bom para velhos ou para adolescentes cheios de entusiasmo. Espero que ele cresça algum dia e ganhe entusiasmo, mas não tenho grandes esperanças. É isto a vida, senhor Ramos. Isto e o seu morto, ali em baixo."

17

Repetiu o trajeto depois de fechar a porta do carro. Já sabia que se chegava à casa depois de descer por um estreito caminho de terra que vinha até à margem esquerda do rio que corria entre vinhas, pomares e até campos que seriam escurecidos pelo outono, ou desfiladeiros que prolongavam a montanha. Os carros, como lhe tinham dito, e ele confirmara, ficavam um pouco acima, junto da estrada de terra, num pequeno resguardo cuja base era uma plataforma de pedras de xisto negro. Depois de se equilibrar sobre um degrau, pulou por cima do muro e sentou-se diante da casa como se se preparasse para tirar um retrato, estudando as sombras, os riscos de poeira que desciam do telhado, as ramagens dos pinheiros que rodeavam o jardim bem cuidado onde notara aquela poltrona que o tempo e a chuva não tinham envelhecido e que o sol do último verão não tinha ressequido. No entanto, faltava-lhe um braço, à poltrona, e notava-se que fora arrastada até ali e desviada do seu lugar habitual, uma varanda abrigada e escondida do caminho por onde quase ninguém passava.

A casa, de xisto, com portadas e varandas de madeira, costumava ser alugada a turistas sobretudo durante o verão, ou na Páscoa, e geralmente ficava desabitada entre outubro e fevereiro, pousada sobre o friso de rochas cobertas de musgo, erguidas diante do vale. Olhou para ele, para o vale, como se valesse a pena imaginar a escuridão que viria cobrir a tarde, apreciar os cúmulos de nuvens que se aproximavam por entre as manchas de florestas, de um lado, e as vinhas plantadas com o rigor de uma geometria irreal e agora nuas ou ainda alaranjadas depois das vindimas: montes gravados a régua e esquadro, incisões horizontais onde cresceram socalcos ao longo dos séculos. Sentiu a brisa do rio entre os choupos, junto do ancoradouro onde havia duas bases para amarrar barcos e onde os dois polícias fardados continuavam, de pé, olhando para sítio nenhum. Ficou ali retido, parado diante da luz do crepúsculo – uma ameaça alaranjada que seria depois substituída pelo lusco-fusco. Conhecia aquele momento. Imaginava-o muitas vezes, enquanto adormecia. De outras vezes, lembrava-se dele quando acordava e parecia-lhe que regressava à infância – não à sua infância, mas a uma infância em que ele entrava como um ator, como um espectador ou como um passageiro clandestino daquele final da tarde.

Jaime Ramos estava parado no último dos degraus e voltou-se para trás, chamando Isaltino com o olhar. Ele foi. Ia sempre, como um cão obediente e fiel, ajeitando a camisa ou a gravata, abotoando o casaco, com aquele ar interrogativo, prestável, submisso – mas que ninguém compreendia como Jaime Ramos compreendia. Ninguém o chamava como Jaime Ramos chamava, apenas com o olhar, uma inflexão de voz, um gesto sutil, um movimento do corpo. Isaltino atravessou o pequeno jardim, pisando a relva como se cometesse um crime, contornou a poltrona abandonada ao fundo das escadas e encarou o outro.

"Chefe."

"Isaltino", Jaime Ramos sentando-se num degrau, procurando com a mão direita a pequena charuteira no bolso do blusão, e depois apontando as montanhas em redor. "Há quanto tempo eu não vinha aqui?"

"Não faço ideia, chefe. Há coisas que não conheço da sua vida."
"Devias saber, Isaltino, devias saber. Esta é a minha terra. Tudo isto, à minha volta. Nasci atrás daquele monte, o mais escuro, o que já não tem vinhas nem árvores para arder. A minha aldeia está ali."
"Então foi há dois anos."
"Há dois anos, Isaltino. Há dois anos que eu não venho para estes lados nem tenho saudades desta terra. Mas há uma coisa que gostava de te dizer: quando atravesso a serra e vejo o primeiro castanheiro, é como se entrasse em casa."
O outro sorriu e olhou em redor, à procura de castanheiros. Mas não devia haver castanheiros porque se voltou para Jaime Ramos com um sorriso, uma leve máscara de ironia diante do chefe, aquele homem que – à sua frente – acendia um fósforo e o deixava arder quase até ao fim, antes de o deitar ao chão.
"Não sabia que o chefe gostava tanto de castanheiros."
"Gosto. É a única árvore de que gosto", mentiu ele. "Aquela estrada vai de Alijó a Carrazeda. Quem vem para aqui passar férias, ou passar um fim de semana?"
Isaltino olhou para o risco negro, ao longe, onde passariam carros invisíveis a caminho de Carrazeda e Vila Flor, procurando uma relação entre a pergunta de Jaime Ramos e o traçado das velhas estradas que subiam e desciam pelos montes onde não havia castanheiros.
"Quem não quer ser visto, Isaltino", antecipou-se Jaime Ramos. "Felizmente, há ainda gente que não quer ser vista e que procura lugares como este. Devemos estar atentos a essas pessoas. É daí que vem o maior perigo."
"As pessoas vêm para lugares estranhos, chefe. Um fim de semana num lugar assim, isolado. Eu queria, mas tenho ideia de que não ia habituar-me."
"A intimidade das pessoas é uma boa coisa, mas é um obstáculo para nós. Que vem para aqui fazer um homem, sozinho?"

"Ele não veio sozinho."

"Não. Não veio sozinho, mas está sozinho ali dentro. E é, portanto, o homem que nos interessa", Jaime Ramos guardando o charuto por acender, levantando-se e encaminhando-se para a casa. Havia trabalho a fazer, notas a tomar, mas não seria ele a dar o primeiro passo diante daquele espetáculo, uma espécie de quadro perfeito para todos os cenários de crime: um morto verdadeiramente morto, uma ligeira imagem de sangue, um cheiro a morte, ou a silêncio, porque às vezes o silêncio tinha cheiro, havia o ondular de um cortinado, um animal que passava – um gato na penumbra de uma janela, ele imaginava os gatos sorridentes –, um ruído que viria interromper a fotografia. Fazia o gesto: juntava polegares e indicadores para estabelecer um ecrã sobre o cenário, e colecionava objetos dispersos, luzes, coisas fora do lugar. Uma espécie de música vinha ter com ele nesses instantes, mas ele não a reconhecia, era apenas música, um piano, um som, um acordeão flutuando na luz do crepúsculo, imitando uma dança de terreiro, uma música que nunca pôde identificar pairando sobre o quarto, a cômoda escura, a cadeira onde ficara abandonado o par de calças pretas, o cinto com uma fivela dourada, uma camisa dobrada, a carteira no chão. Jaime Ramos fez o gesto, unindo polegar a polegar e indicador e indicador e rodou um pouco essa câmara imaginária até ligar as duas coisas: a roupa do homem e o corpo nu, sobre a cama, enredado no lençol. Faltava agora o gato – um gato teria de passar naquele retângulo de luz da janela, mas não passou. Não passava nada. Não passaria nada. Só o ruído do dia, uma luz fingida vinda do exterior onde os passos de Isaltino de Jesus interromperam o silêncio. Depois, pareceu-lhe ouvir as vozes dos polícias junto dos barcos.

"Estranho, isto", Isaltino da porta do banheiro. "Tudo limpo."

Jaime Ramos foi até lá. Não há roupa, não há toalhas sujas, há apenas uma toalha completamente molhada, deixada sobre o lavatório. Tudo tinha sido limpo, meticulosamente limpo, as torneiras, a prateleira de vidro, os dois tapetes estavam dobrados no chão. Não havia cabelos no lavatório, a banheira limpa.

"Há alguma coisa aí? Procura bem. Mala, roupa de mulher, qualquer coisa."

Isaltino abriu as portas de um armário que servia de guarda-roupa. As gavetas de uma cômoda onde tinham pousado alguns livros e revistas.

"Se esteve aqui uma mulher, chefe, então levou tudo", mas Jaime Ramos estava no meio do quarto, diante da cama. Benigno Mendonça estava inclinado sobre o lado esquerdo, dobrado sobre si próprio, num sono tão tranquilo que não se ouvia a sua respiração. De certa maneira, era um sono. A porta não estava trancada por dentro: o homem dormia em paz. Morria em paz. Pela tarde afora, pelo que restava dela, morreria de novo, tranquilamente. Não havia cheiro ainda. Não havia música. Não havia gato. Só um homem inclinado sobre o lado esquerdo da cama, a mão estendida, caída, os dedos abertos – fora alvejado durante o sono. Dois tiros. Três tiros. Um no parietal direito, lá estava o orifício. Outro no peito, à altura do coração. Outro no estômago. Três disparos quase à queima-roupa, havia um círculo à volta de cada um dos orifícios, uma espécie de auréola negra. Mas nem a pólvora cheirava naquele quarto.

Era um corpo. Um corpo apenas, meio tapado até à cintura por um lençol azul-claro e onde o sangue se espalhara, absorvido, desenhando um mapa de orografias sem sentido, acompanhando o contorno das pernas, o desenho de um dos braços, que permanecia escondido. Jaime Ramos destapou-o e verificou que era apenas um braço escondido. Raramente se preocupava com corpos, deixava isso para os outros, os que vinham abastecer-se de dados e fatos que seriam recolhidos para si – e Isaltino era o seu intermediário com esse mundo feito de relatórios e de fatos. Estranho mundo este: um corpo abandonado. E, ao pensar que o mundo era estranho, deu-se conta de que estava de joelhos, espreitando para debaixo da cama, explorando o soalho e procurando qualquer coisa mais. Uma mesa de cabeceira onde havia um relógio de ouro, seria de ouro?, um tapete, um espelho ao fundo do quarto, do outro lado da cama, cujos pés estavam voltados para a janela.

Havia, claro, o pormenor. A pele do homem. A pele escura. Era um homem de pele escura, um negro morto e abandonado na cama de uma casa de turismo rural, rente à visão do rio, sobreposta à visão do rio. Ele vira cadáveres de negros nos bairros pobres do Porto, nos subúrbios, em becos onde se assinalavam os lugares de comércio de droga, de rixas entre bandos, de contas ajustadas entre cabo-verdianos dos arredores, ou guineenses que viviam no limite dos bairros, em casas corroídas pelo lixo e pela umidade, onde cheirava a frituras e as pessoas passavam na rua falando muito alto, em crioulos que desconhecia. Mas este não era um desses negros. Olhou-o melhor até descobrir uma mancha grisalha na cabeça, ligeiramente atrás do orifício da bala que entrara no parietal direito. Cabelo grisalho, ligeiramente grisalho.

Isaltino entrou no quarto e calçou umas luvas de látex para poder abrir a carteira:

"Cá está ele. Passou por nós, no Vidago. Bem me lembro."

Naquele instante, ajoelhado junto da cama como um observador inócuo e invisível, Jaime Ramos sentiu uma dor subir pelo braço, desde o pulso, uma dor que se fixou no antebraço e subiu até ao ombro, e o imobilizou. Isaltino pegou na carteira, abriu-a, tirou para fora alguns papéis, cartões, notas, mas ele também deixou de ouvir esses sons. E, como se tivesse juntado de novo os polegares e indicadores para fingir de câmara, tratava-se agora de um filme mudo: Isaltino abria e fechava a boca, falava, baixava a cabeça para ler melhor um cartão, talvez um nome, mas ele não ouvia. Não ouvia os ruídos da tarde, não ouvia a voz de Isaltino, não ouvia o seu próprio corpo, que descia, descia lentamente até se sentar no chão, as costas encostadas à cama, junto do morto, tocando de leve na mão do morto, que pendia como um indício da morte, frio e inerte. A única coisa que ouvia era uma pergunta que dominava todo o cenário, uma pergunta que ecoava dentro da sua própria cabeça e que só ele escutava, como veio a saber depois, mesmo que não soubesse quem falava, quem perguntava, de quem era aquela voz. Pareceu-lhe, no entanto, que ele próprio dizia frases desconexas que ninguém ouvia, a que ninguém prestava atenção, frases sem som, que só existiam noutro lado, noutro momento da sua vida. E a última coisa em que pensou foi esta: estou fechado num quarto e espero que o tempo passe, que a chuva venha, que a tempestade se aproxime mais um pouco, que as nuvens voltem a escurecer a terra. Mas nada disso tinha sentido. Como também veio a saber muito tempo depois, ele não estava em condições de perceber se uma coisa era absurda ou não. E lembrou-se, não sabia porquê, de que não gostava de mulheres que faziam muito ruído na cama, porque o ruído o distraía, e ia começar a rir por ter recordado os ruídos da sua própria cama. E então a luz que entrava pela janela, uma luz de crepúsculo no Douro, tingida de amarelo, de fogo, de laranja, de negro, essa luz foi aumentando, aumentando, até ser quase branca, até cegá-lo de todo, como se só houvesse aquela mancha incandescente a devorar o quarto, a cobrir a cama onde aquele corpo negro e enorme estava deitado, inclinado sobre o lado esquerdo.

18

Os sonhos de Jaime Ramos: o caminho

UM DIA ACORDOU A MEIO DA NOITE sem saber onde estava. Estendeu a mão para o vazio, ao lado da cama, e acreditou por instantes que estava no Caminho da Morte, no coração da Guiné, ouviu distintamente o ruído dos helicópteros, as hélices rodopiando, levantando voo, subindo lentamente para o céu azul forte e deixando-o sozinho no chão, coberto da poeira que assentava. Engoliu em seco uma vez e outra, sentiu o sabor da poeira, os grãos de poeira desfazendo-se entre a língua e os dentes, até que Rosa acendeu a luz. Ele disse-lhe que tinha fome. Ela levantou-se, vestiu o roupão, saiu do quarto, voltou daí a pouco com um prato onde havia pão, queijo, uma rosa, ele imaginou que era uma rosa, mas não era, nunca soube o que era. Adormeceu de novo. Rosa ficou sentada à beira da cama. Quando acordou de novo, daí a duas horas, Rosa estava sentada no mesmo lugar, à beira da cama. Havia uma luz amarelada a entrar pela janela, Rosa olhava para a janela, absorta, tinha um dos ombros ligeiramente voltado para trás – a mão dela, estendida, segurava a sua. Ele supôs que ela tinha estado a chorar.

19

Ele acordou um dia depois e disseram-lhe que chovia. Jaime Ramos pareceu não acreditar e tentou olhar pela janela. Era quase de noite.
"Está a chover", ouviu, e só então reparou que Rosa estava à cabeceira da cama, ao lado, sentada numa cadeira. Olhou para Rosa, olhou para a cadeira e fixou-se nesta última. Os hospitais cheiram sempre a hospital, pensou. Não conseguiu ler o título do livro que ela segurava. A alma é uma coisa que não acaba, fica bem em letra pequena, em letra quase miúda, quase invisível, um luxo para dias cinzentos. Há uma penumbra.
"Não cheguei a morrer?", perguntou ele.
"Não. Não foi suficiente."
Esqueço-me de tudo, pensou. Esqueço-me das coisas que não devia esquecer. Havia a cama, e ele estava deitado na cama. Havia a janela e a luz entrava pela janela. Havia o ruído da chuva. Um tubo estava ligado a uma agulha e a agulha entrava por uma veia, e a veia estava no seu braço esquerdo. O tubo vinha de uma garrafa de soro, pendurada junto da parede. Havia um ramo de flores numa jarra ao fundo da cama, sobre uma mesa onde estava também pousada a bolsa de Rosa. Ele reconheceu a bolsa, e lembrou-se de Rosa caminhando pela rua, e de como

era bonita, e de como gostava de caminhar ligeiramente atrás dela, observando um rastro de beleza que ainda sabia reconhecer, o cabelo comprido amarrado em rabo de cavalo, a bolsa, o nome, o silêncio, os dedos. Lembrou-se dessa rua onde vira Rosa a caminhar, uma rua movimentada que desembocava numa praça. E lembrou-se das árvores que havia na praça – plátanos, uma velha tília, cores que desciam das magnólias, branco, rosa, carmim, vermelho ou violeta. Também se lembrou de uma luz branca que inundara toda a sua vida e de uma língua estranha que não soube reconhecer, como se alguém falasse consigo docemente, muito devagar, sílaba a sílaba. A luz era forte, muito branca e cegara-o, ele fechara os olhos e adormecera com medo de acordar. E agora acordara.

Rosa levantara-se para chamar uma enfermeira, uma mulher vestida de verde-claro que entrou atrás dela e que estendeu a mão para puxar o lençol mais para cima, para junto do pescoço.

"Como se sente?"

"Acordado com fome."

"Fome é bom sinal."

"É o meu problema, eu tenho sempre fome", e olhou para Rosa, que sorriu de novo, tentando falar:

"Já estás cá."

"Já voltei."

Depois entrou um médico, que ele reconheceu, como se tivesse regressado de um sonho. O médico sorriu por sua vez e sentou-se à beira da cama, junto da cadeira que Rosa desocupara.

"Sente-se bem?"

"O que é que eu tive?"

"Um aviso, uma espécie de AVC, mas foi apenas um aviso. Vamos tratar disso com tempo, mas tem de ajudar. Moderar, moderar tudo. As horas de sono, a alimentação, o tabaco, o álcool, o ritmo de trabalho."

"Sei isso tudo", ouviu-se ele dizer. "Estava a pensar ser uma pessoa saudável a partir de agora. De hoje. De quando puder sair daqui." "Vamos fazer uns testes e pode sair quando quiser. Amanhã pode sair, logo a seguir aos testes. Se se sentir bem."
Tibi, Rodolfo, Ronaldo, Rolando e Guedes, Oliveira ou Pavão, Celso, Bené, Flávio, Abel e Nóbrega ou Rodrigo, ouviu-se ele a pensar. Teófilo Cubillas, a construção da ponte da Arrábida, a fachada do cinema Batalha iluminada aos sábados à noite, bolas-de-berlim e chocolate quente da Arcádia, frango com piripíri, Café Nova Sintra, magnólias, o bonde do Passeio Alegre até à Ribeira, as palmeiras diante do Douro, um céu cor de cinza, o mar de Leça, os pescadores dependurados nos muros, as praças desertas, os alfaiates dos Clérigos, as confeitarias, as lixeiras de Leixões, o ruído das ruas, as árvores da rotunda da Boavista.

Tinha acordado depois de um pesadelo que não recordava (apenas uma luz branca) – mas não de sobressalto. O pesadelo, a sucessão de imagens que se sobrepunham em algum lugar, num cenário desconhecido, foi-se desvanecendo, foi desaparecendo como uma neblina para dar lugar a uma enumeração de coisas vagas que – compreendeu mais tarde – faziam parte da sua vida, se é que não podiam ser vistas como um resumo: uma ravina escura, uma poeira amarela levantando-se de uma estrada deserta, uma porta fechada, um bairro iluminado pela luz de inverno.

Lembrava-se de estar diante da televisão, no seu apartamento, a ver *Casablanca*. Não porque fosse "o seu filme", uma espécie de obsessão, mas porque tinha aprendido a reproduzir grande parte dos diálogos. Sim, claro, ele gostaria de ter sido Humphrey Bogart, mas também gostaria de ser John Wayne nos filmes de John Ford, e gostou tristemente da penumbra dos filmes de Howard Hawks – era um velho, era um homem. Há uma cena sobre o mercado de Casablanca e Jaime Ramos disse, para Rosa, sentada aos seus pés, no chão, comendo cerejas:

"Por que é que Casablanca não tem mar?"
"Casablanca tem mar."
"Não aparece no filme", ele apontando para a tela.
"O filme foi feito num estúdio", Rosa paciente. "Não há mar nos estúdios da época, ficava muito irreal. Tudo em estúdio, tudo é fingido. Mesmo a frase final, a amizade entre os dois, esse diálogo foi gravado muito depois de terem acabado as filmagens."

Ele nunca sabia onde estava a verdade, nem sobre a sua vida nem sobre a dos outros; mas sabia mais da vida dos outros do que da sua. Parava. Simplesmente, parava. Ou deixava que as coisas andassem, tomassem uma direção, ganhassem por si mesmas um caminho. Agora, ele tinha parado. Recordava-se de *Casablanca*. Recordava-se de Rosa comendo cerejas. Ele tinha regressado de uma espécie de deserto. A mão de Rosa apareceu perto da sua e ele percebeu que alguém tratara de si enquanto dormia, alguém chamara os médicos, alguém o chamara do deserto. E ele voltou.

Mas não saiu no dia seguinte. Ficou mais dois dias, dormindo, olhando o céu através da janela, aceitando a comida, Rosa visitando-o ao final do dia, os telefonemas muito breves, um filme na televisão do quarto, um livro por abrir.

20

Os sonhos de Jaime Ramos: um fogo no meio do deserto

Os insetos voltavam de tempos a tempos e ele queixara-se disso ao médico. Insetos, nuvens de insetos rodopiando como uma só nuvem agitada pelo vento, fugindo de um fogo que vinha do deserto. O médico quis saber de que deserto se tratava, mas Jaime Ramos não sabia. Era apenas um deserto. Isso não tem sentido nenhum, acrescentou, olhando para o médico, um fogo no meio do deserto não tem sentido. Mas ele vira o deserto incendiado, as labaredas ao longe, mesmo no fio do horizonte, até chegar à primeira luz do céu.

21

Ao terceiro dia, o rosto de Isaltino de Jesus apareceu por uma pequena abertura da porta. Depois, a porta abriu-se mais e atrás de Isaltino apareceu José Corsário das Neves, com o seu sorriso de cabo-verdiano, e atrás deles dois outros, sorrindo também. Demoraram-se pouco e apenas ficou Isaltino, sentado na cadeira que Rosa costumava ocupar ao final do dia – eles eram a sua família, uma família de gente que vai e vem, que aparece e desaparece mas que acaba por permanecer ao longo dos anos, mais ou menos por hábito, mais ou menos porque não há outra.

"Quando vou buscá-lo ao Nova Sintra, ao café?"
"Um dia destes. Amanhã ou depois."
"Amanhã acho difícil, mas para a semana vou ter consigo."
"Isaltino, uma semana é demais."

O outro deu-lhe uma palmada no ombro, deixou ficar os dedos por um instante. Suspirou.

"Vamos ao que interessa, chefe, que não quero cansá-lo."

Jaime Ramos ajeitou o travesseiro que estava já habituado ao peso da sua cabeça, como se fosse um sinal para que Isaltino começasse o relatório – e que contasse sem atalhos, sem caminhos que fossem dar a outra história. Ele estava preparado para filmar essa história, cena a cena, passo a passo.

"Primeiro: Joaquim Seabra conhecia Benigno Mendonça. Estabelecendo isso, estabelecemos o resto da história. Ambos tinham interesses nos mesmos negócios, embora por motivos diferentes. Mendonça trabalhava para os angolanos, para a embaixada de Angola. Fazia a ponte entre várias empresas angolanas e empresas portuguesas. Escuso de contar-lhe o que já sabe: há dinheiro em Angola, dinheiro para investir, milhões de dólares e, pior, milhões de euros. De onde vêm? Do que se suspeita: obras, petróleo, diamantes, terrenos, interesses políticos, transferências várias, eu disso percebo pouco e quem percebe acha que é normal. Mas já se vê de onde nasce o dinheiro. Joaquim Seabra estava desempregado, depois de anos como jornalista, e foi convidado para estudar o lançamento de um, ou dois, ou três jornais em Luanda e Benguela. Partiu para Luanda há mais de um ano, passou lá algum tempo. Vendendo, digamos, a experiência de jornalista, montando esses três jornais, um dos quais se publica em Luanda. Do resto não sei. Aqui, em Lisboa, era ele a fazer as pontes: pequenos negócios, mais do que grandes, digamos que lançava avisos. Ele tinha, por assim dizer, uma empresa – que era ele apenas – que 'indicava estratégias'. Não os grandes investimentos, portanto, que estão entregues aos bancos, angolanos e portugueses, mas investimentos para, cá está a porta aberta, chefe, investimentos para particulares, gente do MPLA que tem dinheiro, gente do governo que gostaria de comprar qualquer coisa fora de Angola, e já agora que seja aqui, e eu gosto que seja aqui porque me dá gozo ver a velha colônia ser comprada pelo dinheiro dos velhos colonizados. Imagine o quadro: banqueiros que em privado têm horror aos pretos, e que contam piadas sobre o assunto, mas obrigados a negociar com eles e espero não estar a ofender ninguém. O chefe também se divertiria com isto, se não estivesse preso à cama. Grandes famílias que se fundem com famílias, digamos, do Lubango, de Benguela ou da Maianga. Da Maianga, chefe."

"Onde é a Maianga?"
"Luanda, chefe. E então, aí está estabelecido o laço, a ligação, entre Joaquim Seabra e Benigno Mendonça, proprietário de vários prédios de rendimento em Lisboa, comprados através de agentes imobiliários contatados por Joaquim Seabra. Deixo-lhe esta folha para perceber as ramificações. Quem é Benigno Mendonça? Um personagem discreto. Em setenta e oito, dizem as minhas notas, subiu na escada do poder no MPLA. Antes disso, era apenas um militar fiel ao presidente Neto, como deviam ser todos os militares exceto os que foram mortos. Vai subindo a pouco e pouco, vai para um ministério agora, vai subindo por onde o dinheiro abre escadarias, por onde o dinheiro abre portas, e ainda não vi nada melhor do que o dinheiro para abrir portas. O primeiro contato conosco tem a data de dezenove de julho de mil novecentos e oitenta e oito, veja bem. Benigno Mendonça estava, com amigos, num bar de Lisboa, zona do Conde Redondo. Há uma brigada nossa que faz uma rusga por lá, exatamente no bar onde trabalhava uma prostituta que é depois identificada como vítima dos crimes do estripador de Lisboa, quatro anos depois, em julho de mil novecentos e noventa e dois. A rusga acontece porque há um casal de inspetores que folga em dias diferentes; nos dias da folga dele, a inspetora manda fazer rusgas nos bares do Conde Redondo até apanhá-lo. Desta vez ele está lá, à conversa e meio bebido, mas, com a ajuda da própria brigada, e às escondidas da inspetora, escapa pelos fundos, e fica o resto da noite escondido num talho que também era do dono do bar. Vidas. Seja como for, Mendonça não tem documentos nessa noite, está rodeado de outros angolanos e de prostitutas. Vai dentro. É identificado na Central por um agente e ficamos com a ficha dele, mas só o nome. Ele pede para fazer um telefonema e, daí a pouco, a Rua Gomes Freire está cheia de Mercedes pretos com matrícula consular e diplomática. Um desses carros vem buscar Benigno Mendonça.

Está feito o retrato. Um mês depois é transferido para Luanda. Vai para um ministério, não lhe posso dizer qual, e muda de vida: casa aos quarenta e dois anos com uma mulher que é também um alto quadro do partido. Mas, dois anos depois, separam-se. Estamos em mil novecentos e noventa e nove. É de novo transferido para Lisboa. Aqui, chefe, é difícil dizer mais sobre ele. Imunidade diplomática antes e depois de começarmos a trabalhar. Mas o nome de Benigno Mendonça aparece sempre ligado a negócios angolanos, aqui e na Bélgica. Passa uma temporada em Antuérpia. Antuérpia é onde circula a maior parte da informação que ainda temos sobre o comércio de diamantes, depois de desmantelado o Diamond Syndicate e enquanto não chegamos à era moderna. Mas ele gosta de Portugal, compra um apartamento luxuoso, os termos não são meus, para onde os filhos vêm passar férias, primeiro. Depois, a família. Depois, amigos. O José Corsário inventariou o número de viagens que ele fez entre Lisboa, Luanda, Londres, Rio de Janeiro e Nova Iorque durante os dois últimos anos, mas já se sabe que não lhe podemos perguntar como é que conseguiu os dados tão depressa. Seis viagens para o Rio, duas para Nova Iorque, oito para Londres, oito para Luanda. Temos as datas conosco. A última, de Luanda para Lisboa, foi há três meses. Na altura, Benigno Mendonça apareceu como comprador de duas quintas no Douro, o nosso homem ia dedicar-se à produção de vinho. Outro dado: quem faz o primeiro contato entre Benigno Mendonça e o dono das quintas é uma empresa chamada Interland de que é sócio majoritário um português, Joaquim de Sousa Seabra, informação econômica, limitada. É ele que vai ao Douro, pessoalmente, preparar o terreno, se se pode chamar terreno àquilo. Durante seis meses, bancos, avaliadores independentes, uma companhia de seguros francesa e uma companhia de investimentos angolana vêm ao Douro e o negócio faz-se e é anunciado. Falta assinar. Se lhe parece pouco. Adormeceu, chefe?"

Jaime Ramos abriu apenas o olho esquerdo e acenou com um dedo.
"Estava a pensar, Isaltino. Estava a pensar se não é melhor passar tudo isso para os Estrangeiros, para as Informações, para alguém lá de baixo, de Lisboa. Sugerir isso à direção. Que o caso nos ultrapassa, por exemplo, que mete Angola e dinheiros, e sobretudo que talvez haja diamantes, que era melhor darem uma vista de olhos. Tu sabes o que acontece a seguir."
"Onde dão uma vista de olhos, desaparece tudo. É um poço sem fundo."
"Exatamente. O que era um crime puro passa a ser uma grande investigação sobre crime econômico, o que significa que vai durar dez anos a investigar e que entretanto os criminosos têm uma reforma condigna e justa e vão viver para Madagascar onde se dedicam à filantropia, montam uma ONG e fazem coleções de borboletas."
"Madagascar?"
"Madagascar era para onde eu iria. Mas o caso não me interessa muito. Gosto de crimes com mortos que possa ter na minha alçada. Esta história parece-me confusa, vamos ter de estar sempre a pedir dados às Informações, pedidos aos Estrangeiros, porque o homem é angolano e em algum lugar entra o segredo de Estado, e nunca se sabe. E estou doente, Isaltino. Essa história cansa-me muito."
Isaltino conferiu o olhar do seu chefe. A barba por fazer, os dedos unidos, entrelaçados sobre o peito, um par de óculos na mesa de cabeceira, o pijama de flanela.
"O chefe voltou a usar óculos?"
"Doía-me a cabeça e podia ser preciso ler alguma coisa."
"Estou a ver. Portanto, o caso não o interessa?"
"Não muito. Imagina que ele é morto por um angolano que também gostaria de se dedicar aos vinhos do Douro. O Pinhão não é na Maianda."

"Maianga, chefe. Maianga."
"Ou Maianga. E nós teríamos de andar de um lado para o outro, daqui para Luanda, de Luanda para Moçâmedes, enfim, para todo o lado. E vem aí o inverno."
"Moçâmedes é um exagero."
"Moçâmedes é no fim do mundo."
Jaime Ramos suspirou de novo e tentou sentar-se na cama, puxando de novo o travesseiro, acrescentando-lhe uma almofada. Isaltino foi em seu socorro. Ouviu-o suspirar de novo.
"Henrique Ahrens de Novais", Jaime Ramos fixando o teto.
"Ahrens de Novais."
"Quem é?"
"Um piloto de automóveis. Era famoso quando eu era novo, final dos anos sessenta, e era de Moçâmedes. Lembrei-me agora. E, de resto, Moçâmedes já não é Moçâmedes, é Namibe."
Fez-se um silêncio entre os dois, e Jaime Ramos voltou a fechar os olhos, como se se preparasse para dormir. Passado um momento fixou Isaltino de Jesus, que ajeitava as folhas de papel onde escrevera o seu relatório:
"Mas eu sei, Isaltino, eu sei que não é só isso que me queres dizer. O que tu queres anunciar-me, com fanfarra e tudo, é que tens o nome da mulher que o matou. E achas que isso vai mudar a minha opinião sobre o caso."
E parou, a observar Isaltino, que retirou do maço de papéis uma folha que entregou a Jaime Ramos. Ele recebeu-a mas não a olhou. Ficou à espera. Sabia que nunca se deve negar um momento de glória:
"Conta o resto do argumento, Isaltino. Eu filmo depois."
"Não é isso que eu queria dizer."
"Não?"
"Há coisas que o chefe não sabe sobre mim. Uma delas é que eu não menosprezo a sua inteligência, mas também não esqueço

os meus deveres. Duas coisas, então: primeira, a arma utilizada no Vidago era uma Caracal de dezoito munições. Foram utilizadas duas balas já recolhidas e analisadas, nove milímetros, e é essa a razão para só terem sido usadas duas – porque se trata de nove milímetros. Segunda: os disparos fatais, um no parietal direito, outro sobre o lado esquerdo do peito de Benigno Mendonça são de nove milímetros, as balas são as mesmas, quero dizer, idênticas. E tudo leva a crer que é uma Caracal, a mesma Caracal, os exames definitivos vêm hoje à tarde. Falta um disparo, chefe. Sobre o estômago, porque perfurou apenas o estômago, estava lá ainda, intacta. Essa é de seis trinta e cinco. Duas armas de fogo, se não me engano. Duas pessoas, ou uma pessoa com duas armas?"

Isaltino fez uma pausa para observar bem o efeito de tudo em Jaime Ramos, mas este continuava sem reação, olhando para os papéis de Isaltino, como se esperasse um momento de tranquilidade para poder lê-los em paz.

"E agora sim, a mulher. A seco, que não o incomodo mais. Nome. Mariana Serra. Mariana Brito Castro Serra. Nascida a dezesseis de fevereiro de setenta e seis, em Luanda. Solteira. A fotografia está aí. Cidadã angolana, nacionalidade portuguesa em abril de noventa e seis. Pais: Isabel Brito Castro e Juvenal Serra. A mãe nasceu a vinte e um de agosto de cinquenta e quatro, em Chaves. O pai nasceu a treze de dezembro de quarenta e nove, em Luanda. Ela, branca. Ele, mulato, filho de pai português, branco, e de mãe angolana, supõe-se que mulata, de Vila Teixeira da Silva, Bailundo, Nova Lisboa, Huambo. Todos os materiais estão aí. Foi descoberta porque o carro de Benigno Mendonça, um Mercedes azul-escuro, abasteceu num posto de gasolina perto de Lamego, na autoestrada para Viseu. A placa chamou a atenção, sobretudo quando ela pediu para verem a pressão dos pneus. Pagou com cartão de conta corrente. Zás. Apanhada."

"E onde está essa Mariana?"

"Foi emitido um mandado de captura ontem de manhã, assim que chegou a informação de Vilar Formoso. A fotografia já foi mostrada a doze funcionários da embaixada de Angola, ao pessoal de duas discotecas frequentadas por angolanos em Lisboa, a dezenas de angolanos fixados em Lisboa e, de uma maneira ou de outra, ligados a Benigno Mendonça. Foi reconhecida pela empregada de um restaurante cabo-verdiano de Alcântara, onde Mendonça costumava jantar de vez em quando, deixe ver, Casa da Morna. Eles jantaram lá na quarta-feira passada, faz hoje uma semana. Nem intimidade nem o contrário. Quem fez o inquérito foi o Corsário. Saíram juntos, entraram separados, cada um de sua vez, ela chegou depois. Ele esperou dez minutos num sofá, à entrada. À empregada que os serviu pareceu-lhe que ela o seduzia com, digamos, profissionalismo. Ele pagou a conta. Está aí tudo."

Isaltino, Isaltino, pensou Jaime Ramos, ela seduzia-o com profissionalismo. A escola de eufemismos de Valongo funciona em todas as circunstâncias. Pele morena, olhos rasgados, estreitos, a testa coberta por cabelo escuro, Mariana Serra, lábios que podiam seduzir com, digamos, profissionalismo – a fotografia, uma cópia dos serviços de identificação, estava grampeada às folhas onde Isaltino imprimira os dados. Jaime Ramos olhou de novo a fotografia, havia dois grupos de sardas nas maçãs do rosto. Mariana Serra.

"Parece-me simples, afinal."

"O chefe que decida. Deixo-lhe isso tudo", Isaltino encolhendo os ombros, levantando-se e apontando o maço de folhas que deixara sobre o peito de Jaime Ramos e que este agora juntara na mesa de cabeceira. Despediram-se com um olhar afetuoso mas sem um aperto de mão. Quando chegou à porta, Isaltino acenou:

"Para a semana vou buscá-lo ao Nova Sintra. Eu tomo um café, o chefe bebe uma água."

"Acho que não saio daqui mais. Ou saio mas vou para Madagascar."

"Não me parece. Estive a falar com o médico, tem alta para amanhã de manhã. Na polícia sabe-se tudo. Bons profissionais."
Jaime Ramos acenou-lhe. E voltou-se de novo para a janela. Pobre país que se interessa pelo seu passado, e vive pendurado numa parede como um quadro velho e impopular que as visitas têm de ver. Angola, Moçambique, Guiné, Cabo Verde, São Tomé e Príncipe, Timor, Macau, pobre memória, pobre país que vive suspenso da aprovação dos outros, com medo de ter falhado onde falhou. O império, o coração do império. Alferes Ramos, velho alferes Ramos: tu próprio queres regressar à Guiné, onde a morte esteve próxima de ti, adormecendo no teu ombro, muito amiguinha, onde a vida estava suspensa de um fio, onde havia o cheiro que não esqueces. Fugiste da Guiné e olha agora o que te acontece: África vem ter contigo, vêm aí as províncias ultramarinas, uma a uma, o caminho de ferro de Benguela e o porto de Moçâmedes, a linha de caminho de ferro da Beira chegando ao Malawi, o sisal, o café e o algodão, a Companhia Colonial de Navegação e o paquete Infante Dom Henrique, o paquete Niassa e João Maria Tudela cantando "Lourenço Marques", cada inquérito persegue-te como cheiro de África e os que dizem "ah, o cheiro de África", mas nunca estiveram diante dos teus cheiros de África – o da merda, o da pobreza, o do lixo, o das coisas apodrecendo ao ar livre nos subúrbios, o dos mortos acumulados no mato, esquecidos, rendidos. Merda para África, "adeus Guiné, serás sempre Portugal". E quase quarenta anos depois de ouvires essa canção, "adeus Guiné, serás sempre Portugal", quarenta anos depois estás no hospital, sentado diante da vida inteira, e aparece-te Angola de novo, e outros combatentes, e o cheiro a África, a ladainha do colonizador e do colonizado, o da África toda, embora África não seja a terra prometida. E eu tenho o inverno todo à minha frente. O inverno, e duas armas diferentes para o mesmo cadáver.

22

Os sonhos de Jaime Ramos: uma noite de chuva

ELE SONHARA COM UMA NOITE DE CHUVA. Quando acordou, a meio da manhã (fora uma noite de insônia, só pelas três da madrugada abriu o livro que estava a ler e só depois disso adormeceu), lembrou-se da noite de chuva. Saiu de um táxi, subiu umas escadas, bateu a uma porta, havia alguém do outro lado. Fez amor com essa mulher (era uma mulher) num sofá vermelho, sentiu gotas de suor pelo rosto, rolando e caindo sobre o corpo da mulher. No sonho, gritou e adormeceu. Na realidade, acordou tranquilo, olhando para o livro pousado à beira da cama, na mesa de cabeceira do hospital.

23

Os dados são simples. Recapitulemos, Jaime Ramos sentado num sofá. Nessa manhã arrumara as suas coisas numa maleta que Rosa levara para o hospital e aguardara a enfermeira. Ela apareceu daí a pouco, dois impressos para assinar, um sobrescrito amarelo com papéis para levar. O médico apareceu também. Reconfortante, caloroso, "vai ter de descansar, o que aconteceu, repito, foi um aviso, tem de repetir aqueles passeios a pé, tem uma baixa para cumprir, quinze dias, é uma baixa para renovarmos, a pressão arterial está estabilizada, níveis de colesterol é como lhe digo, cuidado, muito cuidado, e sono, muito sono, dormir profundamente, leva uma receita de Xanax para estabilizar, e Dormicum para tomar todos os dias às dez e meia, rigorosamente às dez e meia, meio comprimido basta, é preciso dormir, no seu caso, e tem aqui estas receitas habituais, colesterol, hipertensão", apertos de mão, uma palmada nos ombros, ele foi até capaz de sorrir enquanto apertava a mão do médico mas na verdade gostava de lhe perguntar outras coisas. Por exemplo: doutor, quando é que acha que vou morrer?

Os papéis de Isaltino estavam à sua frente e ele tinha de lê-los, o médico recomendou repouso. A leitura é uma terapia. Olhou os livros em frente. Os clássicos, *Dom Quixote* em dois volumes,

Balzac, *Orgulho e Preconceito, O Monte dos Vendavais, O Conde de Montecristo, As Vinhas da Ira, O Fio da Navalha, A Dama do Lago, O Imenso Adeus,* se ele lesse os grandes clássicos seria uma pessoa melhor?, uma pessoa mais tranquila?, o seu coração funcionaria sem altas e baixas pressões, como um navio em direção ao azul do mar?, encararia a proximidade da morte com outra leveza?, passaria a comer pão integral e faria uma dieta de vegetais e saladas?, interessar-se-ia pelas religiões orientais?

Mariana Brito Castro Serra ocupava-o agora. O rosto ligeiramente inclinado para o lado direito, o lábio inferior carnudo, era esta a palavra, um contorno muito nítido da boca, o cabelo caindo sobre os ombros, escuro, a pele seria morena, uma fotografia ampliada oito vezes a partir da original, nota-se um sinal na base da narina direita. Como seria Angola em 1976? Nascida a 16 de fevereiro de 1976, certidão de nascimento emitida em outubro de 1976, certidão narrativa completa de registro de nascimento. Não tenho idade para gente tão nova. Isaltino tinha recolhido tudo o que pôde, a fotocópia do primeiro passaporte de cidadã portuguesa (abril de 1996, aos vinte anos), a cópia do passaporte angolano já caducado, a certidão do registro civil relativa a Isabel Brito Castro, natural de Chaves, nascida a 21 de agosto de 1954. Foi mãe aos vinte e dois anos, mas não em Chaves e sim em Luanda, já depois da independência de Angola. O pai, Juvenal Serra, cinco anos mais velho. Mulato, na descrição de Isaltino, nascido em Vila Teixeira da Silva, distrito de Nova Lisboa, Huambo.

República Popular de Angola, Conservatória do Registro Civil de Luanda, Certidão de narrativa completa de registro de óbito, certifico que nos livros de assentos de óbito arquivado nesta conservatória referente ao ano de mil novecentos e setenta e oito, a folhas 56, existe um registro número 2754, do qual consta que no dia sete de junho de mil novecentos e setenta e sete, na freguesia de, concelho de, faleceu Juvenal Luís Pinto Serra, natural de Bailundo. À margem do registro constam os averbamentos seguintes: nada consta.

Lista de passageiros do voo TP0252, TAP, Luanda Lisboa, 8 de agosto de 2008, um nome sublinhado a vermelho. Ms Serra, Mariana. Lista de passageiros do voo TP0252, TAP, Luanda Lisboa, 10 de setembro de 2008, um nome sublinhado a vermelho. Mr. Mendonça, Benigno. Mais listas de passageiros onde aparecem assinalados os nomes de Benigno Mendonça e de Joaquim Seabra. Luanda, Nova Iorque, Londres, Rio de Janeiro, Lisboa, todos para Lisboa. Um para o Rio de Janeiro, novembro de 2007, onde é assinalado o nome de Mariana Serra. Impresso do Serviço de Estrangeiros e Fronteiras sobre Mariana Brito Castro Serra. Registro de entradas e saídas do aeroporto da Portela. Luanda, Rio de Janeiro, Luanda, Sal, Marrakeche, Luanda, Luanda. Número de segurança social. Registro de contribuinte fiscal. Registro de segurança social. Informações interbancárias. Conta num banco. Uma morada em Lisboa. Primeiro documento com esta morada, 1998.

"Sou eu."

"O chefe está em casa a descansar?"

"Não. Estou a reescrever o *Dom Quixote*."

"É coisa para um ano. Deixe-se estar."

"Quem mora na casa de Mariana Serra em Lisboa?"

"O Corsário foi para lá hoje de manhã. De trem. Volta à noite."

"Ele que venha aqui."

"O chefe tem de descansar."

"Eu estou descansado. Ele que venha aqui ou que me telefone antes."

Ficou ali a folhear os papéis. Por ele, teria ido comandar as operações, mas Isaltino colocara-se ao telefone nessa posição, dirigindo o inquérito, pedindo informações, certidões, registros, informações. Mesmo assim continuou sentado porque sabia que o telefone iria tocar daí a pouco.

"Chefe. Corsário."
"Já chegaste?"
"Estou a apanhar o trem para o Porto. O Isaltino telefonou-me."
"Desliga. Eu ligo-te."
Questão de pequena economia doméstica. Jaime Ramos não queria vê-los sem saldo no celular e frequentemente não atendia os telefonemas dos seus homens, limitava-se a ligar-lhes ele próprio daí a pouco.
"Quem mora lá, nessa casa?"
"Uma tia. Não é bem tia, mas foi quem criou a miúda, em Luanda e em Lisboa. Vieram para Lisboa em oitenta e dois, janeiro de oitenta e dois. A tia e o tio não são tia nem tio, mas é assim que a coisa funciona. Famílias africanas, o chefe sabe como é, eu posso explicar."
"Tu não és africano, Corsário, és cabo-verdiano."
"Mulato, chefe. Vive lá uma família inteira, os dois velhos, um filho, duas sobrinhas verdadeiras, angolanas. Cinco pessoas. E Mariana Serra, claro, que não está lá desde há duas semanas."
"Profissão?"
"Arquiteta. Trabalha num atelier no centro. Está de licença há duas semanas. Assinou projetos em Luanda e em Lisboa, Guarda, Viana do Castelo, em Madri, por aí afora, Marrocos, muitas casas. Viajou para vários lugares em nome do atelier. Nada em Cabo Verde."
"Onde é que ela esteve nos últimos meses?"
"Essa é a minha dúvida, mas a tia diz que ela estava em viagem, de vez em quando ia em viagem para não sei onde e ficava quinze dias, um mês sem aparecer. Agora foram duas semanas, mas ela telefonava. Telefonou na semana passada a dizer que ia ficar fora mais um tempo. No atelier está de licença, já lhe disse, ela vai trabalhando fora, envia as coisas pela internet. Não há mais informações."

"Tem de haver. E os pais dela? Tenho a certidão de óbito do pai. E a mãe?"

"A tia criou-a. Os pais morreram em setenta e sete, ainda em Luanda, ela tinha um ano, nem isso. Viveu em Luanda até aos seis, veio para Lisboa e não há mais notícias dos pais. Morreram em Luanda. Chefe. O caso é este: temos de ir aos arquivos, setenta e sete foi o ano louco em Luanda. Os pais dela estavam envolvidos num golpe de estado em Luanda e desapareceram. Por isso não há certidão de óbito da mãe. A tia não fala do assunto. Quem podia falar seriam os avós verdadeiros, que ainda vivem em Chaves. A casa, o Isaltino pode falar-lhe disso, está sob vigilância."

"Por que é que ela não foi entregue aos avós, quando veio de Luanda?"

"A explicação é esta: a princípio, eles não aceitaram bem terem uma neta mulata. Depois, foram procurá-la a Luanda. Ou alguém por eles. E descobriram-na em Lisboa, queriam que ela fosse para Chaves, mas a tia, esta tia adotiva, não deixou. Basicamente, chefe, temos de ir aos arquivos."

"Já percebi. Quando chegares vem aqui."

A expressão "temos de ir aos arquivos" significava que não podiam falar pelo telefone – e geralmente iam até um lugar ao ar livre onde cada um deles chegava por caminhos diferentes. Ele dissera-lhes que os segredos mantêm uma equipe. Os segredos entre eles fazem uma família, como era evidente que havia um segredo na família de Mariana Serra, que não era uma prostituta a seduzir Benigno Mendonça. Arquiteta. Uma arquiteta em fuga há duas semanas.

Levantou-se e caminhou até ao quarto onde a cama tinha sido feita com lençóis limpos na sua ausência. Encontrou também comida feita na geladeira e um bolo de laranja sobre a mesa da cozinha. A faxineira vinha duas vezes por semana e sabia que ele não gostava de doces, mas teria de agradecer-lhe na mesma.

Cuidavam dele. Tratavam da sua fome, faziam a cama, limpavam o pó, um dia mudariam as lâminas no estojo de barbear e escolheriam a roupa que ele vestiria. Um dia decidiriam que sapatos ele calçaria, a que funerais podia ir, a idade chegava surpreendentemente, aos poucos, mansa e entreabrindo portas. "Quinze dias de baixa, um luxo", dissera-lhe o diretor nessa tarde, pelo telefone. "Aproveite para descansar, Ramos. Pense em si." Abriu uma gaveta na cômoda do quarto e viu a roupa íntima arrumada, abriu outra gaveta, a de baixo, onde estavam as suas t-shirts dobradas, meteu a mão e retirou uma caixa. Deu meia-volta e procurou a luz da varanda (que dava para um pátio atrás da casa), onde já não se sentava há muito tempo. Nem por isso se preocupou em limpar o pó da poltrona. Limitou-se a sentar-se diante da trepadeira que subia pela parede ano após ano, até um dia poder cobrir todo o espaço disponível, escondendo a tinta que descolorira, as teias de aranha que se formavam nas esquinas. Abriu a caixa e retirou um charuto, um Hoyo de Monterrey Epicure n.º 2. Tivera um almoço leve, ainda não fumara e sabia que, pelo menos durante uns tempos, teria de fumar às escondidas, como um homem a envelhecer diante dos que ficam atrás, saudáveis e eternos, tratando da sua saúde e da sua eternidade. O Epicure n.º 2 delimitava o que era e não era um doble corona, e apreciou o seu volume, a sua umidade, a sua memória, a sua fragilidade, a sua capa oleosa e macia que o transportava a outro tempo ou a outro lugar, um lugar onde havia sol e a noite começava lentamente. Acendeu-o com um fósforo que primeiro deixou arder até metade. A primeira fumaça falava. Escutou aquela voz profunda, imaterial, que trazia consigo um resto de açúcares vagueando pelo pequeno espaço da varanda, aspirou o ligeiro aroma de árvore que transportava a sombra original da sua terra. Depois, um tom de cacau e de terra úmida navegou à sua volta. E ele esperou que alguma coisa acontecesse enquanto estava naquele esconderijo.

24

Os sonhos de Jaime Ramos: um peixe solitário

HAVIA UM HOTEL, ELE SABIA QUE ERA UM HOTEL. Havia uma espécie de paliçada, uma plataforma de madeira suportada por estacas banhadas pelo mar. Coisas destas não eram habituais nos sonhos de Jaime Ramos. Quando recordava os sonhos – o que não acontecia sempre; na maior parte das vezes apenas sabia que sonhara – ficava inerte, deitado sobre a cama, os braços e as pernas estendidos, abertos, e então brincava com os dedos, os indicadores e os polegares, até ter a sensação de que o teto descia sobre ele a um ritmo mais ou menos regular. Mas desta vez ele recordou a paliçada porque alguém estava a pescar e retirava sempre o mesmo peixe, após o que o soltava para a água, mas não se lembrava de quantas vezes isso acontecera. Provavelmente deixara de sonhar, cansado de ver sempre o mesmo peixe e sempre o mesmo pescador, sentado à beira da paliçada, de costas para a fachada de madeira colorida do hotel. Não sabia (ou não o recordava) o nome do hotel. Também não havia cores nos sonhos. Mas sabia que a fachada do hotel era colorida e que parecia arrancada a um catálogo de quadros que vira antes, algum dia Turner? Talvez Turner, uma paisagem de chuva e de relâmpagos, ou de navios dependurados numa tempestade diante de um farol.

25

José Corsário, onze da noite. "Ela era pequena quando veio, chefe. Foi há vinte e seis anos, criada por tios que não eram tios mas vizinhos dos pais em Luanda. No dia vinte e sete de maio de setenta e sete, ao princípio da manhã, eles entregaram a filha aos vizinhos."

"Já passou tudo", disse a mulher. "Foi há muito tempo. Nada disso interessa agora. Coisas da guerra, da guerra de antes e de depois da independência. Às oito e meia eles bateram à porta, Angola estava a ferro e fogo, havia caminhões militares de um lado para o outro, disparos de vez em quando, disparos para o ar. E eles bateram à porta. 'Somos nós.' O meu marido abriu, eles entregaram-lhe a filha, um embrulho, praticamente, a dormir, ela tinha um ano e pouco. E partiram. Não sabíamos quanto tempo íamos ficar com a criança. Naqueles dias e, especialmente, nas noites seguintes, não sabíamos quanto tempo estaríamos sem ouvir um disparo ou a notícia de que alguém tinha sido preso. Ao fim de uma semana soubemos que ele tinha sido preso e estava na Cadeia de São Paulo, para onde levavam todos. Dela não sabíamos nada. Fizemos telefonemas, falamos com os nossos amigos mas a única coisa que conseguimos saber foi que, a quinze de junho, o Juvenal Serra foi fuzilado e o corpo nunca foi entregue nem identificado. Foi para uma vala comum. Ela nunca mais apareceu e deve ter sido morta na confusão. A bebê cresceu com os meus filhos, que eram mais velhos. E ficou a ser nossa filha. Um dia apareceram dois soldados a perguntar pela filha de Isabel Serra. Não sabíamos, que não sabíamos, que eles tinham saído de casa no dia vinte e sete de maio e que não sabíamos, a casa estava abandonada. Foi a primeira vez que alguém falou no nome da mãe, e então percebemos que tinha morrido. Que tinha ido naqueles caminhões que despejavam mortos no cemitério. Mudamos de casa, o que foi fácil porque ficaram muitas casas vazias em Luanda. E estivemos quatro anos a tratar de sair de Angola. Quando saímos, em janeiro de oitenta e dois, ela tinha só uma cédula pessoal, que o meu marido tinha alterado, Mariana da Graça Mateus. Como nós. Depois, a nossa família ajudou-nos aqui em Lisboa e, com a certidão de nascimento, voltou a ser Mariana Serra, como o pai dela. Contamos-lhe a verdade aos oito, nove anos. Os pais tinham morrido num acidente, nessa altura havia guerra, enfim, uma explicação dada na altura. Foi há muitos anos. Eu sou angolana, mas não me interesso pelo passado. Revolver o passado é uma coisa muito trabalhosa e descobrem-se muitos crimes, mas isso os senhores devem saber, porque são da polícia. Os crimes foram crimes há vinte, trinta anos. Hoje, terminou tudo. Voltei a Angola há três anos, estive um mês em casa dos meus primos. Luanda, tenho saudades de Luanda. O meu marido acha que tudo isto arruinou a nossa vida porque, na verdade, viemos para Portugal por não podermos explicar como é que existia uma Mariana Serra. Mas há mais casos de crianças que nunca encontraram os pais, que nao conheceram os pais, que só conheceram aqueles que lhes mataram os pais. E viemos embora. Andamos sempre de um lado para o outro, não é?"

26

Sozinho. Duas da manhã. Emília também perdera dois amigos em maio de 1977 – nunca mais regressaram de Luanda, tinham ido fazer a revolução em África. Ele soubera do caso por Júlio Freixo num encontro ocasional no passeio da Foz, numa esplanada de sábado, manhã cedo. "Ela ficou abalada. Erros que se cometem." Mas fora há muito tempo, ele atravessava um luto mais ou menos informal, evitava falar do assunto e mesmo o encontro ocasional com Freixo deixou-o incomodado porque sabia que era um proscrito, pelo menos para Emília.

Rosa deitara-se por volta da meia-noite e dormia, ele vira-a há pouco, abraçada a uma almofada. Respiração, gostava da respiração dela. Queixara-se de não estar preparada para viajar para Cabo Verde.

"É só daqui a um mês."

"Preciso de fazer ginástica, as pernas estão a ficar flácidas. Olha os braços." – Eu gosto dos teus braços, pensou ele. Depois, ela lembrou que Jaime Ramos devia tomar os comprimidos para dormir, e então ele foi à cozinha, deixou a água correr para um copo, fingiu que levava um comprimido à boca e bebeu a água. Rosa entrou no quarto, tirou a roupa, deitou-se sobre a cama, ele ficou na sala à espera que ela adormecesse. Daí a dez minutos ela dormia.

Diminuiu a luz do abajur, junto do sofá onde costumava sentar-se para ver televisão ou ler um dos livros que Rosa lhe recomendava, e retomou a leitura dos papéis deixados por Isaltino. Com uma caneta na mão direita repassou as folhas uma a uma e foi sublinhando aqui e ali, aqui e ali, escrevendo palavras à margem. Na sua própria memória, os acontecimentos de maio de 1977 ecoavam como uma memória distante e desfocada, de modo que tentou reconstituí-los exatamente como tinha ouvido falar deles, se bem que tivesse de ligar a Ramiro, o mais obtuso dos advogados, a cuja memória recorria sempre que precisava, e convidá-lo para jantar e conversar uma noite inteira.

Voltou então a folhear o molho de papéis, uma e outra vez, revendo as suas próprias anotações, mesmo coisas inúteis como listas de passageiros de voos entre este e aquele lugar. Por exemplo, o que faria Mariana Serra num voo para Marrakech em setembro de 2007? Férias no deserto, as muralhas das cidades marroquinas, as cores, o ocre e o tijolo, a poeira do Atlas, os souks, as ruas de empedrados, a Rahba Kedima, a filosofia de Averroés, o cordovês, a fumaça do entardecer na Jemaa el-Fna, os arcos do Mel-hah, o bairro judeu, quem sabe se uma noite nos jardins do La Mamounia, o hotel dos hotéis. Jaime Ramos estivera em Marrakech durante alguns dias, arrastado por Rosa, que se queixara do preço dos tapetes e adoecera em Fez. Mariana Serra de novo, no Rio de Janeiro em novembro de 2007. Ah, o Rio de Janeiro, sorriu ele, verão de novembro quando o frio chega ao mar da Europa. Lugar 12-A no voo TP185.

Durante muito tempo, ele não sabia quanto, olhou fixamente para aquela página da lista de passageiros, voo TP185, e aquele nome, no primeiro quarto da lista, abriu no seu cérebro uma brecha em qualquer lugar, com uma chamada de atenção sem som, muda, seca, grave. Um nome, Adelino Fontoura, brilhava no escuro como um incêndio, como uma explosão. Sem som, muda, seca, grave, e transportando-o aos anos da Guiné, onde um Adelino Fontoura o recebera à porta do hospital onde passara uma semana. Bigode, óculos escuros, a voz grave, quase rouca, a esferográfica Bic Laranja no bolso da camisa branca, imaculada, o penteado perfeito, alinhado. Esse Adelino Fontoura morrera, solitário, na Estrada da Morte, ao norte da Guiné, o seu corpo fora desfeito por metralhadoras inimigas.

"Morreu daquela forma", um tenente de cavalaria explicando.

"Não se percebe como foi ali parar, perto do Senegal."

E então passou de novo a pente fino as doze listas de passageiros que Isaltino de Jesus e José Corsário tinham reunido naquele amontoado de informações dispersas e referentes a Mariana Serra. Na sétima das listas, Lisboa-Luanda, ali estava, Adelino Fontoura. E se havia uma coincidência extravagante no caso de Lisboa-Rio de Janeiro, essa coincidência passava à condição de preocupante no caso de um segundo voo em que seguiam esses dois nomes para um mesmo destino. E o passado regressava, de certa forma, para punir Jaime Ramos.

27

O outro homem sentou-se cautelosamente e pôs as mãos sobre a mesa. Jaime Ramos fez o mesmo: as mãos sobre a mesa.

"Houve uma revolução no submundo? Para me falares àquela hora é porque devem ter sido obrigados a trabalhar."

"Hoje em dia já não trabalhamos. Limitamo-nos a ler os jornais e a conversar com professores de sociologia. Eles fazem o trabalho por nós."

"E com teólogos. Acredito. O mundo não pára de evoluir, e em breve vocês vão perder o emprego. Dispensados. Uma velharia."

"Quem me dera."

Ele tinha o cabelo grisalho e vestia como se se tivesse levantado da cama, estremunhado, e tivesse entrado diretamente no carro, que estacionara à porta do café. Jaime Ramos tirou um papel do bolso interior do blusão e consultou o relógio:

"Sei que é cedo, mas esta hora é a ideal para pedir um favor."

"Seis da manhã. Não dormiste? Ouvi dizer que passaste uns dias no hospital."

"Enganaram-te", ele aguentou o olhar do outro.

"Bem me parecia. Já não se pode confiar no vosso pessoal."

"Isto não é oficial, não há investigação nenhuma. Mas pode ajudar-me bastante."

"Repete o nome."

"Adelino Fontoura. Onde está, quem é, onde esteve, o que faz ele?"

"Assim, de repente?", Jaime Ramos notou que ele movera a mão esquerda. Nunca seria um talento no pôquer. Adelino Fontoura. "Não me parece que esteja nas nossas folhas."

"Há-de estar em algum lado. Eu lembro-te alguma coisa: Guiné em setenta e um, setenta e dois, foi a última vez que o vi."

"Isso foi há muito tempo, nessa altura eu não sabia nada da vida e tu mal tinhas nascido. Outra data."

"Não tenho mais datas, só tenho o nome dele e acho que tu podes encontrá-lo também. O nome. Tenho uma suspeita qualquer. Nessa altura ele estava na Guiné. Eu conheci-o lá. Era comunista."

"Havia poucos, mas bons."

Jaime Ramos bebeu um pouco de água e encarou o outro. Tinha telefonado a Júlio Freixo nessa noite e a conversa foi mais ou menos absurda. O velho do outro lado, deitado, ensonado, acordado pelo telefone:

"Há nomes que não deixam rastro. Não ouvia falar dele há muito tempo."

"Ele foi o meu primeiro contato com o partido."

"Enganamo-nos tantas vezes. E morreu tanta gente, entretanto. Não sei nada dele, escusavas de ter ligado. Morreu."

"Se ele não tivesse morrido, vocês saberiam?"

"O partido não é uma central de informações." Pausa. Mas quem deve saber alguma coisa sobre isso são os tipos das informações militares. Ou das informações civis, já não sei bem. Eu sempre duvidei da morte dele, sozinho, na guerra. Não tinha jeito de herói, era um solitário sem família, sem pai nem mãe, mas eu não gosto muito de fazer elogios. Escusavas de ter ligado para saber informações de um morto."

Depois da conversa com Freixo, por volta das quatro, Jaime Ramos fez mais dois telefonemas até ter conseguido este encontro, num café da zona de Campanhã. O homem chegara com cinco minutos de atraso, vestido de sobretudo, e Jaime Ramos aguardava-o depois de ter bebido um café às escondidas e enquanto lhe traziam a segunda água mineral. Não se viam há quatro anos e os seus caminhos raramente se cruzavam, embora o outro também tivesse trabalhado na Polícia Judiciária antes de passar para os serviços de informações, uma transferência silenciosa, discreta, de que só duas ou três pessoas tinham tido conhecimento.
"E por quê tanto interesse nesse nome?"
"Porque o encontrei onde não era suposto encontrá-lo. Não sei se é o mesmo. A trinta e cinco anos de distância não sei se é o mesmo. Pelo que sei, morreu na Guiné, mas o fato de termos o nome dele em três ou quatro documentos pode querer dizer que, afinal, não morreu. Adelino Fontoura, pensa bem. Podes ir ver os teus arquivos. Há casos de pessoas que morrem duas ou três vezes."
"Como os gatos."
"Os gatos têm sete vidas."
"Só os melhores. Normalmente têm duas ou três, como toda a gente sabe, só que o treino lhes aumenta as possibilidades. Até chegarem às sete vidas ainda vai muito trabalhinho."
Pela porta entrava a luz da madrugada, ainda escura, e três homens estavam ao balcão a beber café enquanto não chegava a hora de apanhar os seus trens na estação defronte.
"Vieste a pé?"
"Moro perto."
"Eu sei", disse o outro, pousando algumas moedas sobre o tampo de fórmica da mesa. "Levo-te a pé, subo contigo a rua. Tenho o carro a meio do caminho."
Na rua ele acendeu um cigarro com um Zippo e puxou a gola do sobretudo para cima, resguardando-se da neblina que tinha

transformado o largo de Campanhã num cenário alaranjado e deserto. Subiram devagar.
"Tens sorte, Ramos. A minha memória ainda funciona e está capaz de armazenar dados, de os separar entre úteis e inúteis e de gostar mais de fixar os inúteis. Fontoura entrou para os serviços em mil novecentos e setenta e um, exatamente a partir da Guiné. Uma lenda na história da época, o mais novo dos funcionários das informações militares. Sei pouco da história dele na altura, sei que era agente, e um agente duplo, ou triplo, não se sabe bem. E não sei nada do que, no terreno, faziam as informações militares à mistura com a PIDE, mas sei que não trabalhavam juntos e que se envenenavam mutuamente. Eram o rato e o gato. Sempre que podiam, os militares enganavam-nos. Para todos os efeitos, ele era um militar. Um gato. Em setenta e um era preciso que alguém fizesse um certo trabalho em Angola, onde a guerrilha tinha recuado bastante e era preciso mandar alguém infiltrado para o Norte, nas nossas próprias fileiras. No mato. Foi dele a ideia de desaparecer do número dos vivos. Mas uma coisa amadora, muito amadora. Quando há um caso destes, e só há casos destes em situações excepcionais, em cenário de guerra, apagam-se os fichários e gera-se uma nova identidade. Mas na altura não havia fichários e não sabíamos o que era uma identidade. E o que era preciso era dar-lhe um ar, se me faço entender. Um ar de grande operação. Dois pontos a favor: primeiro, na Guiné ele ainda não era muito conhecido; segundo, ele não tinha família. Teve treino militar especial no estrangeiro e missões especiais em Angola até chegar a revolução. O nome dele circulou por aí, mas era um miúdo. Tinha vinte e tal anos, vinte e cinco, vinte e seis, quando se reorganizaram os serviços militares, e ele estava na equipe do terreno. Os militares, nós, éramos odiados por toda a gente, toda a gente achava que não ia haver mais militares depois da revolução, sobretudo porque nós éramos os herdeiros do

exército colonial, estávamos entre os inimigos a abater. Em setenta e seis, setenta e sete, não me lembro bem, é mandado para o estrangeiro. Brasil. América Latina. Uma operação na Venezuela, portugueses raptados, resgates. Transporte de valores. Uma operação em Macau, máfia local. Coisas discretas. Em oitenta e um, Moçambique, Costa do Marfim e Espanha. Ele nunca morreu. Mas era discreto e sem família, ninguém ia perguntar por ele, ninguém perguntou."

"Não sabia que estavam tão ativos nesses anos."

"Há sempre trabalho para nós, em qualquer lado."

"Como é que ele foi recrutado?"

"Não sei", ele meteu as mãos nos bolsos do sobretudo e parou. Uma baforada de cigarro. "Vou deixar de fumar. Bom. Não tive tempo de ver nada, e não me lembro de tudo. Na altura eu estava em Angola e lembro-me de ele ter deixado um pequeno rastro, coisa de ingênuo e de descuidado. Não dava com o feitio dele. Tinha todas as condições para ser um bom agente, um bom funcionário, queria eu dizer: discreto, malicioso, com um passado para esconder e outro para descobrir. Mas tu próprio disseste que ele tentou recrutar-te para o partido. Para o Partido Comunista. Ele é mais novo do que eu três anos, mas lembro-me bem que deixou um rastro. Ainda não era membro do partido e era nessa altura que podiam recrutá-lo. Em linhas gerais, ele foi apanhado, interrogado e encostado à parede. Se denunciasse os contatos que tinha feito, ardia tudo, foi o que ele pensou. Aceitou o jogo e pediu para o matarem. Foi o que se fez. Adelino Fontoura morreu. Havia um encontro no norte da Guiné e ele encenou aquilo tudo, a morte, o tiroteio. Depois, desapareceu. Recebeu treino em França, em dois ou três sítios de África, não sei se em Israel e no Brasil. Não sei quando voltou à vida, quando voltou a usar o nome dele, ou como isso aconteceu, mas acho que foi no vinte e cinco de abril, um pouco depois. A folha de serviços é boa."

Subiam pela rua, o passeio úmido, passavam apenas ônibus descendo para a estação, iluminados e vazios. Ele fez outra pausa e parou. Já tinha deitado fora a ponta do cigarro:
"Não é uma boa folha de serviços, se queres saber. É uma folha impressionante."
"Onde é que ele está agora?"
"Por aí. Há alguma acusação contra ele, alguma suspeita?"
"Não."
"Caiu-te em cima da secretária?"
"Não."
"Então não posso fazer grande coisa. Se tens interesse pessoal no assunto, tens de resolver as coisas por ti próprio e pelos canais habituais ou oficiais, não te posso ajudar. Nem o conheço, bem vistas as coisas. Vieste falar-me por quê? Porque tens um processo onde se pede a presença dele? Não. Só porque o descobriste num papel, ou em dois papéis, e queres saber se é o mesmo, uma questão sentimental, queres revisitar o passado. É o mesmo, sim. Já tens a resposta. Mas a partir de agora vais sozinho. Tenho aqui o carro."
"Só mais uma coisa. Há quanto tempo é que ele está fora do serviço?"
O outro riu e tirou outro cigarro do maço, mas não o acendeu. Brincou com ele enquanto procurava o isqueiro, e de repente parou.
"Como é que sabes?"
"Porque fez dois voos intercontinentais em classe turística. Um funcionário daquela categoria nunca viaja em turística."
"Na verdade, há cinco anos que não está nas nossas folhas, e suspeito que não passou para nenhuma secretaria. Retirou-se. Tenho a impressão de que se facilitou a saída, era preciso gente nova, mais tecnologia, gente que estudou a queda do Muro de Berlim de um ponto de vista mais, digamos, mais moderno. Ele tinha muita história. Retirou-se. Um homem naquela posição

sabe que um dia há-de chegar o seu dia. Poupou algum dinheiro para esse dia. Esse dinheiro está em algum lugar que só ele sabe, e isto é uma informação tão inútil como qualquer outra, mas se fosse comigo eu não deixava o dinheiro aqui. E, a avaliar pelas últimas declarações de impostos, não está mesmo. Algum deve ter, guardado onde a nossa mão não chega. Nesse aspecto, deve ter sido cuidadoso. Mais do que eu e do que tu. O que guardaste para a velhice?"

"Eu sempre acreditei que o socialismo havia de chegar antes da minha reforma. O Estado tomaria conta do assunto. Teria de haver alguém para tomar conta de um velho incontinente. É do que tenho mais medo. Um velho incontinente."

"Não vai haver ninguém para fazer isso."

"Achas?"

"Acho. Já estudamos o assunto, mas é confidencial."

Ele entrou e partiu sem esperar pelo agradecimento. Com o frio, nem abrira a janela para acenar, de despedida. Jaime Ramos ficou uns instantes mais, de pé, no alto da avenida deserta, olhando o clarão que subia do viaduto do outro lado da estação de Campanhã. E lembrou uma tarde, em Bissau, no hospital. Estava deitado, o lençol cobrindo o peito, o braço esquerdo estava tapado por ataduras sujas. A sua surdez demorava a passar. Um sábado. Adelino Fontoura sentou-se na cama, a seu lado e começou a ler--lhe um livro em voz alta. *A Estrada do Tabaco*, Erskine Caldwell.

"Eu não ouço", disse-lhe.

"Não faz mal. Eu leio na mesma. Alguma coisa te há-de ficar."

Na altura não o ouviu dizer isto, mas, uns dias depois, Adelino Fontoura explicou-lhe que foi o que dissera.

28

CHOVE BASTANTE NO LITORAL NORTE, SETE HORAS EM PORTUGAL CONTINENTAL, sete na Madeira, seis nos Açores, a meteorologia prevê que continue a chover o resto do dia. As novas autoestradas tinham atravessado as montanhas e colocado as vilas em becos de colinas enlameadas – apenas vistas de longe, todas com luzes amarelas e alaranjadas, como faróis diante da intempérie. Jaime Ramos já não era o geógrafo de antigamente, capaz de identificar os sinais do clima, as rajadas de vento, as cores do céu, as clareiras nas serras, os muros que dividiam os terrenos. Aprendera com o avô a sentar--se, imóvel, para prever a meteorologia do dia seguinte. O céu. A temperatura da terra, os cumes da terra, elevados sobre as aldeias. País. O meu país, a minha idade, a minha memória, uma cãibra no peito impedindo-o de voltar-se. Parou por três vezes durante a viagem, procurando alívio e respirando fundo, deixando-se molhar pela chuva, encostando o braço na capota do carro, olhando para o saibro do chão, ouvindo os ruídos do cascalho sob os sapatos que trazia calçados desde o dia anterior. E flectia os joelhos, deitava a cabeça para trás à procura das gotas de água que caíam no rosto, respirava fundo novamente, inspirando, entrando de novo no carro.

    Chove bastante nas estradas portuguesas, ouve no rádio enquanto se aproxima dos cumes da terra. A minha vida foi tão longa, tão breve. Conheci tantas formas de chuva. Conheci tantas curvas na estrada. A cãibra no peito voltava de vez em quando, tinha receio de mover-se no banco do motorista, tanto quanto de não encontrar um fio para a história que já conhecia. Porque, no seu caso, não bastava conhecer uma história, saber como ela se desenrola, como ela se constrói – era preciso explicar cada página, estabelecer datas, vigiar suspeitos e insuspeitos, até que a avalanche da estatística fosse impedida de juntar mais um caso à percentagem de inquéritos sem conclusão, arquivados, esquecidos, empurrados para a sombra, reunidos num esconderijo que envergonha a polícia. País, o meu país. O meu país sob a chuva. Cãibra, a minha cãibra prendendo os movimentos do peito, tomando os músculos das costas até à altura do estômago enquanto atravesso o meu país cheio de valetas sujas, de lixeiras na base das montanhas, de aldeias iluminadas por lâmpadas alaranjadas. O carro encostava de novo no acostamento da estrada, e ele saía, repetia os movimentos, os exercícios, inspirava longamente – abriu a porta traseira e sentou-se no banco em sentido contrário, e caminhões, e uma poeira de água suja de óleo esvoaçava à sua frente. E continuava, continuava o caminho. Por volta das nove da manhã estacionou o carro num largo ainda adormecido, onde havia uma padaria e uma moldura de casas antigas com fachadas decoradas por azulejos brilhantes e escuros, por varandas de madeira que se tinham recusado a apodrecer. Quase adormeceu. A idade impedia-o de adormecer. As cãibras tinham desaparecido, mesmo que não fossem cãibras, e então dirigiu-se a uma das casas, bateu, e esperou que alguém viesse abrir a porta.

Demorou um pouco, mas foi uma mulher jovem e morena, de avental, que o informou.

"O senhor Luís já está levantado, mas ainda é cedo. Eu vou ver." Daí a dois minutos, o senhor Luís apareceu e Jaime Ramos estendeu a mão, a coberto da chuva que caía sobre todo o largo em volta:

"Fiz duzentos quilômetros para lhe fazer duas ou três perguntas sobre a sua filha e sobre a sua neta."

Ele notou que o rosto do velho tremeu um pouco, do lado esquerdo, exatamente do lado esquerdo, um tremor na pálpebra, um esgar no canto da boca – o rosto barbeado há pouco mas deixando algumas arestas por escanhoar, o aroma de um after-shave, Jaime Ramos recordava os after-shaves baratos de há muitos anos, Old Spice, Arden, Pitralon, o aroma de uma frescura modesta, econômica, creme Brylcreem para o cabelo. Vestia pijama, ainda, e um casacão de lã por cima.

"Não sei o que quer saber", a voz não tremia, mas Jaime Ramos viu a hesitação, a idade trai-nos devagar.

"Coisas simples. Quando é que a sua filha partiu para Angola, por exemplo."

"Ela morreu, lá. Morreu e nunca mais soubemos dela. Eu avisei-a, todos a avisamos, mas ela quis ir. Não sei o que aconteceu. Olhe, e os filhos da puta todos que a convenceram a ir, esses é que sabem o que lhe aconteceu."

"Eu prefiro falar consigo."

"Entre. Está a chover", disse ele olhando para o meio da praça, e voltando-lhe as costas logo a seguir, esperando que Jaime Ramos o seguisse por um corredor escuro. A primeira porta à direita dava para uma sala de estar onde cabiam dois sofás e uma mesa com três cadeiras. Nas paredes, Jaime Ramos reconhecia a memória da sua própria província, estampas, retratos de família, um casamento, outro casamento, fotografias a preto e branco, uma estante com livros de lombadas coloridas – e uma televisão ligada e sem som. Luís Castro sentou-se num dos sofás e apontou o outro, maior, de três lugares, para que Jaime Ramos se sentasse.

"O senhor é da polícia? Judiciária? O que houve com a minha neta?"
"Não sabemos. Nem sabemos onde está."
"Ela não quis viver aqui. Veio de Angola com a família que a criou e há muito tempo que deixou de vir cá. A minha família acabou. Qual é o seu nome?"
"Ramos."
"Ramos. A minha neta. A minha neta", murmurou ele. "Quando é que a sua filha partiu para Angola?"
"Já me esquecia que era isso que queria saber. A minha mulher enlouqueceu nessa altura. Esteve um ou dois meses sem falar, fechada no quarto. Foi no Verão Quente. Lembra-se do Verão Quente? Ela foi para Angola em julho de setenta e cinco e nunca mais voltamos a vê-la. Nunca mais fomos os mesmos. Disseram-me, depois, que tinha morrido. Tentamos tudo para saber notícias. Falamos com ela três ou quatro vezes, na altura era quase impossível falar para Luanda pelo telefone, mas ela conseguiu ligar-nos. Disse-nos que estava tudo bem, que estava feliz. A minha mulher esteve fechada no quarto durante um ou dois meses. Mas ela estava feliz."
"Por que é que ela foi para Angola?"
"Porque queria fazer a revolução lá. Aqui já se tinha percebido que não ia haver revolução nenhuma, que estávamos salvos, nós, a burguesia. Mas ela não queria ser salva, queria fazer parte da História, entrar na galeria dos heróis, reforma agrária em África, todo o poder aos sovietes, essa literatura que o senhor não sei se conhece. Nós passamos quatro anos em Luanda, há muitos anos, ela tinha doze anos. Dos doze aos dezesseis estivemos em Luanda, fui para lá como advogado. Ganhava-se mais dinheiro, eu era advogado de um banco, o Nacional Ultramarino. Lá fomos visitar o império, como se dizia. Ela foi muito feliz em Angola. Eu também. Mas não era a nossa terra. Voltamos. Não somos retor-

nados, voltamos das províncias ultramarinas, foi só isso. Aquilo tudo podia ter-se resolvido de outra maneira, mas já foi tudo há muito tempo." Depois, olhou em volta, para as fotografias penduradas na parede, para as imagens mudas da televisão – como se dissesse, veja, senhor polícia, não há fotografias de Luanda, não temos fotografias de criados pretos a limpar o carro, não temos fotografias de senzalas em plantações de algodão, não fomos mortos no Cassanje.

"Isto não tem amargura nenhuma, só que nunca mais a vimos. Pedimos informações à embaixada portuguesa na altura, escrevemos ao presidente da República, aos deputados, aos ministros, a tudo. Em setenta e oito garantiram-nos que não tinham nenhuma informação, que não sabiam de nenhuma morada, mas temos uma carta dela, com uma morada. Pensei em ir lá, mas que ia eu fazer numa terra de pretos onde não havia rei nem roque? Então, numa conversa com o secretário de um ministro, em Lisboa, porque andamos por todo o lado, até fomos à embaixada de Angola, e numa conversa com o secretário de um ministro ele disse-nos que tinha sido morta. Que não podia dizer-nos isso oficialmente, mas que tinha informações. Informações do caralho, isso sim. E então a certidão de óbito? Se tinha morrido, se tinha sido morta, queríamos uma certidão de óbito. Pedimos várias vezes a certidão de óbito, mas nada. Há uma certidão de óbito lá do marido dela, ela casou em Luanda uns meses depois de ter chegado. Um angolano. Mas ela era portuguesa, não havia certidão de óbito. Não há nada até hoje. Ela era do Partido Comunista. Mas os amigos dela não sabem ou não querem dizer exatamente o que aconteceu. Também escrevemos ao Álvaro Cunhal na altura. Em setenta e sete, depois do vinte e sete de maio. O que ele sabia, que nos dissesse. Veio uma carta, meses depois, a dizer que o partido não tinha informações sobre o assunto e que, mal deixou Portugal, ela tinha deixado também o partido. Ramos, não é?

Senhor Ramos. Inspetor Ramos, já que é da Judiciária. A minha filha foi para Angola fazer a revolução."
"O senhor concordou?"
"Claro que não. Eu andei no reviralho antes do vinte e cinco de abril. Andei no Humberto Delgado. Andei a passar comunistas para o outro lado da fronteira. Eu e outros passamos o Cunhal para Espanha. A uns quilômetros daqui. Sabe quem esteve nesta cidade, a uns metros desta casa, num quarto que fica naquelas ruas ali abaixo, ao pé do castelo? Imagine. O Agostinho Neto. Eu andei no reviralho. Estas cidades do interior, de Trás-os-Montes, eram um esconderijo muito bom nesses anos e um ponto de passagem perfeito. Daqui iam para as Astúrias, das Astúrias para França. Refratários e perseguidos políticos, era o mesmo caminho. Mas avisei a minha filha: eu sou socialista, o meu pai era republicano, amigo de Antônio Granjo, mas não vás. A revolução é em tua casa, é aqui. Mas não. Ela fazia teatro, andava na revolução aqui, era comunista. Militante da UEC. Lembra-se da UEC? A união dos estudantes comunistas? A minha revolução tinha passado há muito tempo, senhor Ramos, inspetor Ramos. Ela tinha vinte e um anos quando foi. Sabe o que eu pensei? Vai passar uns meses de férias em Luanda e vai andar enrolada com um preto, enfim. Os amigos dela, eu fui vê-los. Onde está a Isabel? Doutor Castro, a Isabel já não é do partido, agora é do MPLA. Não me fodas, o MPLA é a mesma coisa que o partido. Não, não se pode ser dos dois partidos e mais o caralho. Um dia, um deles veio aqui, sentou-se aí onde o senhor está sentado, doutor Castro, eu não quero trazer-lhe más notícias, mas a Isabel, o senhor não tenha esperanças, ela estava metida no golpe do Nito Alves e foram todos dizimados, o partido não pode fazer nada, até há gente nossa lá na prisão. Ah, então vão expulsar os comunistas de Angola, é?, vão chamar-nos outra vez para tomar conta daquilo e mandam os cubanos embora, é isso? Já sabe que não, doutor Castro, mas acho que foi uma grande desgraça, uma

asneira, ou uma conspiração, o senhor sabe como são estas coisas no meio da revolução, mas o que me disseram é que a sua neta não morreu. A minha neta, imagine. A minha neta. Eu não sabia que tinha uma neta. Não morreu como?, perguntei eu. Não morreu, ela foi entregue a uns vizinhos. A minha vontade era partir para Luanda no dia seguinte. Mas não podia. A minha mulher tinha enlouquecido outra vez, fechou-se no quarto, morreu passado uns meses. E eu vou daqui a pouco, senhor Ramos. Que quer saber mais?"
"Quando conheceu a sua neta?"
"Em oitenta e dois. Na primavera de oitenta e dois, em maio, recebi um telefonema de alguém que tinha vindo de Angola e que tinha trazido a minha neta. Foi aí que soube a história com mais pormenor. Nas revoluções, senhor Ramos, há sempre gente que cai em nome de uma causa, há sempre vítimas que ficam caídas na corrida até às barricadas. Não chegou à barricada. A minha filha foi fazer a revolução para Luanda, que não era a terra dela. Mas, entre os doze e os dezesseis deve ter feito uma transfusão de sangue angolano. Acho eu. Mulheres. Raparigas daquela idade. Praia, água tónica e namorados na Ilha de Luanda. Confunde-se a revolução com muitas coisas, inspetor Ramos. O meu avô andou com o Antônio Granjo na escola e viu-o morrer às mãos de uma revolução. Nós ainda somos primos do Mesquita que fez dois jornais revolucionários com o Granjo, e estávamos vacinados. Revolução nunca mais. Com a idade vamos ficando perigosos, senhor Ramos, muito perigosos, muito inconvenientes. A minha família acabou, só tenho uma neta e não sei onde ela está."
"Quando foi a última vez que falou com ela?"
"No Natal do ano passado. Nós não éramos muito ligados. Ela nunca quis vir para cá e eu entendo. Vir de Luanda para Lisboa e de Lisboa para cá, eu compreendo. Eu sozinho."
Um relógio de sala bateu dez horas. Um sino tocou. Entrou um pouco de ar pela janela entreaberta.

"Lurdes", chamou ele. "Os meus medicamentos."

A mulher veio com um copo de água e uma caixa de prata que ele abriu e de onde colheu alguns comprimidos.

"Senhor doutor, senhor doutor. Não lhe faz bem falar destas coisas."

"E tu que ouviste?"

"O de sempre, senhor doutor. Contar essas histórias deixam-no com a pressão alta", ela voltou-se para Jaime Ramos, que contava os comprimidos que o velho ia engolindo, dois, três, quatro. Um último.

"A minha dose da manhã. Pressão, colesterol, diabetes."

"Deixe o senhor doutor em paz", pediu ela, as mãos debaixo do avental. O sotaque, Jaime Ramos reconheceria aquele sotaque mesmo se vivesse mil anos.

"Este senhor mal fez perguntas, Lurdes. Só quer saber onde anda a minha neta. Mas eu não sei. Tu sabes?"

"Não sei, não. A menina Mariana já não vem cá há muito tempo, há dois anos, acho eu."

"Telefonou no Natal", confirmou ele. 'Avô, Bom Natal.' Pouco mais."

"Ela preocupava-se com o avô, mas tinha a sua vida, nunca foi uma neta de verdade."

"Ela é minha neta de verdade."

"Não foi isso que eu quis dizer. Só que tinha a sua vida."

"É muito da vida dela. E não conhece ninguém cá."

O relógio bateu de novo as dez horas, repetindo as badaladas para que ninguém se esquecesse da hora a que Luís Castro tinha de tomar os seus cinco comprimidos matinais, uma hora depois do café da manhã de que ainda havia restos numa bandeja, sobre a mesa.

"Ela costuma viajar muito? Para Luanda, ela foi a Luanda alguma vez?"

"Ah, inspetor Ramos, claro que foi a Luanda. Trouxe-me fotografias de Luanda. Ela também quis saber o que aconteceu lá em Luanda, em setenta e sete. Aos dezesseis anos disse-me que sabia tudo sobre os pais dela. Eu disse-lhe que era assunto arrumado, que é a vida, quem se mete em trabalhos está metido em trabalhos. Como lhe disse a si, inspetor. Mariana, nas revoluções há sempre gente que cai em nome de uma causa. Os teus pais foram apanhados no maremoto. Que podia ela fazer? Não se sabe nada."

"E outras viagens? Mais viagens?"

"O senhor doutor tem de descansar", voltou Lurdes, juntando o copo de água que viera com os comprimidos à bandeja do café da manhã. "Oitenta e seis anos, senhor."

Jaime Ramos concordou e levantou-se.

"Tem uma fotografia da sua neta?"

"Tenho, mas de há muito tempo. É esta aqui", apontou para uma moldura de laca preta. Via-se uma jovem morena, o cabelo caído sobre o ombro esquerdo, os olhos brilhantes, um riso branco, muito branco. "Dezessete anos. Entrou na universidade a seguir. Muito boa aluna. A mãe havia de gostar. E a avó. Mas a avó era muito nervosa, muito nervosa."

"E Adelino Fontoura? Lembra-se deste nome, Adelino Fontoura?"

"Adelino Fontoura. Há muitos Fontouras aqui. É um nome daqui, sim. Mas não conheço nenhum Adelino."

"O senhor doutor tem de descansar", a mulher insistiu.

"À tarde vem cá o enfermeiro ver a pressão, tem de estar preparado, tem de descansar."

Jaime Ramos apertou a mão que o velho lhe estendeu. Era uma mão lisa, branca, que não tremia. Entre os dedos médio e indicador da mão direita havia uma mancha de antigas nicotinas, de cigarros sem filtro.

"Para que queria saber isto tudo? Fui advogado muito tempo e esqueci-me do essencial, perguntar-lhe para que quer saber isto tudo."

Jaime Ramos hesitou e olhou para Lurdes, que voltou a esconder as mãos debaixo do avental. Um resto de misericórdia, pediu ela. Pareceu-lhe. E então voltou-se para a porta de saída, mas respondeu ao velho:

"Encontramos o nome da sua filha num processo já antigo. E eu estava por aqui", não quis ver os olhos de Luís Castro, baixou os seus na direção do tapete do corredor. "Está relacionado com um pedido de informações que o senhor fez há anos. Estamos a fechar processos. É uma coisa que fazemos de vez em quando nos nossos arquivos. Eu sou uma espécie de bibliotecário."

Fechou a porta e reencontrou a chuva que voltou, por sua vez, a reconhecer o seu sobretudo úmido. Era um largo igual aos de muitas vilas do Norte, cercado por casas dos anos trinta e quarenta, com uma estátua de um lado, uma igreja de outro. A estátua era de um duque de Bragança e o duque segurava uma espada maior do que seria natural, enfrentando a chuva, apontada ao céu. Abriu a porta do carro, voltado para a igreja, um quadrilátero de granitos claros e amarelecidos. Reparou que havia outra igreja à esquerda, e outra ainda, mais ao fundo, como se de repente todas as igrejas se tivessem reunido à sua volta, santificando o largo, nu e deserto, escurecido pela chuva.

"Senhor Ramos, senhor Ramos", era a rapariga que o chamava, por uma nesga da porta. Ele voltou-se, sentiu uma dor no peito, semelhante à das cãibras que defrontara durante a viagem, mas encaminhou-se, devagar, para a casa de Luís Castro.

"O senhor doutor diz que se lembrou de uma coisa", ela abrindo a porta.

O velho advogado estava de pé, no corredor, agora apoiado numa bengala, e tinha regressado à sua palidez de homem cercado por comprimidos e retratos de família:

"Esqueci-me de uma coisa. Adelino Fontoura. Era um amigo da minha filha. Acho que namoraram durante um tempo, antes de ela ir para Luanda. Até tenho medo de dizer a palavra Luanda. Um nome tão bonito. Nunca mais ouvi falar dele, também. Mas, assim de repente, ficou aqui dentro a soar, a soar, Adelino Fontoura, Adelino Fontoura, e é isso. A memória às vezes funciona. Há trinta anos que não ouvia falar dele."

Jaime Ramos também não ouvia falar dele há trinta anos, mais ou menos.

29

VOLTARAM AS CÃIBRAS, PENSOU JAIME RAMOS quando ouviu o ruído do cascalho sob os pneus do carro. Não veio nem regressaria pela autoestrada porque não queria ser controlado pelas câmaras de vigilância ou pelo pagamento de pedágios. Ele conduziu muito devagar ao longo da estrada que o levara aos bosques do Vidago, abrandara ainda mais quando se aproximou aquele fio de pinheiros que acabaram por cobrir a velha linha de caminho de ferro. Voltou à direita e atravessou-a, a estrada era agora de terra, entre silvas e giestas que tinham crescido por cima dos muros – e via, ao longe, a cúpula dos telhados do hotel onde tinha estado há cerca de duas semanas. Recordava o corpo e as roupas sujas de Joaquim Seabra, retirado da beira do lago – uma mancha de água esverdeada e abandonada ao outono que cobrira o arvoredo. Tinha fome. Não comia desde o dia anterior e eram onze da manhã. Também não fumara. Não bebera álcool. Mal dormira. As árvores deixavam-no, como sempre, apreensivo e ignorante – não sabia senão o nome de algumas e o parque do hotel estava rodeado de milhares de árvores que ele ignorava. Não, não era um homem das montanhas. Não era um homem das serras, a sua aldeia tinha morrido, a sua família tinha morrido, Joaquim Seabra tinha morrido, Benigno Mendonça tinha morrido, Isabel Gomes

tinha morrido há muito tempo, e agora Adelino Fontoura erguia-
-se do número dos mortos para complicar as coisas, associado a
Mariana Serra na sua memória e em listas de passageiros em voos
longínquos. Estava farto de gente que morria, farto da palavra
"morte" e farto de mortos que regressavam ao mundo dos vivos.

E duas armas. Ele evitava pensar no assunto. A mesma arma
que liquidara Joaquim Seabra voltara ao Douro para disparar sobre Benigno Mendonça e ele não queria encarar o retrato que se
desenhava diante dos olhos, numa folha de papel tão lisa como o
céu esbranquiçado de onde deixara de cair a chuva que alagara a
estrada: um jornalista português de que ninguém gosta, associado ao dinheiro angolano; um angolano de que o dinheiro gosta,
associado ao jornalista assassinado; o angolano é assassinado; o
nome de Mariana Brito Castro Serra é associado a um carro de
placa diplomática conduzido por Benigno Mendonça; o nome de
Mariana Serra é associado ao de Isabel Castro, desaparecida em
Luanda em maio de 1977; o nome de Isabel Castro é associado
ao de Juvenal Serra, fuzilado no 27 de maio de 1977 em Luanda,
na primeira quinzena de junho; finalmente, o nome de Mariana
Serra aparece associado ao de Adelino Fontoura em pelo menos
duas listas de passageiros de voos em anos mais ou menos recentes a bordo de aviões da TAP, um de Luanda para Lisboa, outro
de Lisboa para o Rio de Janeiro; o nome de Adelino Fontoura é
associado ao de Isabel Castro, mãe de Mariana Serra, um antigo
namorado, em julho de 1975, quando Isabel decide colaborar na
revolução em Angola; Adelino Fontoura é associado a uma estrada da Guiné onde o seu corpo teria desaparecido, num jipe que
entrou mar adentro, despedaçado por rajadas de metralhadora;
Adelino Fontoura é associado aos serviços de informações militares entre 1973 e os anos a seguir à revolução, em missões que
não podem ser esclarecidas porque um segredo deve manter-se
em segredo; e ele próprio, Jaime Ramos, sentado ao volante de

um carro parado sob os abetos (não sabia que se chamavam abetos) de um bosque no Vidago, recorda Adelino Fontoura, que lhe forneceu contatos do Partido Comunista em fevereiro de 1973, na Guiné; e Jaime Ramos casando com uma militante do Partido Comunista, em 1974, sem saber que Adelino Fontoura não pertencia já ao Partido Comunista; e Emília, militante comunista, a sólida militante com quem fora casado e que lhe lembrou a sua covardia histórica e ideológica, impreparado para as tarefas da revolução, a militante que Júlio Freixo lhe lembraria por sua vez, morrendo para que Júlio Freixo lhe lembre de novo que a memória vai e volta, que o passado regressa frequentemente.

Saiu do carro e, finalmente, despiu o sobretudo molhado. Abriu o porta-malas e meteu-o lá dentro, retirando um blusão azul de tecido de gabardina com que andava quase sempre. Hábito de ter uma reserva de roupa. O corpo, quente e úmido, febril, agradeceu o novo tecido que cobriu a camisa. Cãibra. Uma dor no peito. Encostou-se à capota do carro e abriu a porta, sentou-se, deixou-se cair mais do que sentar-se. Ao fechar a porta voltou aquele silêncio que o isolava de tudo e pensou que isso era uma bênção.

Só um polícia muito distraído deixaria de estabelecer o que havia para estabelecer – aquele quadro de associações e de coincidências que ameaçavam o inquérito muito bem arrumado que seria preciso encerrar. Deter Mariana Serra, acusada da morte de Benigno Mendonça e, provavelmente, de Joaquim Seabra, já que não era possível deter Adelino Fontoura, desaparecido para todo o sempre. Ele não podia chamar Isaltino de Jesus e José Corsário e dizer-lhes: está aqui um nome, o de Adelino Fontoura, que se repete duas vezes nas listas de passageiros que o polícia cabo-verdiano reuniu – este homem está implicado neste caso. Prendam-no. Não se pode prender Adelino Fontoura, porque, pelo menos na sua memória, ele tinha morrido em 1973, na Guiné, e ninguém estava em condições de ressuscitá-lo naquele outono, no meio daquela chuva. E só ele sabia como Adelino Fontoura tinha aparecido neste processo, neste quadro, nestes papéis, neste outono. E não era capaz de explicar isso a ninguém. Mesmo para explicar isto a si próprio precisava de recolher-se sob as árvores escuras do bosque do Vidago, onde procuraria dormir porque não tinha dormido, nem comido, nem bebido, nem fumado, nem olhado a morte de frente.

30

Os sonhos de Jaime Ramos: terra vermelha, trovoada

SE OS SONHOS NÃO TÊM COR, ENTÃO NÃO HAVIA COR. Mas a terra seria vermelha, se não se tratasse de um sonho. Alguém corria pela estrada e levantava uma pequena nuvem de pó que ia pousando muito suavemente sobre as ervas de um campo. Um sonho é mudo. Se não fosse mudo, também não faria diferença, porque não havia som. Só o ruído do interior da terra, se houvesse esse ruído e se não se confundisse com o som de três pianos descendo sobre o horizonte recortado num céu pintado de aquarela. Uma mulher jovem corre pela estrada, afastando-se, correndo na direção das árvores que estão lá ao fundo. Como é uma araucária? Como é um castanheiro-da-índia? Como é uma estrada de terra vermelha num sonho que não tem cor? Como é o ruído de um sonho mudo? A mulher, uma mulher jovem vestida de amarelo, corre e deixa de se ver sobre a superfície de terra vermelha e, então, começa uma trovoada de verão, e chove, chove muito e o céu deixa de parecer um desenho de aquarela, e o sonho deixa de ser sonho. Ele acorda, tem gotas de suor caindo sobre o rosto, ouve um ruído de passos, mas é apenas o rumor dos ramos das árvores que cobrem tudo à sua volta.

31

Sobre a mesa de Jaime Ramos havia cópias de tudo o que ele necessitava se, um dia, tomasse conta do inquérito e se decidisse a chamar Isaltino de Jesus e o mandasse reunir as tropas. A expressão era do próprio e estava em desuso. Jaime Ramos, Isaltino de Jesus sabia, também estava em desuso e só dificilmente chegaria a tempo de dirigir a investigação; em breve teriam resposta ao mandado de captura sobre Mariana Serra e poderiam mandar fechar o palco. Era outra expressão de Jaime Ramos. Isaltino sabia que o chefe lhe era indispensável. Mas sabia de cor as manias dele. Sabia que tinha um talento enorme para contornar as dificuldades, para violar as regras, para se fingir desentendido. Mas não aprende. Há uma enorme lista de coisas que ele não aprende. Cabrão do velho, ele costumava dizer.

Não aprende a preencher os impressos que a burocracia da casa exige todas as semanas. Não aprende a abrir as janelas para disfarçar a fumaça dos charutos e cigarrilhas com que vai empestando o gabinete de um edifício onde não se fuma. Também não aprende a disfarçar quando tem de visitar a médica-legista. Penteia-se, chega a pentear-se, prepara-se para os seus mortos. Não aprende a usar a nova cadeira ergonômica que veio substituir a antiga. Não aprende a disfarçar o mal-estar que lhe causam as reuniões com os outros inspetores-chefes. Não aprende a disfarçar. Ponto. Não atende o telefone, por exemplo.

Há duas horas que Isaltino de Jesus tentava ligar para Jaime Ramos. Claro que queria saber como ele estava, se dormira bem, se estava a repousar, como o médico aconselhara – mas precisava também de ouvir a sua voz para confirmar que tinham feito bem. Um novo mandado de captura contra Mariana Serra fora emitido na noite anterior, desta vez com a acusação de homicídio bem visível; outro inspetor-chefe tinha apoiado a decisão e pedira o mandado. Jaime Ramos precisava de saber, de tomar conhecimento. O que se passaria na sua cabeça?

Ele vira-o cair, aos poucos, no chão daquela casa de xisto, no Douro – e a imagem não fora agradável, ver o seu corpo sair sobre uma maca, ser levado pelo caminho de terra até à ambulância que ele próprio chamara (porque não quis que ele fosse no carro que levaria o cadáver para a Medicina Legal do Porto). Ele ficara a ver a ambulância partir e a conversar com o médico que fora atestar que o morto estava morto. Era um homem que se lamentava por tudo e por nada e que protestou pelo fato de os pretos já irem para o Douro na temporada da caça. O pequeno racismo da província. Os médicos que lidam com os cadáveres ensanguentados depois de uma rixa de vizinhos. Ele tinha um estojo sujo e um bloco de notas onde escrevia, com uma letra indecifrável, segurando a tampa da caneta com os dentes:

"Podem levá-lo quando quiserem, senhores agentes. Vou voltar para a Mêda. Um jantar de caçadores."

"Boa viagem, doutor."

"Melhor que a deste cavalheiro. Espero eu. E que a do seu chefe. Dois azares num só dia, hã? Não é por nada, mas fixe este pormenor", ele apontando para o cadáver que ficara lá dentro, deitado na cama, em decúbito dorsal. "E o pormenor é esse, que eu posso garantir: são duas armas, aquilo. Duas armas diferentes. Ele não morreu com a de seis trinta e cinco. Foram os outros disparos, os de nove milímetros, que o arrumaram. Nove milímetros. Estive em África e reconheço os buracos que aquilo faz. Na cabeça, parietal direito, à queima-roupa, está lá a auréola. No peito, a meia distância. Acho que o primeiro dos tiros de nove milímetros foi o do peito. Depois, para acabar o serviço, o disparo mais fatal, na cabeça. Mas depois verão, lá na Medicina Legal. Em África era a olho que a gente tratava disto."

Toda a gente esteve em África, pensou Isaltino. Qualquer coisa, porque estive em África. Isto e aquilo, porque esteve em África. De qualquer modo, Jaime Ramos não atendia o telefone.

Foi nessa altura que a cabeça de José Corsário apareceu entre as luminárias das secretárias:

"Ele não está em casa." Rosa. Ela não sabe onde ele está. Acordou tarde e não o viu. Como tinha pressa, saiu, pensou que ele tinha ido ao café, dar uma voltinha. "São duas da tarde e ele não está. Desapareceu ou voltou a acontecer-lhe alguma coisa. Levou o carro."

"Cabrão do velho", disse Isaltino, desta vez mais alto do que queria. E depois, só para Corsário: "Isto que não se saiba aqui. É uma coisa de família."

A busca duraria toda a tarde, depois de telefonemas para hospitais e de uma busca nos computadores da polícia. Entre Campanhã e a Foz os dois percorreram todas as ruas, entraram em quatro cafés onde havia área de fumantes, percorreram a marginal do Douro por duas vezes – Jaime Ramos costumava passear ali de vez em quando –, receberam quatro telefonemas de Rosa, pediram – finalmente – ajuda a mais dois agentes e refizeram os passos de todos os caminhos, enquanto um deles tentava procurar a placa do carro entre registros de autoestradas, parques de estacionamento ou multas por excesso de velocidade. Quando começou a escurecer, Isaltino e José Corsário dividiram-se de novo em dois carros e, enquanto um passava no Bonaparte, na Foz, outro regressava aos hospitais e fazia perguntas discretas. Farmácias. Os registros de chamadas de bombeiros, ambulâncias ou centros de saúde. Estações de Campanhã, São Bento, Trindade. Uma passagem por Matosinhos e regresso pela Foz. De repente, quando José Corsário regressava de mais uma volta em redor de um quarteirão no Campo Alegre, avistou o carro de Jaime Ramos estacionado sobre um passeio nas imediações da Arrábida. Começou então a cair uma chuva mais forte e José Corsário verificou que as portas do carro não estavam trancadas. Abriu o capô para verificar a temperatura do motor, que estava morno – e ligou a Isaltino, que apareceu daí a cinco minutos.

"Cabrão do velho", disse ele outra vez.

"Onde é que ele estará?"

"De onde é que se vê melhor o mar?", perguntou Isaltino.

"Da ponte."

"Isso. Traz o teu carro. Acho que o encontramos daqui a nada."

Sim, viram-no daí a pouco. Debruçado sobre o vazio, encostado ao varandim da ponte da Arrábida, ele passaria por uma estátua numa noite de chuva.

32

O PASSADO VEM TER COMIGO DE REPENTE. Estou mudo e não me ouves. Deixas-me em casa, protegido. Rosa vai chegar daqui a pouco e vai olhar-me e, se calhar, reconhecer-me. Gosto de casas, Isaltino. Gosto de casas. Não de casas para eu viver – mas de casas que vivem, casas arrumadas, casas desarrumadas, roupa pelo chão, gavetas com roupa, objetos deixados ao acaso, papéis alinhados, presos por um clipe, livros, que livros há numa casa?, que discos se guardam de vidas passadas, que coisas se guardam no banheiro, que medicamentos tomam os nossos suspeitos e as nossas vítimas? Que vidas cabem, portanto, numa casa?

Gosto de casas e canso-me de vê-las abandonadas. Júlio Freixo vinha a minha casa e olhava à volta, tu não sabes, mas ele vinha a horas inesperadas, não que desconfiasse, mas vinha a minha casa e olhava para as estantes da sala à procura de livros suspeitos, olhava para o aparelho de telefone – mas tu não conheceste Júlio Freixo. És de outro tempo, não havia vigilantes e vigiados. Não sabes como era Cuba, como eram os retratos que pendurávamos nos quartos, como eram os mapas que colecionávamos, como era a nossa geografia nesses anos. Éramos tão estúpidos. Tão ingênuos. Tão cheios de fé e de cegueira, tão cheios de alegria, tão inesperados, tão vencidos, antecipadamente vencidos, cheios de pena dos que, como tu, tinham nascido em 1972 e não tinham conhecido senhas e contrassenhas, casas de refúgio em Valongo, onde hoje vives rodeado de prédios. Casas de clandestinos em Cête, em Castelo de Paiva, em Avintes, casas que desconheciam o dia inteiro, a luz clara do dia. Às vezes pergunto-me: como eras tu em 1972? Um destroço chegado de África. Uma espécie de reserva moral da Pátria, esgotada numa guerra sem fim nem covardia. Vestias calças de terylene e camisas Regojo, usavas roupa sob medida, ternos de um alfaiate que desenhava a giz sobre peças de fazenda barata. Ele tinha uma tesoura enorme, uma prancha onde desenhava os modelos de ternos que serviam para toda a gente. Inglês, de trespasse? Italianos, de três botões? Como eras em 1972? Eu não quero voltar a 1972.

JAIME RAMOS RECORDA AQUELE QUARTO MINÚSCULO EM ESPINHO – e as janelas abertas por onde entrava o ruído do mar, misturado com o cheiro das farturas, o ruído de um comboio que passa entre as dunas, o jornal dobrado e lido. Lia era um nome que não se esquece e que cheirava a rosas. Esperava por ela aos sábados à tarde, na estação, avistava aquele casaco comprido, o cachecol azul, azul-turquesa, não era um cachecol bonito, mas visto de perto tinha uma espécie de relevo, de enfeite, e ele gostava do cachecol porque ela tinha um pescoço bonito e ele ficava em silêncio, deitado, a observar as veias no pescoço, um contorno, uma ruga minúscula, uma pequena cicatriz, ele ficava a olhar, distraído, enquanto Lia, adormecida, de braços estendidos ao longo do corpo, lhe fazia lembrar uma coisa que ele só entendeu mais tarde – uma espécie de beleza impura, de beleza oculta sob a aparência das coisas banais. Coisas que se detectam dificilmente, uma traição no olhar, um tremor na pele, uma veia que demora a recuperar a tranquilidade. Uma beleza difícil.

Aprendeu a reconhecê-la em Lia, mas não sabia dar-lhe um nome – era a beleza oculta, mascarada de pudor, aquele casaco azul. Havia a forma como Lia tirava a roupa, quase escondida, o cinto deixara uma marca na barriga, ele gostava de passar a mão sobre a marca do cinto que apertava a cintura, e a forma como fodiam depois, e ele observava Lia na rua e sabia que só ele sabia que os dois fodiam daquela maneira, por detrás daquela máscara de pudor. Amou o pudor, daí em diante, mais do que as evidências, a exibição, a conversa sobre sexo. Eram um casal que se encontrava em Espinho. Apenas isso: um casal que se encontra em Espinho enquanto Emília não aparece na sua vida.

Oh, as mulheres. As mulheres que mudaram e não mudaram a sua vida. Lia, Rosebel, Emília, Maria Luísa, Rosa, as mulheres que se sentaram ao seu lado no cinema, as que ele aprendeu a cortejar, as que esqueceu, as que não lembra, as que estão a um palmo de distância, as que o levaram a dançar num modesto clube de bairro, de vestido novo, com aquele cheiro de domingo à tarde, o mais triste dos cheiros dos dias da semana. E os domingos à tarde, justamente, Lia e ele, deitados na cama do pequeno apartamento de Espinho. 10 de setembro de 1972, deitados, ele levanta-se e vê os comboios cruzarem-se na linha do horizonte, Lia puxa o lençol para cima, ele liga o rádio, a sorrir, deita-se de novo, agora sobre ela, ouve-se o relato de um jogo de futebol (ele relembra a Guiné, de onde regressara para os braços de Lia), um ruído longínquo que entra no quarto à mistura com o vento que, na rua, arrasta lixo e poeira em ruas que vão ficando desertas com o crepúsculo alaranjado e cinza. Ah, as mulheres.

O que eras em 1972? Um homem a despedir-se. Despedidas de África. Lia – de quem se despediu no cais de uma estação de comboios, entre gente que subia e descia as escadas. Ele não olhou para trás. Onde estaria Lia, agora? Ah, as mulheres, um músculo móvel no tornozelo, a palpitação de uma veia, um calor, uma imperfeição de que se aprende a gostar, adorável imperfeição – a de um risco na pele, uma gordura a mais, uma dobra na pele, um sinal de preguiça, de mau-humor, uma pequena rouquidão ao acordar, a forma como acordam, uma penugem na barriga, ou por baixo do ouvido esquerdo, aquele que fica mais próximo, ah, as mulheres.

E as casas. As casas desertas, as casas que não voltarão a ser ocupadas. Todo o passado vem ter comigo através das casas. Emília não gostava de casas – a casa do Carvalhido era uma plataforma entre reuniões para salvar o mundo e o futuro da humanidade, onde as casas serão de todos, mesmo dos que não merecem.

O livro das recordações

33

Adelino José Fontoura estava vendado, as mãos amarradas atrás das costas por uma corda, e fora até ali arrastado por dois militares que cheiravam mal e que lhe baixaram cuidadosamente a cabeça para que não batesse no teto do carro, onde o meteram – no banco de trás. O motor roncou várias vezes antes de arrancar por uma rua que devia ter muitos buracos. Enquanto via a poeira de luz prateada pela janela do avião, sobrevoando o Zaire, rodando, inclinando-se antes de subir definitivamente para o céu e azul infinito, ele recordava-se dessa noite – seria noite? – em que os buracos da rua lhe pareceram, mais uma vez, o anúncio da morte que se aproximava. Doía-lhe o braço, que havia de ficar para sempre defeituoso, ligeiramente voltado para dentro. Descalço, esfregou os pés no tapete do carro para se livrar de uma comichão que só agora notara e, finalmente, sentiu o vento doce de Luanda bater-lhe no rosto, levar-lhe o cabelo para trás. A doçura de Luanda.

"Para onde vamos?"

"Vamos para um sítio melhor."

"Vão matar-me?"

"Ainda não." Ele fez um esforço para recordar também esta voz, porque, se o matassem, como de certeza iria acontecer, esperaria pela eternidade para conhecer o rosto do homem e poder vingar-se em conformidade. "Mas vai chegar a tua hora", risos, uma gargalhada, os dois homens riam nos bancos da frente.

Percebeu que o carro não parou quando passaram por um controle militar.

"Camarada, vamos para baixo."

"Passe depressa."

Vendado, despedia-se do vento de Luanda que entrava pela janela e encostou a cabeça ao banco do carro, quase deitado, enquanto tentava imaginar por que ruas passavam, que praças cruzavam. A certa altura imaginou as árvores que cobriam os passeios de Luanda, embora não visse a cidade há três anos. Ouviu vozes, o carro circulava agora mais devagar embora os ruídos do motor fossem os mesmos, misturados aos ruídos dos outros motores, de outros carros que seguiam em sentido contrário. Reconheceu o ruído de caminhões militares e, depois, o cheiro do mar. Percebeu que tinha chegado o fim – através do pano gasto da venda que lhe cobria os olhos percebeu também que tinham entrado numa zona sem qualquer luz e que não tinha salvação. Vira dezenas, centenas de homens serem levados de noite e ouvira os caminhões partirem pouco depois, deixando atrás de si um silêncio suspenso sobre os paredões da prisão. Nunca voltaram. Na noite seguinte outras dezenas partiam nos caminhões. O rosto daquela mulher, o sangue pisado nas pálpebras, as cicatrizes que nunca saravam, a seminudez que tentava esconder com as mãos e os braços diante dos soldados que se riam. O corpo abandonado na sua queda, escadas abaixo, prostrado durante horas até ser recolhido por um soldado que chamara outros presos para o meterem, já morto, num carrinho de mão. O homem que morrera sentado no amontoado de esgoto, lixo, restos de roupa queimada, ao fundo do corredor. O homem a quem cortaram uma mão com uma catana antes de o matarem com uma bala na cabeça. A mulher violada durante horas por um grupo de soldados que iam depois dançar no pátio da prisão, lá fora, à luz das lâmpadas fluorescentes, na companhia dos mosquitos. Vira-a depois, enquanto passava no corredor, encolhida no chão da cela e dera dois passos na sua direção antes de ser empurrado para o seu interrogatório, mais um.

"Um dia perdemos a paciência, português. Que vieste cá fazer? Ajudar os teus amigos? Quem te paga?"

Verificou que os nós da corda que lhe prendia os pulsos estavam tão fixos como quando o meteram no carro. E quis então adormecer, esforçar-se por recordar o que se tinha passado naquele mês, mas o ruído do carro não o deixava concentrar-se. E havia coisas estranhas na sua memória, como os sons da noite inteira. Curvilíneos, densos. E o cheiro da morte. O cheiro que vinha pelos corredores onde se ouvia sempre um gemido – ele sentira passos a aproximarem-se na primeira noite e, ao longo das trinta e oito noites seguintes, os mesmos passos iam e vinham, arrastavam consigo uma gargalhada. Na sua cela havia catorze homens amontoados, seminus, seis deles dormiam há dois dias sem interrupção, ele ouvira-lhes a respiração, um ronronar de uma tranquilidade impossível, depois de cada um deles ter suportado dois, três, quatro, cinco dias de interrogatório, tortura, choques elétricos, chicotadas, bastonadas, tardes passadas ao sol de um pátio de cimento, noites magoadas por um espigão de ferro. Na terceira noite levaram-no para uma sala escura e suja onde quatro homens o interrogaram durante várias horas.

"Adelino Fontoura é um nome português mesmo", o militar olhava-o de frente, sorrindo. "Temos tempo", ele acrescentou.

Temos tempo. Ele recordaria mais tarde, quando o avião sobrevoou uma baía antes de começar a flutuar sobre o Atlântico, o céu desfazia-se numa poeira prateada ferindo-lhe os olhos, ele recordaria aquela voz. "Temos tempo. Podemos aguentar-te aqui por muitas horas, nós temos tempo, só precisamos que assines uns papéis. Ou então damos-te um destino melhor." Ele riu alto, os outros sorriram, em silêncio. A sua cela tivera vinte e dois homens – ao fim de três dias havia apenas catorze, os outros foram levados de noite e não regressaram e não os viu nunca mais e eles não poderiam ver aquela poeira de luz prateada ferindo os olhos, erguendo-se sobre o mar.

"O que estavas a fazer em Luanda?"

Ele olhou-o nos olhos: "Vim procurar uma mulher."

O outro riu de novo: "Sem papéis, sem identificação, sem dinheiro."

"Roubaram-me tudo."

"Muito providencial. E onde?"

"Na rua, perto do meu hotel."

"Muito providencial. Trabalhas para quem? Americanos? Russos? Deves trabalhar para os russos, não é? Ou para os sul-africanos." Russos, americanos, sul-africanos, zairenses, portugueses, ele trabalharia para todos.

"Eu não trabalho para ninguém", foi então que sentiu a primeira pancada, à altura dos joelhos, por trás, uma onda de calor subiu-lhe de repente ao cérebro, vinda das pernas que se dobravam. Caiu com os joelhos nus sobre o chão de cimento. Depois, a segunda pancada na cabeça obrigou-o a deitar-se e ficou ali estendido à espera da terceira, da quarta, de todas as novas pancadas que vieram indistintamente cair sobre as costas, nos ombros, uma quinta, ele contou, que lhe atingiu o estômago, estava a ser pontapeado. Um outro homem avançou do escuro com um bastão e sentiu as coxas serem desfeitas a um ritmo mais ou menos regular, mas na verdade não sentiu mais nada, mais nada, só a escuridão. Fechou os olhos e sentiu o enjoo prevenindo-o da morte que se aproximava, um estado de torpor instantâneo, uma desistência de que só despertou quando ouviu o som do braço esquerdo a ser quebrado, e depois não ouviu mais nada, não ouviria nada durante muito tempo. E quando despertou, deitado sobre um charco de urina numa cela que já não era a sua, ouviu o ruído de pés nus a chapinhar, passando, passando, um grito ao longe, e sentiu o cheiro da urina, tentou levantar-se, ouviu os passos de pés nus chapinhando no chão, e só então viu que os pés chapinhavam – no corredor diante da cela – num mar de sangue, escuro, negro, sujo, cujo cheiro lhe chegava como se fosse arrastado por todos os ventos de Luanda.

34

Coitado do branco, coitado do português que vai morrer daqui a pouco. Adelino Fontoura respirou, respirou fundo. O carro circulava devagar por ruas que não conhecia, ele ia de olhos vendados, e um dos soldados acendeu um cigarro. Aos poucos, iam-se afastando do centro da cidade. Através da janela percebeu cada vez menos movimento na rua.

"Queres fumar, português? É o teu último cigarro", sentiu o cheiro dos dedos do outro aproximarem-se da sua boca, depois o filtro encostado aos lábios, uma pressão. Abriu os lábios e tentou segurar o cigarro. Precisava de uma das mãos para fumar o último cigarro, mas isso não ia conseguir, estavam ambas amarradas atrás das costas. "Coitado do branco, coitado do português que vai morrer daqui a pouco", o soldado soltou uma gargalhada e bateu com a mão no painel do carro, tamborilando. Que carro seria?

"Coitado do branco, coitado do português que vai morrer daqui a pouco", agora ele fingia cantar.

Um mês antes ele imaginou que isto iria acontecer. Entrou em Luanda ao escurecer, cinco horas, uma cidade sem iluminação, entregue aos caminhões que passavam pelas ruas e, depois deles, ao silêncio que caía. Um telefonema, dias antes:

"É por sua conta. Nem sabemos que está em Luanda, nem queremos saber o que vai fazer."

"Ainda não estou em Luanda."

"É como se já estivesse."

Não sabia o nome das ruas, não sabia como chegar lá mas estudara os mapas, perto da prisão de São Paulo, onde lhe tinham dito que estava a maioria dos detidos. Andou a pé, misturado com grupos que também não tinham destino. "És contrarrevolucionário?, estão a prender toda a gente", e ele baixava os olhos, seguia em frente, misturava-se com outro grupo, seguia noutra direção encostado às paredes, em bairros que se iam aproximando do centro. Depois, foi tudo muito rápido, antes de chegar ao Sambizanga. De um telhado começaram a disparar sobre a rua e corpos caíram à sua volta. Atingido numa perna. O cheiro do pó, da terra, os gritos. Arrastou-se até à entrada de um prédio e começou a subir as escadas sem pressa para não fazer barulho, o ouvido atento às portas. No quarto andar, o último, parou no patamar onde havia quatro portas e encostou-se a uma delas. Não ouviu nenhum ruído, nenhuma voz. Havia a voz de uma emissão de rádio vinda de um dos apartamentos, uma voz que não parava de discursar. Forçou a porta e entrou – era um apartamento desarrumado, sujo, com aspecto de ter sido abandonado há pouco. Da sala de estar passou rapidamente à varanda e foi uma Luanda mergulhada na escuridão que o recebeu enquanto rasgava as calças até à altura do joelho para verificar a ferida. A bala rasgara a carne mas continuara o seu caminho.

A INFORMAÇÃO QUE OBTEVE AINDA NESSE DIA, ANTES DE ENTRAR EM LUANDA: Juvenal Serra esteve preso uma semana e meia na cadeia de São Paulo e de seguida enviado para Quibala, no Cuanza Sul, mas acabou fuzilado à saída de Luanda, num descampado, juntamente com outras cinquenta pessoas. Os corpos foram abandonados. Isabel estava presa na Fortaleza de São Miguel, mas ele sabia que era impossível atravessar Luanda a caminho da ilha. Esperaria pela noite, escondido em algum lugar. Adormeceu então, ao fim de dois dias sem dormir.

Depois de acordar, por volta das quatro da manhã, desceu os quatro andares e caminhou, a coxear, durante uma boa meia hora até chegar à Baixa. Observou o movimento: havia tanques do exército, carros da polícia, ajuntamentos, a cidade parecia normal – mas silenciosa como se esperasse pela trovoada.

O SOLDADO CANTAROLAVA DE NOVO: "Coitado do branco, coitado do português que vai morrer daqui a pouco", esfregou de novo os pés no tapete sujo do carro. A certa altura, há cerca de um mês, ele passara diante de uma fila de corpos deitados no chão, ao sol, e pareceu-lhe ver o cabelo comprido de Isabel, entre o pó e a carne putrefacta que depois, à noite, seria levada para um cemitério onde já estavam abertas valas que albergariam milhares de outros corpos. Ficou paralisado e teria sido a primeira vez que perdeu a consciência de que estava em Luanda e de que não era ali que devia estar. Por amor, um amor infiel, um amor fora de moda. Isabel casara. A notícia era a de que tivera uma filha. E ele, dois anos depois de a ter visto pela última vez, viera prostrar-se diante daquele espetáculo onde a loucura já não tinha lugar – porque esse lugar tinha sido ocupado pela demência da revolução à procura da morte, ajustando contas, ligando o gosto da morte ao gosto da terra suja, cruzando a idade da vida com a idade da morte. E ele estava ali, no passeio sujo diante da prisão, petrificado, olhando a morte de frente como sempre a olhara – mas sem lealdade, em total desnorte, escapando um ao outro, fugindo de rua em rua até ser apanhado num beco. Apanhado num beco, por amor, imaginando que aquele cabelo era o de Isabel.

Isso acontecera porque um dos corpos atirados para o caminhão ainda estava vivo – e ele disse "esse ainda está vivo". O soldado olhou para ele e apontou-lhe a metralhadora. Ele conhecia aquelas metralhadoras, montara e desmontara muitas delas, passaram-lhe pelas mãos metralhadoras daquelas, sujas e limpas, preparadas para a matança ou para a perseguição.

"Queres ir no lugar dele?", o soldado perguntou-lhe, a arma apontada.

"Não", ele depois de hesitar um instante. E voltou-lhe as costas, até que ouviu outros soldados chamarem-no, "branco, branco", e ele começou a correr até ao coração daquele beco – a meio teve ainda tempo de se desfazer da sua pistola, atirá-la para um quintal onde havia duas figueiras a que ele quis subir. Mas não teve tempo. A primeira pancada atingiu-o nas costas. A segunda nas coxas, atrás. E depois caiu, preparado para morrer. Tão preparado para morrer como agora, sentado no carro que abrandava, de olhos vendados, de mãos atadas, a cinza do cigarro ia caindo, o cigarro estava prestes a queimar-lhe a boca e então, finalmente, o carro parou, salvando-o da espera, aproximando-o do momento fatal.

"Vamos lá tirar o homem", disse um dos soldados. A porta esquerda, aquela à qual vinha encostado, abriu-se e uma mão puxou-o para fora. Descalço. Chão de cascalho. Poeira. Terra. Pedra. Chão nu. Ia morrer de noite, num lugar isolado, pensou, quando o encostaram ao carro e lhe disseram:

"Vamos lá tratar disto."

Empurraram-no e ampararam-no, alternadamente, durante uns metros. Ouviu o ruído fatal da arma, a bala entra na câmara, um deles encostou-a à sua cabeça e ele sentiu raspar, procurar um lugar, ele sabia, o parietal é a melhor das zonas, a morte é imediata, o cano da metralhadora é tépido como um dedo do destino.

"Tirem-me a venda", pediu então. Uma gargalhada.

"Olha, o português quer que lhe tirem a venda. Vê tu bem, vamos tirar a venda ao português." Mas não tiraram. Ouviu apenas os passos dos soldados a afastarem-se, as portas do carro bateram, o ruído do carro a afastar-se, ele ficou ali, de joelhos e, então, a voz de alguém que se aproximara entretanto: "Já chega. Acabou tudo, vamos embora", e percebeu que tinha morrido pela segunda vez quando lhe disseram que tinham de chegar à fronteira com o Zaire o mais depressa possível, porque alguém os esperava em Lukala. Ou ele teria de ir até Lukala.

35

MAIS TARDE ELE FALARIA COM PORTUGUESES QUE ATRAVESSARAM O NAMIBE e que viram flores a nascer no coração do deserto. Ah, a *Welwitschia mirabilis*, a flor do deserto. A alucinação. A foz do Cunene. As águas da Baía dos Tigres. Eles viram como a planta fechava a suas corolas mal nascia o dia, para se proteger, e como o crepúsculo as encontra luminosas, salvas do calor, preparadas para receber o orvalho que há-de chegar durante a noite. Eram muitos, esses portugueses que escapavam da História, marchando a pé, acompanhando uma caravana de centenas de carros que escapavam da guerra e regressavam a casa indo para o Sul até encontrarem a Costa dos Esqueletos e terem decidido que iriam atravessar o território da morte para se salvarem. Ele aprendera que, em certas circunstâncias, o caminho mais perto para o Norte era através do Sul. E que Norte e Sul ficavam à mesma distância da salvação. Um dia, numa viagem até à antiga Moçâmedes, quis ir ver o deserto; ao fim de dois dias viu a *Welwitschia mirabilis*, a flor do deserto, três metros e meio de planta espalhada pela poeira seca onde tinham passado todos os ventos do sul de Angola e pelo menos metade dos seus rebanhos e pastores nômades.

O AMOR QUE NÃO SE ESQUECE LOGO, PROVAVELMENTE NUNCA SE ESQUECE. Perdura como uma traição – e ele conhecia o significado da palavra. Gostou dos olhos de Isabel, que pareciam orientais.

Regressara da Guiné e de Angola, onde estivera em serviço, permanecera durante um ano em Lisboa, mudando de serviço para serviço, e chegara a Trás-os-Montes, onde estava o resto da sua família, a tia a quem fora entregue aos dois anos, vindo do outro lado do mar.

Era uma casa branca, na colina de uma aldeia defronte da cidade. Já esquecera a cidade, aliás – era apenas uma memória em dissolução, pequena, cheia de granitos e de varandas de madeira, com uma Rua Direita que subia até ao cume, e que ele gostava de percorrer nesse princípio de verão, quando lhe deram dois meses de férias até que se decidisse para que serviço transitaria. Havia cafés. Ruas de empedrado. Praças vazias. Casas em ruínas cercando um castelo arruinado. Havia esplanadas. Um dia viu-a na esplanada – mesmo no centro da cidade, num largo onde havia um liceu, dois cafés, uma estátua de um bispo, um banco, uma estação de correios, um quartel de bombeiros, duas lojas de roupa e um barbeiro escondido numa esquina. Viu os olhos. Rasgados, quase orientais, a pele muito morena, o rosto, as sardas nas maçãs do rosto. O amor que não se esquece logo, provavelmente nunca se esquece. A primeira conversa, o primeiro passeio. Havia um rio e freixos debruçados para a sua própria sombra. E havia uma casa branca, na colina de uma aldeia defronte da cidade, onde passaram a encontrar-se quase todos os dias, ele ia buscá-la de carro ao princípio da tarde, devolvia-a àquele largo perto do castelo antes da hora de jantar – o verão facilitava as coisas. Havia açudes ao longo do rio, ele lembrava-se. A voz madura de Isabel.

"Fazer a revolução em Angola."

Ele fixou isto, mas não pôde responder-lhe como gostaria, não pôde explicar-lhe: as coisas vão complicar-se. Ah, ele não era um covarde, medroso como os portugueses.

"Mas eu volto."
Ele sabia que muito dificilmente ela voltaria, e que, voltando, dificilmente voltaria para ele. Aos cinquenta e cinco, cinquenta e seis, cinquenta e sete anos, o amor que não se esquece logo provavelmente nunca se esquece. Durou uma vida inteira. Os olhos rasgados, orientais, escuros. Uma aventura de verão que se prolongou pela vida inteira. A vingança sobre a morte.

MAIS TARDE RECORDARIA A *WELWITSCHIA MIRABILIS*, a flor do deserto, feia e improvável – mas agora, deitado na carroceria de um caminhão a caminho do Norte, cuidava das pequenas feridas que ainda sangravam. O homem dissera-lhe "acabou tudo, vamos embora", mas ele sabia que não iria ser assim. As coisas não acabam tão depressa. Há a vingança. Ele, que tinha conhecido a traição e a tinha praticado, sabia que a vingança e a morte andavam de mãos dadas e, do que tinha visto, mesmo que fosse escondido por muitos anos, alguma coisa sobraria para ser mostrado. Outros tinham sido salvos na hora da morte. Ele não sabia como tinha chegado até ali, depois de ter passado o Uíge e, agora, numa estrada que serpenteava entre planaltos e se aproximava ainda mais do Norte. Mas fora uma longa viagem. Nessa manhã tinham sido mandados parar duas vezes, mas por algum motivo não abriram a parte de trás do caminhão, e ele não sabia porquê nem por que razão ninguém se tinha preocupado com isso. Apenas ouviu o motorista falar com alguém, de certeza militares. Das FAPLA? Da FNLA? De repente, o caminhão pára; o motor fica a trabalhar – e, ao fundo, aparece um rosto que ele não conhece:

"Vamos passar ao largo de S. Salvador do Congo. Agora chama-se M'Banza Congo. Eu vou a cinco quilómetros depois de Boela, faz de conta que me enganei na estrada para o Zombo. Mas você sai antes, enquanto eu abasteço com esse depósito que está

ao seu lado. Aí, fica por sua conta, cuidado com a altitude e com o mato. São só dois quilômetros em frente, sempre com a estrada à vista. Tem de andar a pé esses dois quilômetros e não vai haver problema. Um jipe há-de ir ter consigo e levá-lo até Lukala. De Lukala ou vai para Kinshasa ou para onde eles decidirem, está lá gente à sua espera. Quando atravessar a fronteira, não volte nunca mais. Eu não o conheço e você não me viu."
Confirmou que a faca tinha regressado às suas botas e que, no bolso de trás, tinha a pistola e dois carregadores preparados. Não comia há dois dias. O homem deu-lhe uma garrafa suja com uma coisa que tinha sido água. Ele bebeu um gole e encostou-se de novo aos fardos que o tinham acomodado durante a viagem.

36

Em Julho de 1975 - foi a última vez que Adelino Fontoura a viu.

Falso. Adelino Fontoura falou-lhe pela última vez em 18 de julho de 1975, uma sexta-feira; havia uma rua estreita e suja, de calçada irregular, não chovia há mais de um mês e o rio aparecia por detrás do quadro de casas descoloridas e de uma cortina de freixos cujas ramagens caíam até à flor da água. Temia ser tão clássico nas suas recordações. Eram memórias com gramática perfeita, sem dejetos nem incorreções, sem som, sem mágoa. Lembrar-se-ia durante muitos anos dessa tarde de 18 de junho de 1975 e de um disco dos Led Zeppelin, Physical Graffiti: uma nuvem dançando sobre a cidade, uma guitarra que tinha enrouquecido, uma canção, "Kashmir". Foi nesse dia que ele lhe falou pela última vez. Ele não tinha a certeza, mas pareceu-lhe que a viu, sim, que a viu dois anos depois, exatamente dois anos depois, em Luanda, morta e preparada para ser esquecida. Ela tinha um rosto oriental, amou-a por isso mesmo, e pelo perfume inocente, e pelo que imaginava que iria ser a sua melhor recordação de adolescência – quando ela terminasse daí a uns anos, para deixar um rastro de nomes, de datas e de suspeitas. Ela disse, "gosto de ti, porque falas muito", e seguiu pela rua acima, uma cidade de província tem ruas que sobem na direção do topo, das muralhas de um castelo. Ela seguiu sozinha, levava uma sacola ao ombro, o cabelo preso em rabo de cavalo, não olhou para trás como ele esperava, nunca mais olhou para trás para mostrar o seu rosto vagamente oriental, o rosto que ele amava.

"Parto depois de amanhã. Um dia volto, vais ver, um dia volto." Ele sabia que não voltaria. Que não ia ser assim, e que ela apenas gostava de o ouvir falar, ininterruptamente, de o ouvir contar anedotas. Ela gostava de rir. Ela gostava de o ouvir rir. Ela passara uma parte da infância ou da adolescência em Luanda, uma branca de pele morena, e queria regressar a Angola quando todos os outros chegavam a Lisboa, os retornados, com roupas gastas e velhas, em aviões superlotados, em navios sujos, respirando o ar europeu como se ele estivesse carregado de peste e de maldição. Adelino José Fontoura conhecia esse retrato porque parte da sua família voltara ou partira sempre no momento errado, no ano errado, no mês errado. O pai chegara à Venezuela durante o inverno europeu, no início de 1946 – exatamente quando não devia. Nesses anos, a Candelária era um bairro tranquilo decorado por jacarandás que floriam muito depressa, a dois passos da Plaza Bolívar – só mais tarde seria o bairro dos portugueses, uma pequena vila portuguesa transplantada para o coração dos trópicos e atravessada pelos trilhos dos bondes.

Saudades de Caracas. A esta distância, ele pressentia – como se estivesse lá – os primeiros dias de uma primavera ligeira, perfumada, atravessando a cidade rodeada de montanhas e limitada pelo Cerro El Ávila. Seria a Primavera de Caracas. Não há primavera em Caracas: apenas reflorescem os jacarandás da Candelária, as árvores frondosas e descuidadas da Plaza Bolívar. Manhãs de domingo, perfumes de domingo na Caracas portuguesa: empanadas, vinho branco, aroma das cozinhas de família, banana frita, bolo de banana. Há mais de cinquenta anos o seu pai chegara à Venezuela: o porto de La Guaira, a baía aberta como um esconderijo diante do mar, iluminada pelo céu cinzento e tépido, a campânula que cobria Caracas e a tornava irrespirável. Muito depois, o pai de Adelino Fontoura (ele recolheu essa informação) recordaria aquele dia em que a trovoada se abateu sobre Caracas – mal dizia uma palavra em espanhol e restava-lhe, das suas economias e do dinheiro que reunira para a viagem, um dólar e sessenta e seis cêntimos. Estava preparado para recomeçar a vida nos trópicos. Nos trópicos não se usavam sobretudos, mas o seu primeiro negócio na Venezuela foi a venda de um sobretudo novo que levara para a viagem. Sempre o caminho mais difícil. Voltar quando os outros regressam. Partir quando os outros decidem ficar. Fazer o caminho de ida quando os outros percorrem o caminho de volta. Uma coisa e outra.

"Chove em Lisboa, está frio em Lisboa. Vendo-lhe este sobretudo por metade do preço que custa em Portugal."

Ele não sabia quanto valia um dólar. Um bolívar.

"Trinta dólares."

O outro pagou trinta dólares à mesa de uma taberna de La Guaira – vinha a Portugal no mesmo navio e precisava de um agasalho.

"Sejam trinta dólares", e levantou-se, o sobretudo debaixo do braço, dirigindo-se para a rua, na direção do cais de embarque. Voltou-se para trás e informou, estendendo um cartão: "Sou dono de um hotel em Caracas. A minha mulher e a minha filha ficam cá. Se precisar de alojamento, vá da minha parte. Hotel Lisboa. Mesmo no centro."

"Foi assim tão barato o sobretudo?"

O outro riu: "Foi barato. Mas eu volto para lhe agradecer. Não esqueça: Hotel Lisboa. Chamo-me Ferreira."

E então trovejou naquela tarde de domingo em Caracas, uma semana depois de ter atravessado o mar e de ter deixado tudo em Portugal – vinte e quatro anos, a família em ruínas, o pai doente, um emprego certo. Estava deitado e deixara a janela aberta para que o vento do Cerro El Ávila aliviasse o ar abafado e o cheiro a mofo daquele quarto barato cujo aluguel teria de pagar no dia seguinte. Tinha um dólar e sessenta e seis cêntimos e o primeiro relâmpago iluminou a parede esburacada do quarto. Depois, um segundo relâmpago. E a chuva, torrencial e tépida, caindo sobre as ruas sujas de Caracas. Por mais que vivesse – e viveu muito – as ruas de Caracas seriam sempre "as ruas sujas de Caracas", e aquele cheiro de fritura, de fumaça de escape dos carros atravessando a cidade, de fruta apodrecendo, seria sempre o cheiro dos primeiros dias venezuelanos.

Adelino Fontoura recorda que o pai (ele procurou-o por todo o lado) saiu para a rua e andou por várias horas sem destino, entre gente que observava as ruas esburacadas pela chuva ou que tentava salvar o interior de mercearias atingidas pelas inundações, lojas cercadas pela água, vidros quebrados pelo vento da tempestade que caíra sobre a cidade como um castigo e um instrumento da desgraça. Talvez as inundações servissem como desculpa para adiar o pagamento do quarto (ele não acreditava nisso). Talvez no dia seguinte, segunda-feira, começasse já a trabalhar na carpintaria onde fora oferecer-se. Talvez chovesse tanto que nunca mais encontraria o caminho de regresso ao quarto alugado por semana e onde guardava a sua única mala com roupa e uma grafonola que trouxera de Portugal. Mas não parou de chover nessa tarde de Caracas. Voltou a chover com mais intensidade quando se anunciava o entardecer, uma chuva morna, pesada, contínua – e choveu durante horas, até que a noite se adensou e ele, Justino das Neves Fontoura, se recolheu sob um beiral de onde se via, mesmo na praça em frente, uma praça naturalmente deserta e emoldurada por dois enormes jacarandás, iluminada por duas lâmpadas elétricas, a letras vermelhas, a tabuleta do Hotel Lisboa. Esse momento mudaria a sua vida. Não só porque nessa noite, sentado a uma mesa da cozinha do Hotel Lisboa, entre portugueses e venezuelanos, conheceu Viviana, com quem nunca chegaria a casar-se, mas porque viu também uma parte do seu destino desenhada a giz no céu escuro de Caracas. E era um destino cheio de declives, de aventuras, de despedidas.

No dia seguinte, Justino mudou-se para o hotel, onde trabalhou durante dois anos, primeiro como ajudante de todo o serviço, e depois, quando Ferreira regressou de Portugal, como recepcionista até chegar a encarregado de todas as compras, com toda a confiança da família. Na mesma noite em que o pai de Viviana descobriu que ela dormia no seu quarto, Justino partiu para Maracaibo.

Antonino Ferreira não ficou ofendido mas precisava de castigá-lo, afastando-o da filha – para isso, enviou-o (com um bom salário) para aquela cidade distante onde tinha outro hotel, um edifício cor-de-rosa na Praça Baralt, a zona comercial da cidade que mais enriquecera com o petróleo e com a chegada de homens de negócios vindos de todas as cidades da Venezuela e do estrangeiro. Só voltou a ver Viviana seis meses depois, em Caracas. Ao contrário das outras portuguesas, Viviana tinha um rosto oval, com sardas e cabelos claros, olhos azuis, era alta e falava pausadamente – o seu espanhol era perfeito, sem erros nem atropelos –, estudara num liceu, ia aos domingos à Igreja da Candelária e já nascera em Caracas e não na ilha do Faial, como os seus pais. Justino das Neves Fontoura devia ter gostado muito dela porque conservou até ao fim da vida, entre os papéis que guardava na carteira, a minúscula fotografia de uma jovem quase loura com sardas nas maçãs do rosto e um sorriso enigmático que lhe levantava um pouco um dos cantos da boca, dois lábios ligeiramente carnudos, e que ele devia ter beijado nessa tarde de Caracas, sob as árvores da Candelária, entre os ruídos do final da tarde, quando os bondes passavam com gente que vinha da última matinée do Cinema Bolívar. Foi a última vez que Justino das Neves Fontoura a viu. Falso. Justino falou-lhe pela última vez nesse dia 15 de setembro de 1946, um domingo luminoso e dourado, como eram os crepúsculos de setembro em Caracas, quando o clarão do sol desaparecia por detrás do Cerro El Ávila, despedindo-se daquele perfume de orquídeas e bromélias que havia em certas colinas por onde serpenteava a estrada que vinha do sul. Verdadeiramente, viu-a pela última vez duas semanas depois, no mais triste dos funerais em que teve de estar presente.

37

Depois disso, Justino Fontoura passou quatro meses escondido de toda a gente, abandonando o hotel e o trabalho em Maracaibo uma semana após o funeral de Viviana. Um ônibus partia, três vezes por semana, de Maracaibo para os Andes, para Mérida ou San Cristóbal, onde a neve caía antes de qualquer outro lugar e de onde se seguia para a Colômbia. Escolheu o transporte que saía mais cedo porque não conseguia dormir de madrugada e, pela primeira vez num ano, partiu para um lugar sem saber que lugar era esse. Sem destino. Sem saber qual era a última paragem dessa estrada que atravessou florestas e acompanhou a margem das lagoas, seguindo de uma cidade a outra sem que alguém lhe perguntasse qual o seu destino, onde estava o seu bilhete. Ninguém viajava para tão longe e todos sabiam que aquele homem jovem e solitário só sairia do ônibus em Mérida, diante das montanhas, onde chegou à noite – ainda a tempo de, na estrada, ter podido observar o Pico El Águila coroado de neve, direto ao céu ou para lá dele, porque era raro ver-se o seu cume escondido pelas nuvens ou tapado pela copa das árvores ao longo da estrada.

Mérida era uma cidade tranquila onde as temperaturas oscilavam de acordo com a vontade das cordilheiras e onde os portugueses já se tinham instalado há muito, ocupando os negócios de sempre – cafés, padarias, mercearias, restaurantes e, naturalmente, um hotel. Economizara algum dinheiro, o que lhe permitia aguentar-se durante vários meses sem trabalhar. Trabalhar, procurar um emprego, encontrar um negócio, era a última das coisas que queria. Trazia ainda na memória as últimas imagens do funeral de Viviana, que tivera morte imediata depois de uma queda, escadas abaixo, no Hotel Lisboa. Motivo mais idiota. Estivera seis meses e duas semanas longe dela e em nenhum dia deixou de guardar um instante que fosse para recordá-la, para lembrar a sua voz e o seu espanhol correto, perfeito – e o modo como os dois dançavam ao som colombiano da Estudiantina de Darío Garzón, ou enquanto trauteavam uma das canções mais famosas da época, "Antioqueñita", um bambuco que tinha atravessado os Andes ("Antioqueña, antioqueñita, del jardín de Colombia la más bonita"), ou procuravam escutar, na rádio, a música de Los Melódicos ou de Billo Frómeta.

Instalado num pequeno hotel não muito distante do centro de Mérida, Justino estava decidido a guardar um luto só seu, negro e doloroso. E romântico. Dias sem comer, dias sem falar fosse com quem fosse. Mais tarde, Adelino Fontoura soube que o pai bebia durante horas seguidas no bar de um hotel onde costumavam chegar revolucionários cuja presença estava proibida em Caracas – e que faziam da cidade dos Andes uma espécie de exílio interno, no meio de emigrantes, fazendeiros e *perdidos* de toda a espécie – ou em Bogotá. Depois, ficava prostrado, deitado na cama do quarto, vestido, de sapatos e chapéu, contando mentalmente a quantidade de dólares de que ainda podia dispor no banco.

Foi numa dessas tardes de sonolência e de ressaca que Juanito, o recepcionista (e quase tudo um pouco naquele hotel), bateu à porta e lhe anunciou uma visita, o que era estranho porque não conhecia quase ninguém em Mérida e evitava falar com portugueses.

"*Es un señor. Un portugués, muy caballero.*"

Quando chegou ao último lance das escadas, que davam para a sala de jantar do hotel, onde raramente comia, viu o corpo alto e vestido de negro de Antonino Ferreira, sorrindo e abrindo os braços na sua direção.

"Justino, Justino, és um homem como já não há muitos. Mas tens de deixar isto tudo", ele apontando para o hotel, envelhecido e modesto. "Tu não sabes, mas eu tenho um hotel aqui em Mérida, como tinha em Maracaibo ou em San Cristóbal e Valencia ou San Antonio del Táchira. Deixa o luto para os mais velhos. Soube que estavas aqui desde o primeiro dia porque um homem como eu tem de estar informado sobre a sua gente. Tu és da minha gente."

Depois, Justino subiu, tomou banho, barbeou-se, vestiu um dos seus ternos comprados na qualidade de gerente do Hotel del Lago, de Maracaibo, e passearam os dois pela Plaza Bolívar até que a noite os empurrou para o centro, diante da velha catedral. "Não sei se queres trabalhar para mim. Preciso de um homem de confiança em Mérida, que queira trabalhar e, em podendo, enriquecer. Quem trata do hotel de Mérida, trata também do de San Cristóbal. O de Táchira não, que não é um lugar para onde eu queira mandar um amigo. É território de contrabandistas e de pistoleiros." Justino aceitou. Iria ficar seis meses mais em Mérida. Ficou mais de um ano, quase dois. Cinquenta anos depois, Adelino Fontoura passou pela mesma Plaza Bolívar, a velha, descansou nos bancos mais recolhidos no interior da catedral e compreendeu que o seu pai, sitiado pelos picos das montanhas (o Bolíva, o Humboldt), teria de abandonar a cidade e seguir mais para sul, torturado pela morte de Viviana, mas também com a tentação do aventureiro a correr-lhe no sangue. Em setembro de 1948, Justino Fontoura retirou as suas economias do Banco Mercantil y Agrícola e partiu para o Sul.

Em outubro de 2004, Adelino Fontoura chegou a Puerto Ayacucho e julgou que o mundo terminava naquela terra, onde começava verdadeiramente a Amazônia, para quem vinha do Norte. Era uma viagem solitária e despropositada – mas também ele tinha direito aos seus desgostos amorosos. Jaime Ramos descobriu-o através de registros cruzados, de consultas a arquivos quase desconhecidos – mas ele não sabia onde era Puerto Ayacucho, não conhecia o Orinoco, mas já sabia que Adelino Fontoura seria, durante alguns dias, a sombra que ele teria de perseguir.

38

ZUMBIDOS E POEIRA E LUZES E GENTE QUE PASSA – e árvores ressequidas ao longo das ruas. Os ruídos das motocicletas vêm de todos os lados da cidade ao final da tarde que escurece repentinamente, empurrada pelo frio de agosto. O homem estava sentado na esplanada, acabou de beber o ristretto e de acender um pequeno charuto que retirou do bolso do casaco. Café e charuto, um antídoto contra o frio. Ficou uma nuvem de fumaça a pairar sobre as mesas da esplanada, o empregado trouxe um cinzeiro limpo e recolheu o anterior, sujo, de plástico amarelo, onde havia duas pontas de cigarro e o símbolo da cerveja Quilmes.

Ele sabia, procurando nas suas leituras e memórias, que nas ruas onde agora havia motos percorrendo as praças, as avenidas, as estradas poeirentas de todo o Chaco, cavalgavam antigamente generais vaidosos e bandidos loucos cujos nomes estavam fixados em livros, jornais da época, revistas militares, fachadas de museus, nomes de ruas, de cidades e de bairros – homens vagamente de barba aloirada, vagamente ingleses ou escoceses, ou herdeiros de marechais bandoleiros do pampa e das montanhas da Bolívia e do Peru. Tinha lido o suficiente sobre a região, sabia a localização dos pântanos, estudara os mapas de estradas e estabelecera sobre eles a proximidade das fronteiras da Bolívia e do Paraguai – e do

Brasil, ao longe, atravessando planaltos e estradas esburacadas, arroios que se espalhavam até ao Território das Missões, rasgando o pampa para lhe impor uma rede de fios de água, e subindo daí até aos primeiros declives das serras onde caíra a primeira neve do ano. Não tinha ainda uma história, uma genealogia, uma descrição, nem os nomes de que uma história precisa para ser uma história, mas ter Díaz O'Farrell era um começo. Há dias que procurava um nome – e encontrou-o, o de Díaz O'Farrell. Juntamente com o nome, guardou algumas fotografias do velho proprietário e da sua filha, publicadas em jornais da época, estávamos em fevereiro de 1949 – essa sim, a história que procurava. Era alguma coisa, e foi por aí que começou.

Díaz O'Farrell era um nome comum e muito vulgar na Argentina, a fusão de duas tradições imperiais e colonizadoras, e a sua hacienda estendia-se por muitos hectares de mato, lagoas, charcos, pântanos, palmares, pasto e neblina. E por muitos quilômetros da estrada que sai da cidade na direção do Noroeste. Adela O'Farrell, por seu lado, o segundo nome (mas o mais importante) que obteve na sua investigação, nunca mais voltou à Hacienda O'Farrell desde o dia em que completara vinte e seis anos, mesmo tendo regressado a Resistencia e vivido durante seis meses em Corrientes, a cidade vizinha do outro lado do Rio Paraná e onde os contrabandistas do Paraguai se encontravam para negociar rotas e direitos de contrabando e, quando eram mais corajosos ou tinham a proteção das autoridades, para vender e comprar tabaco, armas, aparelhos elétricos e máquinas agrícolas que nunca chegariam nos anos mais próximos. Mas a ela, percebeu depois, apenas interessavam o comércio de tabaco e de álcool, que era muito lucrativo, e as neblinas imortais do Rio Negro, na verdade uma espécie de pântano que sobrevivia à seca que ia matando lentamente o Chaco, como lhe tinham explicado. Tudo o resto no Chaco, em Corrientes ou em Resistencia, lhe provocava uma espécie de náusea profunda – desde a comida à política, dos homens (que ela achava feios, na sua maior parte descendentes de índios) à qualidade do ar, que era seco e tórrido no verão, pestífero no inverno.

Durante os seis meses que viveu em Corrientes, numa casa perto do centro, de onde se via a feia catedral (de tons ocre e cinza e que parecia sempre suja) e, ao longe, o quadrado tosco do claustro onde ficava a sede do governo provincial, Adela O'Farrell dormiu algumas noites com um tenente que a informava sobre o patrulhamento do Paraná e sobre as investidas que o exército federal fazia junto da fronteira paraguaia, procurando as balsas que transportavam contrabando e que quase nunca eram interceptadas. O tenente Marcos Covadonga, entretanto promovido a coronel, era um porteño magro e melancólico, filho de pai galego e de mãe basca, que casara em Buenos Aires e viera destacado, primeiro para Posadas e depois para Corrientes como intendente do exército e, no fim de contas, como intendente do governo. Não trouxe a família para o Chaco nem para Corrientes, como não a levara para Posadas – a mulher não queria separar-se de Buenos Aires, que lhe era mais querida do que um marido conveniente, triste e silencioso, sempre vestido com a farda cinzenta ou esverdeada com que o conhecera, amante de golfe e das esplanadas tão provincianas como cosmopolitas da Recoleta, cheias de vencedores das várias guerras argentinas. Marcos Covadonga não gostava de golfe, na verdade. Ou gostava – e possuía uma fotografia de Valentín G. G. Scroggie, o verdadeiro fundador do golfe na república (o seu avô, que estivera presente na fundação Golf Club Argentino, herdeiro do Hurlingham Club de Buenos Aires, participara no River Plate Amateur Championship Executive, o primeiro dos grandes troféus). Mas o golfe não gostava dele; Covadonga começara a praticá-lo depois de os médicos o terem aconselhado a largar o pólo, desporto ilustre do exército argentino, das melhores universidades argentinas, do Hurlingham Club – e da Argentina que para si contava, enfim. Jogava sozinho, jogava tristemente, arrastando-se por um falso green amarelado e triste de Corrientes, seguido por um caddy improvisado, de meia-idade, baixo, ligeiramente careca e que, quando um homem que falava português lhe perguntou se conhecia Marcos Covadonga, se limitou a semicerrar os olhos, procurando na sua memória um rosto, um nome ou apenas um fragmento daquele mau terreno relvado transformado no primeiro campo de golfe em todo o Chaco, e a dizer: "É como se não me lembrasse, coitado."

Adela O'Farrell gostava de torturá-lo, lembrando-lhe os salões de Buenos Aires, iluminados por lustres dourados e luz elétrica onde se dançava nas noites de sábado, e sugerindo-lhe que a mulher o traía permanentemente na capital, disfarçada sob a mantilha negra com que regressava da igreja da Recoleta aos domingos, à hora do crepúsculo, e encontrava a casa vazia. Ela fazia isso na cama, sobretudo, quando Covadonga despia a máscara de melancolia e era possante, cumpridor e até exagerado. Nessa altura, quando o militar deixava o braço cair pelo seu lado da cama, esgotado, suando, Adela falava-lhe ao ouvido, muito baixinho, sussurrando, vingando-se da energia de Covadonga:

"Imagina, a esta hora a tua mulher está a trair-te com um amiguinho teu. Um colega de armas, como vocês dizem."

Covadonga abria os olhos, arregalava-os, lembrava o catolicismo perfeito e imoderado da sua mulher – e adormecia tranquilo, sonhando com um campo de golfe com buracos tão largos como as lagoas que rodeavam o Rio Paraná e com Adela O'Farrell cavalgando, seminua, rente à solidão das palmeiras quase anãs das planícies ainda verdes do Chaco.

Adela gostava disso. Gostava de cavalgar seminua ao longo do pântano. Gostava de aguardentes fortes. Gostava de roupa de homem. Gostava de nadar no rio. Gostava de saber coisas escandalosas das esposas dos funcionários do Chaco. Gostava de sexo, gostava do comércio e do contrabando, gostava das noites em que os mosquitos se erguiam dos lagos quase ressequidos e entravam na sala onde Marcos Covadonga jogava dominó e bebia vinho do Porto. Nessas alturas, quando a noite parecia suave demais, e se ouvia a música de um rádio ou os ruídos dos cavalos na calçada irregular das ruas, e Covadonga estava ocupado com uma partida de dominó ou com visitas de ocasião, ela lembrava a Hacienda O'Farrell, o céu azul da fronteira, os navios que atravessavam o Atlântico, os meses que passou, em isolamento, numa hacienda de criadores de gado na Estancia Harberton, com a família Bridges – mas lembrava-se também da primeira vez que o português Justino Fontoura entrou no pátio da Hacienda O'Farrell descendo de um carro velho e cuja pintura devorada pela ferrugem não escondia a poeira da estrada que o fizera atravessar as estradas de Santa Fe durante uma semana de verão seco, abafado e abrasador.

Passados trinta anos, quarenta, ela continuaria a recordar aquele homem alto e moreno, vestido de branco e de quem as mulheres – ela adivinhava o – diziam "nem parece português". Mas era. Os portugueses, pelo menos os portugueses que tinham cruzado as Missões, ou tinham chegado pelo Uruguai, ou tinham sido vencidos pela luta de classes em Buenos Aires, não eram parecidos com Justino Fontoura: eram baixos, morenos, atarracados, a barba malfeita dava-lhes um aspecto de vagabundos ou de pobretanas e sovinas. Mas Justino Fontoura era alto e, se a sua barba por fazer não escondia a pele queimada pelo sol, também mostrava o olhar de um aventureiro que, na época, falava um espanhol quase perfeito, soando no ar como uma canção do Caribe, delicado, masculino, grave e maduro, às vezes rouco, de manhã cedo. Em fevereiro de 1949 Adela O'Farrell tinha dezoito anos, cabelos escuros lisos e compridos, a pele rosada (o que devia ser herança da avó escocesa) e, na altura, tal como trinta anos depois, era ela quem escolhia os homens da sua vida. Era uma coisa que se notava pelos seus olhos, como admitiria quem visse aquela fotografia pela primeira vez e que logo teria pena de não ter conhecido Adela O'Farrell.

Mas, naquele fim de tarde, sentado numa esplanada de Resistencia, a capital do Chaco, rodeado dos ruídos das motos e, para o que contava no seu trabalho de observador, já cansado de viajar, ele teve pena de não ter conhecido Justino Fontoura, o português que atravessou o mar para fugir ao próprio mar e que viajou pelas cordilheiras dos Andes para conhecer a neve das alturas. Quanto a Adela O'Farrell, ele tinha uma ideia que não era para desprezar dado as coisas serem como são – apenas lamentava que aquele lugar já tivesse sido inventado em outras histórias, vivido por outros personagens, habitado por outros *perdidos*.

Ao fim da tarde tomou um ônibus para Corrientes. Sabia que não ia encontrar Adela O'Farrell, nem sequer o seu rastro ou testemunhas da sua presença naquela cidade suja e desorganizada, estacionada diante do rio dos contrabandistas. Mas talvez encontrasse (não encontrou) um sinal da existência de Justino Fontoura, o seu pai.

39

Foi num baile, ao som de uma banda de exilados russos que tocavam tangos alegres e juvenis na sala de festas de uma comunidade judaica de Belgrano, Buenos Aires, que ele a viu pela primeira vez e lhe perguntou o nome:
"Sílvia. Sílvia O'Farrell. *Y vos?*"
"Adelino Fontoura. Português."
O encontro foi ocasional, mas Sílvia compreendeu o que ele quis dizer quando acrescentou "português" ao nome – ela conhecia o nome de Justino Fontoura como o do português que raptara a sua mãe da *finca* de Corrientes, há muitos anos, em 1949. Não fora bem um rapto; toda a gente da família assumiu que se tratou de "um rapto consentido". O pai de Adelia O'Farrell queria enviá-la para as terras do Sul, para lá do Estreito de Magalhães, quando a neve de maio e junho começava a pousar nos picos como uma ameaça sobre a Terra do Fogo. O cenário, por mais que se inventasse, não seria muito diferente do que conhecia do Chaco, tirando o frio: cavalos nas pastagens, gado recolhido entre cercas que delimitavam terrenos de dezenas de quilômetros ao longo de estradas que vinham do deserto. Adelia chegou a fazer as malas para embarcar num navio que chegaria daí a dois dias a Comodoro Ribadavia, mas o pai temeu pela sua segurança,

não só porque o navio era velho e – dizia-se – porque era preciso substituir o capitão, um alcoólatra porteño que dormia a sesta no convés, mesmo quando chovia ou os ventos da Península Valdés transformavam o mar num terreno de guerra. De modo que ficou em Buenos Aires, em casa de uns tios que se julgavam ingleses do Surrey. Justino Fontoura, avisado por alguém da família, não foi logo em busca de Adelia; limitou-se a esperar e a tratar dos seus negócios. O meio-dia do Chaco, quando chega o verão, é úmido e denso, claro demais, cheio de luz – e ele não queria ser agricultor. Instalado em Buenos Aires, onde acabaria por montar uma fábrica de perfumes (em Mérida conhecera um perfumista venezuelano que lhe mostrou um caderno onde guardava as suas fórmulas) e duas lojas de chocolates, organizou a sua expedição em busca de Adelia. Em segredo, Adelia escondida numa hacienda nos arredores de Buenos Aires. Adelino José Fontoura nasceu em fevereiro de 1950 mas não conheceu essa família de loucos e terratenentes argentinos – foi enviado para Portugal com dois anos de idade e cresceu em Trás-os-Montes, longe da Argentina, longe do bairro de Belgrano, longe de Adelia O'Farrell, que ele nunca viu.

40

Reconhece-se sempre um espião à porta de um hotel. Tem um ar de espião, sobretudo se é um espião português. Muitas vezes esconde-se entre as ombreiras das portas e uma parede escura, no seu terno medíocre, com a gravata muito alinhada com o botão do colarinho, uma câmara de filmar de turista banal no bolso do casaco, qualquer coisa que não funciona num homem solitário, calado, demasiado discreto para ser deixado sem atenção. Isso aprendera em anos e anos de trabalho e de dissimulação: agir com naturalidade é uma coisa que não existe, alguém notará – seja como for – o teu olhar de espião, o modo como te sentas ao canto de um café, ao canto de um bar de onde vigias o movimento da sala.

Lembra-se de uma escada de hotel em África. Buganvílias, flores desfeitas com o vento, arrastadas com a poeira alaranjada – vê-se pela janela um fim de tarde no Índico, o espião sobe pelas escadas, entre europeus bem vestidos que regressam de reuniões de negócios; há um casal bronzeado que desce para jantar nos restaurantes das avenidas, onde há fumaça de grelhados, cheiro de carne e camarão, mas o espião sobe pelas escadas e é a memória mais viva que ainda detém: a janela com o fim de tarde do Índico, o homem, pequeno, ligeiramente careca, subindo pelas escadas, furtivo como um ladrão que nunca assaltará ninguém.

Ele também sobe, atrás dele, fingindo ter-se esquecido de qualquer coisa no quarto, lá em cima, murmura qualquer coisa para o homem do elevador:

"Ah, esqueci-me da carteira."

O ascensorista sorri também, mostra aqueles dentes brancos, luminosos, e pensa que os europeus são esquecidos, mas que os portugueses são muito mais. Podia ter tomado o elevador mas sobe pelas escadas, apalpando o lugar onde devia estar a carteira que está lá, de fato, corre pelas escadas acima – viu-o durante os últimos dias a cruzar as ruas de Maputo, ao homem pequeno, fingindo fazer compras nos vendedores ambulantes da Polana, olhando pelo canto do olho. Ou sentado na esplanada de um café na baixa, entre turistas.

Sobe a correr o último lance de escadas, o do terceiro andar, e ultrapassa o homem, apalpando o bolso, como se procurasse a chave de um quarto, ele sabe o que acontecerá a seguir: o homem seguiria até ao fundo do corredor, surpreendido. Ouve os seus passos, atrás dele, na alcatifa do corredor. De repente pára, lembrou-se em que bolso tinha guardada a chave do quarto, o cartãozinho magnético, sente que o outro vai ultrapassá-lo naquele instante e tem de agir: um golpe apenas na jugular, como se a sua mão fosse um machado, outro na nuca em seguida, como aprendera no treino militar, há muitos anos. Olha-o caído no chão e, como uma sombra, baixa-se para verificar que não respira, que não tem pulsação. Ainda mais rápido, volta para trás, sabe que descerá as escadas segurando a carteira à vista de toda a gente, haverá dois homens que descem ao mesmo tempo, vindos do corredor do segundo piso. Mostrará a carteira ao homem do elevador, como se dissesse:

"Cá está, que esquecido que eu sou." Ao passar por ele, diz:

"Cá está, que esquecido que eu sou", o negro sorri, conformado. Os brancos são cabeça no ar.

À porta do hotel, então, pede ao porteiro para lhe chamar um táxi. Mete a carteira no bolso do casaco enquanto o homem acena e um táxi acende as luzes, ao fundo do pátio.
"Onde é aquele restaurante? Aquele indiano, na Baixa."
O táxi aproxima-se, o porteiro diz o nome do restaurante, ele confirma:
"Isso", só voltará duas ou três horas depois, e acompanhado de uma mulher com quem tomará uma bebida no bar que, atrás do hotel, se inclina sobre o Índico, o mar escuro, a estrada onde passam carros solitários. Conversarão até tarde, entre casais que estão – ele gostava dessa imagem – em lua-de-mel, em férias especiais, naquele idílio que a África dos bons hotéis proporciona, cheios de criados que sorriem, de chão limpo, de bebidas banais. Depois, ela ficará muito séria e ele pisca o olho direito, ele manda chamar um táxi para que a senhora regresse seja onde for (a outro hotel, não muito distante), e ele ficará acenando, à porta, acenando até que o táxi desaparece. Nessa altura, ele pergunta ao porteiro se está tudo bem, e ouve, pela primeira vez (ah, o ar de surpresa que ele treinou tantas vezes) falar de um pequeno incidente, enfim, o corpo já foi retirado. Encolherá os ombros, estão sempre coisas estranhas a acontecer, aqui ou na Europa. Dois passos atrás, dois passos mais, e regressa ao quarto pelo elevador, tranquilamente, disposto a adormecer em paz.

Esta tinha sido uma parte da sua vida. Viajar para lugares que ninguém conhecia, uma espécie de turista cujo destino é marcado por outros. Espionagem de pobres. Transportar dez mil dólares para esta embaixada. Tratar de um resgate em Caracas. Pregar um susto em Abidjan. Eliminar. Esconder. Vida desconhecida.

41

As minhas viagens foram isso mesmo: poeira, o coração sempre no fim da tarde, insetos, colibris nos trópicos, o sabor da cerveja, não ter endereço certo, desobedecer aos guias e aos mapas e às intempéries. Encontrar refúgios sob os beirais de edifícios em cidades desertas, no meio de trovoadas, onde procuro cabines telefônicas em ruas movimentadas. O coração no fim da tarde é uma imagem que transporto todos os dias. A poeira também. E alguns nomes novos: sonambulismo, domingo fechado num quarto, nadar a meio da noite, livros, café, bilhetes de ônibus e de museu, contas de restaurante e de hotel, caixas de fósforos, jornais em línguas desconhecidas, postais ilustrados, publicidade distribuída na rua, pequenos cadernos preenchidos com rabiscos, pacotes de açúcar dos cafés de Amesterdã, coisas sem importância aparente, os talões de embarque dos voos, o cheiro dos vulcões, revoluções, sobressaltos, tiroteios, poeira levantada do chão, cavaleiros que percorrem os desfiladeiros e viajantes que pernoitam em cidades quase abandonadas, as cordilheiras dos Andes, a neve dos subcontinentes, os muros abandonados de Dar El Beida (os mesmos que foram reerguidos cerca de 1770 por Mohamed Ben Abdullah), as sextas-feiras de Jerusalém, os bares de uma cidade na Catalunha, as ilhas de Donegal, a vegetação entre as colinas procurando o meu pai, imaginando como seria a minha mãe, tudo o que vi, tudo o que ouvi, as grandes árvores de Java, uma enseada na grande ilha de Flores. Eu pensava que era neblina, neblina sobre os vales quando se desce para a grande foz do Cunene. As mulheres. Ah, a *Welwitschia mirabilis*, a flor do deserto. As nuvens entre os arranha-céus, os caminhos pulverizados por essa poeira de geada no inverno, os castelos, as estradas que não levam a nenhum lado e se perdem num aeroporto. E os crepúsculos do Sul, os casarões de branco e ocre, os mariachis acompanhando as primeiras cervejas, a alegria de não ter pátria. E, não conseguindo explicar essa beleza intensa, é essa beleza que gostava de recordar. As colinas escuras do Cañon del Sumidero. Os bailes, os jantares prolongados. Desço no mapa enquanto não chegam os tufões às ilhas, enquanto as tempestades não interrompem as estradas. É nessas estradas que se ergue a mais bela luz, a de El Jadida, recordada pelos sobreviventes da guerra, e que se refugiaram nos confins da Amazônia. É essa poeira que anima o meu coração.

42

Os sonhos de Jaime Ramos: o filme

HAVIA UMA PAREDE E, NO CENTRO, UMA JANELA: estavam os dois deitados no chão, sobre um tapete. Pela janela via-se um cemitério e os canais de uma cidade onde os barcos entravam transportando drogas, contrabando, plantas exóticas. Era com essa imagem do cemitério e dos canais, a uma hora estranha (porque não era de noite, não era o crepúsculo dourado das cidades, não era o amanhecer), que os dois se deitavam, o rosto voltado para a janela. A princípio pareceu-lhe que estava a assistir a um filme. Provavelmente, todos os sonhos são histórias que ainda não foram contadas num filme – e que aguardam por uma mão estendida que atravessa as janelas. Uma mão que atravessa as janelas. Nunca viu o rosto da mulher mas lembra-se da sua pele que ficava iluminada quando ambos olhavam para a janela e viam as andorinhas sobre os muros do cemitério.

43

"Ai, senhor inspetor. As coisas em que te metes." Ramiro desapertou mais um botão da camisa, o segundo – já tinha tirado a gravata –, e encarou-o sem surpresa, apenas preocupação.

"O meu pai trabalhou nas termas do Vidago durante mais de um vida."

"Mais de uma vida?"

"Muito mais. Uma vida nas termas, a tratar de corpos doentes ou de almas hipocondríacas. A outra vida como caçador. E uma outra na horta, num terreno voltado para o rio Tâmega, entre pinhais. Era a parte pobre da família."

"Pobre de pobreza."

"Não. A mais pobre. Trabalhava nas termas mas, à sua maneira, era um médico de província a quem a pobreza nunca deixou tirar o curso de Medicina. Chamava-se João, como o João Semana, caçava durante a época toda, e levava atrás de si os próprios doentes para caminhadas intermináveis no alto das serras, onde não havia caça. Só para que vissem como era bonito o paraíso, tu sabes, aquele bucolismo de província. Ele acreditava na água como solução para todos os males. E nos chás de ervas amargas, irracionalmente amargas. Marrolhos, boldo, pés de cereja. Tinhas problemas de fígado? Termas e caminhadas na serra de Loivos. Os

rins funcionam mal? Termas e subir de Boticas para o Barroso, em peregrinação. Digestões pesadas? Termas e chá de boldo."
"É por isso que andas sempre descalço?"
"Não. É para poupar os sapatos."
"Ah."
"Sabes porque é que eu era bom a jogar à bola? Aprendi a jogar à bola descalço, sabia entortar os pés para fazer efeitos."

Ele bebia o seu cálice de Blue Curaçao, como fazia sempre depois de jantar. Jaime Ramos não bebia. Cozinhara pela primeira vez desde há muito tempo, por capricho, aproveitando as últimas sardinhas de fora da temporada, compradas num supermercado. Retirou-lhes as vísceras e, com a ponta da faca, retirou-lhes a pele até formar doze filetes que estendeu numa tábua de madeira, enquanto Ramiro, sentado num banco da cozinha, bebia cerveja e observava como o amigo mantinha a precisão dos seus gestos manejando a faca. Cortando a cebola em fatias finas, picando dois dentes de alho, escaldando alguns tomates maduros que retirara do congelador – para lhes retirar a pele e cortá-los em pedaços regulares, esmagando alguns com um garfo. Num tacho, deixou que a cebola em rodelas cozinhasse no azeite; não uma fritura rápida mas a suave alquimia de uma cozedura lenta, de baixa temperatura. Juntou então as sardinhas e subiu o fogo. Agora sim, fritar, de modo a que as sardinhas perdessem a sua película fresca, gelatinosa, muito rapidamente, inundando a cebolada do seu aroma. Esse era o segredo, explicou; se as fritasse, ficaria o cheiro a invadir a cozinha, toda a casa, mas a cama de cebola semicrua suavizou o cheiro. Depois de recolher os doze filetes regou-os com sumo de limão. A cebolada tinha escurecido, dourada no azeite e acrescentada de pequenos fragmentos do mais popular dos peixes; juntou-lhe então o tomate, o louro, o alho picado, um copo de vinho branco, três copos de água, e deixou que fervesse. De um frasco tirou pimentos assados a que subtraiu a pele fina, uma operação fácil. Quando o caldo tinha mais de um quarto de hora de fervura, juntou sal, o arroz e os pimentos e deixou cozinhar por dez minutos, até que os grãos de carolino, soltos e suculentos, reclamaram as sardinhas. Entregou-lhas, sacrificando a doçura do peixe à doçura ainda maior do caldo, ligeiramente espesso (graças ao tomate e à cebola, entretanto desfeita, transformada numa pasta flutuante e gelatinosa), e tapou o tacho por mais cinco minutos. Ao abrir, o perfume espalhou-se pela cozinha e Jaime Ramos, que já tinha aberto uma garrafa de vinho, chamou Rosa pelo telefone – ela desceria os dois andares, carregando a sobremesa, e juntar-se-ia a um jantar para assinalar a saída de Jaime Ramos do hospital.

"Voltar à vida", ele murmurou depois, para um Ramiro encostado ao espaldar da cadeira, descalço, segurando o seu cálice de Blue Curaçao. Rosa saíra para ir ao cinema com amigas.

"E então temos um homem que voltou à vida", disse ele. "Não conhecia essa tua história da Guiné. Recrutado para o partido por um homem que não podia recrutar-te."

"Sou um falhado."

"E dos grandes", Ramiro rindo.

"Onde estavas no vinte e sete de maio?"

"No Porto, a preencher relatórios da polícia. Desaparecidos e coisas assim. Mulheres que abandonavam os maridos e se enchiam de dívidas. Maridos que deixavam o lar e eram perseguidos por amantes em fúria, porque eles também não queriam ficar com as amantes. A revolução foi uma grande coisa. Por isso estudei Direito. Família e sociedades comerciais, um campo muito lucrativo a certa altura. Especializei-me em divórcios. Pensei mesmo em abrir uma empresa para organizar festas de divórcios. O meu pai não suportaria a ideia. Com a idade ficou muito mais reacionário. Como eu. O último dos reacionários do Vidago, herdeiro dos miguelistas de Redial e Monforte. Mas o Vidago é obra do regime constitucional e o último primeiro-ministro da monarquia era do Vidago, precisamente."

"O problema é que não conheceste ninguém desta história."

"Estive em Angola na guerra, a beber cerveja Cuca e a passar licenças ao pessoal do mato. Enfiado no quartel-general, primeira nota no curso de datilografia. Era o melhor do grupo a descascar camarões. Isso só um transmontano consegue, precisamente porque foi criado longe dos camarões, do marisco, das cervejarias da beira-mar. Um homem das montanhas guarda fomes desconhecidas por camarões e peixe fresco."

"E o vinte e sete de maio?"

"Em linhas gerais é isso", explicou ele. "Os mais radicais do regime queriam avançar mais depressa do que podiam. Eram pró-soviéticos, tinham o apoio da União Soviética, uma autoridade ideológica que os outros não sonhavam. Nito Alves podia ter sido um ideólogo de primeira linha. Como Mao e Stalin. Tão cruel como eles. Era a Política contra a História. De um lado, a ideia de criar um regime comunista em Angola."

"E do outro?"

"Não sei bem. Nunca se soube. Angola é uma nebulosa para mim, nesses anos, gente que vem da União Soviética e que desobedece à União Soviética, gente que vem de Argel, que vem do mato, que vem da Tchecoslováquia. E da Romênia. Desta vez quem ardeu foram os pró-soviéticos. Queimados um a um, ou todos por junto. Há um pormenor nisso tudo: a revolução continua, há muitos anos, a devorar os revolucionários. Em Moçambique, os trotsquistas que tinham lutado pela independência, mas que eram brancos, eram apanhados na rua e mandados para o Niassa alimentar leões. Em Angola alguém teve de ir alimentar leões. As revoluções precisam de inimigos internos. Pouca gente protestou ou se indignou, e o argumento era muito simples: se eles tivessem ganho o combate, a coisa teria sido pior. É um argumento pobre, mas é um argumento. Mas eu sei pouco desse período. Sou um remanescente do colonialismo, interesso-me pela história dos régulos, pela história da vida sexual nas colônias, pela forma como as mulheres pintavam o cabelo, pelos primeiros biquínis usados na Ilha de Luanda ou no Mussulo – um manancial para histórias de divórcios futuros, o meu grande negócio. Infelizmente, hoje em dia o divórcio é barato e cômodo, deixou de ter aquele prefácio de tragédia e drama nas famílias. Vou passar a advogado de casamentos. Contratos nupciais, acordos sobre deveres conjugais, é um campo por explorar."

Jaime Ramos acendeu um charuto que passeava entre os dedos há minutos. Ele gostaria de falar mais, de expor as suas dúvidas, de contar toda a história – mas ele não sabia que história tinha para contar. A de Adelino Fontoura. A de Isabel Castro. A de Mariana Serra. A de Jaime Ramos.

"E essa gente, essa gente. Fazer a revolução em Angola. Partir para Angola para fazer uma revolução que estava a falhar aqui. Os demônios da revolução, tu sabes", ouviu ainda dizer a Ramiro, que se levantava para procurar na geladeira a garrafa de Blue Curaçao, "às vezes ficam apenas reduzidos a isso, os mortos que ficam e os cartazes que foram arrancados das paredes há muito tempo."

44

ATÉ QUE, NUMA TARDE DE DOMINGO de há muitos anos, Jaime Ramos recordou Adelino Fontoura e recordou-o como se estivesse vivo e se sentasse ao seu lado naquela sala escondida na Rua de Barão de Nova Sintra, onde o cheiro do tabaco se acrescentara ao ruído sem alarme da tarde das famílias que vinham ao café depois de almoço. Ele tê-lo-ia reconhecido pelo penteado, perfeito e alinhado. Ou pelo maço de Kart que comprara ao balcão. Ou pela voz de tenor que lhe dissera, de passagem, a frase que por várias semanas não esqueceria.
"Sobrevivemos, meu alferes, sobrevivemos."
O homem dos óculos escuros passou por ele e atravessou a rua. Quando Jaime Ramos veio à porta do café, apenas viu a rua deserta, um ônibus que passava na direção de Campanhã e o lixo arrastado pelo vento.
Ele sabia que perseguia uma sombra que de tempos a tempos fazia uma aparição, como um fantasma que não deixava rastro. No chão, espalhadas, dormitavam cerca de cinquenta páginas que constituíam o registro da sua passagem pelo mundo, se o mundo fossem fronteiras, aeroportos, hotéis, restaurantes, lojas de aeroporto ou ligações telefônicas dispersas. Acapulco, México, Hotel Las Brisas, entrada a 18 de fevereiro

de 1998, acompanhado de uma mulher que não deixou registro na ficha de identidade do hotel. A conta de um restaurante em Pacific Palisades, Bay City, Santa Monica, na Califórnia, a 20 de maio de 1998, três refeições. Hotel Palace, em Madri, Plaza de las Cortes, a 14 de abril de 1999, duas noites de alojamento em que Jaime Ramos detecta três contas de room service, como se não tivesse saído do quarto, apenas uma pessoa, conforme se lia na fatura. Ele imaginava Madri e a primavera de Madri, os primeiros dias abafados de Madri, com uma nuvem de tepidez pousando sobre a Gran Vía, descendo até Castellana. Dois dias depois, um registro próximo – o Hotel Casa Fuster, Passeig de Gracia, Barcelona, de 16 a 22 de abril. Também sozinho. Quarto duplo, duas pessoas, no Hotel Bramante, em Roma, a localização indica os muros do Vaticano à direita e a Praça de S. Pedro a cem metros – de 25 a 28 de setembro de 2002. Cafés da manhã, uma garrafa de vinho, telefone para chamadas internacionais e locais. Apenas o seu nome na conta do hotel. Bellevue Hotel, Belize City, Belize, de 10 a 18 de março de 2003, alojamento para uma pessoa, avultada conta de bar, aluguer de carro discriminado na conta do hotel. Sozinho. O que vai um homem fazer ao Belize, sozinho, durante oito dias? Voo a partir de Miami com escala de uma noite em Ciudad de Guatemala. Registro de um voo Iberia e de Taca Airlines. Taca Airlines, repetiu Jaime Ramos, Taca Airlines escala em Puerto Barios, fronteira com Honduras. Hotel Intercontinental de Abidjan, Costa do Marfim, a 10 de dezembro de 1989, três noites. Uma pessoa. Hotel Intercontinental de Kinshasa dias antes, a 6 de dezembro. Uma pessoa. Um pouco mais para a frente, algumas páginas adiante, Copacabana Palace, Rio de Janeiro, seis dias, de 8 a 16 de novembro de 2001. Um catálogo perfeito, um mapa-múndi, um atlas completo, se contarmos com o regresso a Abidjan a 6 de outubro de 2005, quatro noites, de sexta a terça-feira. Sozinho.

Uma sombra que vem de qualquer lado. Jaime Ramos conhecia o medo – mas sabia onde o medo nascia. Esta sombra podia vir de qualquer lado, viria de qualquer lado, viria de onde o vento sopra e onde a luz do dia se esconde. Copacabana Palace, voltemos atrás, de 8 a 16 de novembro de 2001, um hotel voltado para o mar do Rio de Janeiro, uma suíte paga por Adelino José Fontoura.

Uma suíte. Isto era o que acontecia frequentemente a Jaime Ramos: viver a vida dos outros como se fosse a sua e como se participasse da vida dos que não estão ali sentados, à sua frente, contando como as coisas se passaram, passo a passo, dia a dia. Duzentos e vinte reais em chamadas telefónicas, refeições no restaurante do hotel, no bar da piscina. Ele era um biógrafo de ausentes e de desaparecidos, de mortos, de sombras, de gente que conhecia mal. Podia escrever a biografia de muitos deles, de gente que amou em silêncio, que odiou com método, que detestou com aplicação, que admirou com a eficácia de um cético ou com a vulgaridade de um observador que vê um hotel em Copacabana, voltado para a luz do mar. Quem estaria deitado ao lado de Adelino Fontoura nessas noites do quase verão carioca? Novembro do Rio de Janeiro.

E então recordou Adelino Fontoura mais do que queria, nesses dias da Guiné, três anos mais velho do que ele. Jaime Ramos teria vinte e um anos; Adelino Fontoura com vinte e quatro, sério, penteado, os óculos escuros Ray-Ban de armação marrom degradé, quase negros como um guitarrista de rock'n roll sobre o palco. O palco de Adelino Fontoura era Bissau. Chu En-Lai acusa Moscou de conluio com Lin Piao. Estávamos em 1971. O procurador Pavel Solomina anuncia a leitura da sentença contra Piotr Yakire e Victor Kussine, Jaime Ramos levou esse pedaço de jornal a Adelino Fontoura. Explica-me, então, o que se passa.

"Os réus não respondem pelas suas opiniões ou convicções, mas por terem infringido as leis soviéticas."

E Praga? E Budapeste? Os internados na Sibéria? Os campos de trigo na Geórgia, os marinheiros heroicos de Minsk, nomes de planaltos usbeques misturados com o brilho lancinante do Teatro Bolshoi, a Galeria Tretyakov onde se acumulam milhares de tesouros para serem vistos pelos povos amigos do país da revolução, os remadores do Volga, sempre os remadores do Volga, ele recorda-se daquelas certezas absolutas de Adelino Fontoura e ainda mais da frase que lhe deixou, antes de se voltar para o portão do quartel e de lhe anunciar que partia para o Norte, para lá de Bafatá:

"Vou ser a tua sombra, Ramos. Mesmo depois de deixar de ser a tua sombra, eu vou ser a tua sombra. Aconteça o que acontecer. Depois, um dia, vais ser tu a minha sombra." Jaime Ramos partiu para o arquipélago dos Bijagós e nunca mais viu Adelino José Fontoura, que morrera, sozinho, ao volante de um jipe, empurrado pelos ventos de Casamansa. Que morte conveniente. Quanto tempo durou a morte de Adelino Fontoura? Trinta e quatro anos. Ele esteve morto por trinta e quatro anos. A primeira morte de Adelino Fontoura ocorreu na mesma semana em que foi enterrado Cherno Harun Al Rachide, natural de Aldeia Formosa, o grande xeque da Guiné, cujo funeral percorreu as ruas de Bissau. Faltava determinar se havia uma segunda morte de Adelino Fontoura, mas tudo levava a crer que sim.

Um homem sem amizades, um homem que atravessa estes anos sem deixar rastro, sem se declarar vencido.

"Chefe", disse Isaltino, "se há qualquer coisa que os das informações sabem, nós podemos vir a saber também."

"É provável. Mas isso daria muito trabalho. Deixa as coisas acontecerem, deixa correr."

Ele sabia que este homem não aconteceu e Isaltino não estava preparado para conhecer todos os pormenores desta história que levava atrás de si, arrancada como uma segunda pele, uma parte da sua própria vida. Durante aquela tarde, Jaime Ramos observara, projetada no teto do seu apartamento, a biografia de um fantasma. Sabia metade da sua vida, os seus passos, as suas viagens. O país aconteceu. Fez uma guerra idiota, desistiu dela a meio, enriqueceu, empobreceu, fez o que tinha a fazer. Este homem não aconteceu, só existe na minha cabeça.

Mas o que ele lembrava era a frase que ouvia como um eco, vinda de algum lado: "Sobrevivemos, meu alferes, sobrevivemos." E então voltou-se para Isaltino:

"Isto tem de acabar."

"O caso? Havemos de apanhar a rapariga."

"A rapariga não interessa, Isaltino."

"Não interessa? Ela passou o fim de semana com o Mendonça, naquela casa. Disparou sobre ele. Matou-o."

"Como é que sabes?"

"O carro. Ela conduziu o carro do Mendonça."

"Só isso."

"Esteve lá, na casa."

"Quem viu?"

Isaltino encarou-o, a boca entreaberta, seca, apontando-lhe a caneta que trouxera para tomar notas, juntamente com o seu caderninho preto.

"Encontraste as roupas delas? Um batom? Creme facial? Roupa interior? Um preservativo? Um par de sapatos, às vezes fica um par de sapatos esquecido em algum lado? Impressões digitais?"

"Foram apagadas as impressões digitais."

"E como sabes que esteve lá?"

"O homem. O dono da quinta. O filho do dono da quinta viu-a à janela, ou, aliás, na varanda naquela manhã."

"A sério? À janela?"

"Na varanda, chefe."

"Sim. Há aparições mais credíveis. Uma mulher à janela, ou na varanda, é uma coisa bonita de ser ver, a olhar para o rio, uma coisa tremendamente romântica. E ela disparou com que arma?"

"Tenho a impressão de que o chefe sabe mais coisas do que aquilo que diz."

"Impressão tua, Isaltino. Esqueci muitas coisas, nos últimos tempos. Naturalmente, porque não precisava delas. Coisas avulsas. O problema é que eu já não sou um romântico, como tu. Vamos a fatos. Ela disparou com que arma?"

"Uma seis trinta e cinco."

"Foi esse tiro que o matou?"

"Não. Foram os outros dois."

"E quem disparou os outros dois?"

"Não sabemos."

"Podia ter sido o dono da quinta. O filho do dono da quinta, o apalermado. Imagina bem. Ela vai-se embora depois de ter disparado um tiro. Há algum sangue, ele fica ali prostrado. Alguém entra então, depois de ela sair, vê o espetáculo, acha que ele não está bem morto e completa o trabalho. Dois tiros. Quem é que podia fazer isto? O filho do dono da quinta, agora esqueci-me do nome dele. Ele apaixonou-se pela rapariga, de manhã cedo viu-a na varanda, não sabe que ela é arquiteta, que tem trinta anos, que tem um passado, digamos, complicado. E vai matar o homem que dormiu com a sua amada."

"O chefe está a brincar."

"Não, Isaltino. Isto podia ter acontecido."

"Mas sabemos que não aconteceu. À hora a que ele morreu, o filho do dono da quinta não estava ali, conferimos o álibi, tinha ido almoçar a São João da Pesqueira. O dono da quinta não podia descer sozinho, por aquele caminho, que de resto comunica com a estrada, ao alcance de qualquer um, e disparar dois tiros com uma arma que ele não tem. E ia prejudicar o negócio."

"Pode ser como dizes. Mas podia ter acontecido como eu digo. O campo, Isaltino, a província, é um alfobre para acontecimentos muito estranhos. Imaginamos a província cheia de melros a cantar nas oliveiras, nas hortas, e no fundo é o lugar ideal para esconder os criminosos, os piores e os melhores, atendendo a que há criminosos que fazem o nosso trabalho, liquidando-se uns aos outros. Na província não há só lua cheia sobre os campos de milho. Mata-se com grande qualidade. E há essa outra coisa."

"Outra coisa."

"As impressões digitais foram apagadas. Ou tens a rapariga ou não tens nada."

"Há o carro."

"O carro? Estacionado na Avenida da República, em Lisboa, intacto. Encontraram sangue no carro, pólvora, qualquer coisa?"

"Não."

Isaltino não sabia tudo, não. Não sabia como Jaime Ramos tinha conseguido essas folhas cheias de dados sobre Adelino Fontoura.

E não tinha recebido, no celular, a mensagem que Jaime Ramos lera nessa manhã, sensivelmente à mesma hora em que lhe chegaram as folhas, num sobrescrito sem remetente que teve de ir recolher à rua. O homem esperava-o dentro do carro, janelas fechadas, e não lhe deu os bons-dias. Ele entrou. Eram sete da manhã:

"Um dia destes torna-se um hábito encontrarmo-nos de madrugada."

"É a hora dos espiões que não sucumbiram à preguiça."

"Fala por ti porque eu não sou espião. Eu tenho sono na mesma. Mas ontem, por coincidência, andamos a fazer uma limpeza nos armários. Isto veio parar-me às mãos. Não tem qualquer interesse para nós e é bom que de vez em quando me telefones a pedir informações sobre coisas que não têm interesse para nós.

Isto, aqui, não tem. São registros que te podem ajudar a passar o tempo. Com a falta de trabalho com que andam lá no vosso escritório, tens aqui mais um passatempo."

"Vê-se que têm pessoal suficiente para cuidar dos arquivos."

"É a nossa especialidade, Ramos. Um dia vão ter saudades de nós, os velhos funcionários que trataram dos arquivos, colecionaram faturas de restaurantes e de lavanderias, cópias de cadernetas escolares e figurinhas de futebol."

"De futebol também?"

"Também. Os velhos Campião. Nascimento, Jaime Graça, Raul, Jacinto, Cruz, Cavém, José Augusto, Torres, Eusébio, Coluna e Simões. Sessenta e seis, sessenta e sete."

"Nesse ano? Américo, Bernardo da Velha, Atraca, Rolando, Pavão, Valdemar, Jaime, Custódio Pinto, Eduardo Gomes, Nóbrega e Djalma."

"Fiz a tropa em setenta e um. Lembro-me da equipe por causa dos relatos que ouvia em Moçambique. José Henrique, Zeca, Humberto, Malta da Silva, Toni, Matine, Diamantino, Jaime Graça, Simões, Artur Jorge e Torres."

"No meu tempo eram Rui, Armando Manhiça, Pavão, Leopoldo, Rolando, Gualter, Ricardo, Bené, Nóbrega e Abel."

"Falta um."

"Lemos. Mas não sei pô-los por ordem."

"Para a semana, quando tiveres outro morto para tratar, faço a linha do Sporting."

"E eu a da Cuf e do Sanjoanense. Lembras-te do Riopele?"

"Só do Piruta, do Teixeira e do Necas. A minha família era de Famalicão."

Jaime Ramos agradeceu e saiu do carro, que arrancou e voltou à esquerda, confundindo-se com o resto da madrugada. Foi dez minutos depois, quando começava a folhear o maço de papéis retirado do sobrescrito, que chegou a mensagem pelo celular:

"Larguem a Mariana. Manda-os procurar-me."
Sabia reconhecer um morto quando ele enviava uma mensagem. Mas desse número de celular nunca mais obteve resposta.

45

Só Jaime Ramos subiu pelo elevador. Isaltino de Jesus e José Corsário já tinham subido e já se tinham instalado à mesa. Tinham ordens para começar. Ele ficara à porta mais um instante, protegido da chuva que ia caindo, acendendo um charuto que primeiro passeara entre os dedos, numa semiclandestinidade a que os dois polícias o obrigavam.

"Comecem", disse ele. "Eu subo quando já não for preciso."

"Não fume muito entretanto."

Mariana Serra fora detida nessa manhã ao chegar ao atelier de arquitetura, depois de uma segunda semana de férias. Jaime Ramos achou que Isaltino e José Corsário deviam ir a Lisboa proceder ao interrogatório normal, em vez de a transferirem para o Porto e num último momento acabou por pedir lhes que passassem em casa e o levassem com eles como uma espécie de ida ao purgatório. Silencioso durante a viagem, ele sabia que tinha de vê-la, encarar o rosto que ele imaginara e não podia evitar.

Em 1982, aos seis anos, viera para Portugal. Quando teria sabido de toda a história da sua vida? Ter-se-ia cruzado com Benigno Mendonça numa dessas noites de adolescência, em discotecas de música angolana? Angolanos de negócios em Lisboa, angolanos de Angola, angolanos da guerra, angolanos pobres, angolanos dos bairros dos novos musseques de Lisboa, angolanos tristes, angolanos que choravam por Angola, angolanos que nunca tinham visto Angola. A via-sacra dos pequenos emigrantes angolanos, a adolescência do kizomba, do kuduro, angolanos dos diamantes misturados com putas de Benguela e diplomatas africanos que sabiam falar russo.

"Uma festa", contava José Corsário. Ela nunca o esqueceu, nunca lhe disse o nome do pai, o nome da mãe, a data em que saiu de Luanda com a pequena cédula pessoal em nome de Mariana da Graça Mateus. A primeira vez que viu o retrato da mãe, o retrato do pai, o retrato de Juvenal Serra. A primeira vez que viu o retrato móvel e imaginário de Juvenal Serra a ser fuzilado ao fim da segunda semana dos acontecimentos do 27 de maio de 1977. A primeira vez que viu o retrato impossível de Isabel Castro misturado com outros cadáveres. E os processos lidos em arquivos, um exemplar das *Treze Teses*, de Nito Alves, a história por contar e a história contada em soluços, fragmentos. E a biografia de Benigno Mendonça, os rostos de Luanda. A primeira vez que viu Luanda depois da adolescência. Haveria corpos atirados do céu, em helicópteros que voavam sobre o mar? O sabor da vingança. Jaime Ramos anotava, por isso, a história de uma vingança, ele sabia – e uma vingança é preparada ao pormenor, desenhada durante anos num quadro onde não falta nenhum nome. Suave degelo tropical, suavíssima música da memória. A primeira vez que viu Benigno Mendonça. Este é Benigno Mendonça, ele subiu na história do partido desde 1978. Quem assinou as ordens de fuzilamento? Agostinho Neto não teve tempo de assinar todas – a velocidade a que a demência tomara conta de Luanda não permitia que se cumprissem todas as exigências. Decapitados na estrada do aeroporto. Presos durante anos. Mortos à porta de casa. Mulheres grávidas fuziladas depois de terem dado à luz. E esse murmúrio, o de que Benigno Mendonça teria assinado ordens de fuzilamento nunca escritas.

Mas Jaime Ramos não era historiador e o processo não o interessava. O seu mundo era o das vinganças pessoais e o dos caminhos escondidos. Fazer justiça não era uma das suas prioridades. Calculou, por isso, o tempo que José Corsário e Isaltino de Jesus necessitavam para fazer as primeiras perguntas. Meia hora bastaria e então ele subiu de elevador até ao quinto andar.

Entrou sem ruído e sentou-se perto de Mariana. Confirmou o retrato a preto e branco, a pele morena, as sardas nas maçãs do rosto, e ouviu-a responder a todas as perguntas, "sim, Benigno Mendonça, eu dormi com ele, em Lisboa". O vestido de Mariana, ah, as mulheres. Aquela inocência. A frieza educada.

"Ele pediu-me para levar o carro para Lisboa enquanto ele ficava mais um dia ou dois. Ele regressava de trem ou alguém o ia buscar à Régua, ou lá à quinta."

"E trouxe o carro para Lisboa?"

"Trouxe o carro para Lisboa. Deixei-o onde ele me pediu." Ah, as mulheres, pensou Jaime Ramos. Isaltino estava derrotado ao fim do primeiro encontro, como ele pensara que ia acontecer.

"Quando conheceu Benigno Mendonça?"

"Ah, faltava isso", ela olhando para José Corsário, até aí reservado, uma esferográfica na mão, inútil como a pergunta. Jaime Ramos sabia que Mariana Serra não ia mentir. "Há um ano e meio, em Luanda."

"Que foi a Luanda fazer?"

"Comprar maconha. Coleciono maconhas do mundo inteiro, marijuana, erva, tudo isso. Fui lá comprar."

"Que foi a Luanda fazer?", Isaltino repetindo a pergunta. Ela encolheu os ombros:

"Fui ver Luanda. Nasci em Luanda em tempos difíceis, fui ver como era Luanda agora."

"E como conheceu Benigno Mendonça?"

"Numa discoteca, por acaso, com um grupo de amigos e uns sobrinhos dele."

"Ele tinha idade para ser seu pai."

"Quase. Mas não era. O meu pai morreu em setenta e sete."

"Sabe as condições em que morreram os seus pais?"

"Claro. Faz parte da história que os senhores querem que eu lhes conte. Conheci Benigno Mendonça, dormi com ele e matei-o. Os meus pais estão vingados porque descobri que Benigno Mendonça esteve ligado ao vinte e sete de maio e eu preparei tudo para matá-lo numa quinta do Douro. A história é boa mas falta a música para acompanhar. Só que eu não tenho essa música. Já foi tudo há muito tempo, em Luanda falei com muita gente que conheceu os meus pais. Pelo menos três ou quatro estavam relacionados com a morte deles. Não os matei, mesmo assim. Reservei-me para Benigno Mendonça. Esta história serve, claro, mas é uma pena porque não é a história que eu tenho para lhes contar."

"Qual é a história que tem para nos contar?", Isaltino abrindo e fechando o seu bloco de notas.

"Que fui com ele para o Douro, confesso. Ele falou-me muito daquela quinta. Eu estava zangada com o meu namorado e aceitei. É diferente ir para a cama com um angolano ou com um arquiteto branco, loiro, alto e impotente que desenha casas para angolanos ricos. Tenho pena de as coisas serem como são. Vão pedir para me prenderem?"

"Só se for por causa da maconha", disse José Corsário. Ela riu mas ninguém se levantou. Só Isaltino olhou para Jaime Ramos.

"Acho que a senhora pode ir", Jaime Ramos olhando-a agora de frente, movendo um pouco a cadeira. "Mas eu precisava de saber uma coisa. Quando conheceu Adelino Fontoura?"

Ela levantou os olhos, e Jaime Ramos viu que eles tinham sido naquele instante tocados pela luz da tarde, filtrada pela janela suja daquele gabinete emprestado:

"Adelino Fontoura? Não conheço." Abanou a cabeça. "Não sei quem é. Posso ir embora?"

46

HÁ UMA GRANDE EXTENSÃO DE POMARES. A terra parece desenhada rente ao deserto, como uma planície colorida onde o vento é sempre moderado e o calor espera pelos meses de verão. E ela nunca os esquecera, aos pomares, o pai talvez os descrevesse como uma das maravilhas do seu exílio, quando saía de Argel e procurava um pedaço de terra fora do mundo. Talvez (como ela fazia) ele saísse da cidade e percorresse de carro o caminho até ao aeroporto, perdendo-se para lá dele, junto dos pomares. Ao longe, os prédios de Casablanca eram pequenas elevações brancas recortadas sobre o céu muito azul. No verão, vista dos pomares, Casablanca estava quase sempre envolta na grande neblina do calor. E havia aquele fim de tarde quando a escuridão pousava de repente sobre todas as coisas. Junto do mar, os caminhos para pedestres que ela percorria depois de passear pelo souk, de tomar chá ou apenas de se sentar numa esplanada ou de percorrer as lojas das ruas que iam dar ao velho bairro das mesquitas. O pai. A mãe. O pai: seria a parte doce do seu exílio, longe de Luanda, longe de Argel, longe de Lisboa, uma casa escondida em Casablanca, onde o sol do verão arde e as tardes de inverno são suaves, de tons pastel.

 Mariana viu essa extensão de pomares a aproximar-se. Por eles viu também os últimos dias de outono, as sombras na terra árida, vermelha e amarela, e depois, ao longe, dois minaretes e o mar de Casablanca, azulado e de ondas eternas, marcando o território onde o deserto termina e começa a vastidão, o silêncio. Do outro lado, à direita, a planície atravessada por estradas que seguem para o Sul. Ao fundo, o minarete da Grande Mesquita. O avião desce suavemente e aterra sobre a pista que se prolonga mais do que o necessário entre campos de girassóis. E sentiu o perfume de casa – depois de passar pela Bab el-Jedid entraria na rua que vai dar ao Tahar el-Alaoui, o pequeno boulevard que acorda a meio da madrugada.

Esperou anos por este momento – atravessar a fronteira, mostrar o passaporte. *Bonsoir, mademoiselle.* Eles ficariam para trás, murmurando entre eles, *la gazelle, ah, la gazelle*, ela tomaria o táxi. E entregar o passaporte é tão fácil, pensou em entregar o passaporte angolano – mas seria o português, em definitivo seria o português. E sente a aragem, o vento, enquanto caminha pela pista, numa fila ordenada. Doçura marroquina. Olha uma vez mais o céu antes de entrar no terminal.

"*Bonsoir, mademoiselle.*" Ele olha para o passaporte, sorri, tecla um número no computador, devolve o passaporte. "*Voilá, bonsoir.*" Dirige-se à esteira rolante, ali está a mala. E finalmente sairá do aeroporto, procurando o táxi que a levará ao centro da cidade. Durante estes 30 quilômetros respirará. Só durante estes 30 quilômetros vai poder, finalmente, respirar, lembrar os acontecimentos dos dois últimos dias.

47

Era uma casa de dois pisos dependurada sobre a vila, no alto da montanha – um mirante de granito escuro recolhido entre castanheiros e carvalhos, no fim de um caminho irregular, de terra barrenta e de cascalho solto. Uma cerca separava-a do resto do arvoredo, isolando-a também no cume da serra; e uma varanda recolhida transformava-a numa espécie de observatório diante daquela paisagem dominada pelo grande vale, cortado por pequenos canais que saíam do rio, ao centro. Ao fundo, à direita, uma barreira de montanhas escuras empurrava o vale na sua direção, como uma onda de terra escura, recortes, fendas, riscos na face da terra. À esquerda, depois da última curva do rio, um mar cinzento coberto de nuvens.

Jaime Ramos parou o carro e deixou que todos os ruídos cessassem na sua cabeça. O motor do carro, o som do cascalho no caminho íngreme que subia da estrada nacional até ali, qualquer coisa que ameaçava a sua cabeça permanentemente, uma espécie de zumbido contínuo, ondulante. E só então saiu. Cansado. Reconhecia o frio, de novo, o frio cortante da serra, agora sem chuva mas com aquela umidade que tinha pousado sobre todas as coisas, as ervas mais altas que sobreviviam nos penhascos, a ramagem dos carvalhos, debruçada para os troncos, cobertos de musgo. Havia uma campainha na moldura do portão, um gradeamento de ferro, e ele carregou no botão durante algum tempo, mas em vão.

Não funcionava. Preparou-se então para saltar o muro quando percebeu que o portão cedia a um leve empurrão. Foi nessa altura que o telefone tocou e ele viu o nome de Isaltino de Jesus escrito na tela do aparelho.

Gosto de casas, Isaltino, gosto de casas logo de manhã. Gosto de histórias sem solução. Parece que não – mas gosto. E era aqui que devíamos ter vindo há muito tempo para estabelecer o princípio de uma biografia deixada ao acaso. Mas não se pode guiar um inquérito policial pelas intuições de um investigador que não consegue provar nenhuma delas. O telefone tocou de novo no bolso do blusão mas ele deixou que tocasse, que continuasse a tocar. Conseguiu abrir a porta, fechada apenas no trinco – e ali estava a casa, o seu interior iluminado pela luz do dia que entrava por uma claraboia no teto e por duas janelas sem portadas. O espetáculo não era impressionante, mas Jaime Ramos ficou retido no meio de um cenário de que não se suspeitava quando se via a casa pelo lado de fora, discreta e escondida. Havia um átrio de onde partiam as escadas para o piso superior, uma espécie de sala que ocupava quase todo o piso térreo. Sofás, uma mesa, cadeiras, fotografias, tudo aquilo que é habitual encontrar-se numa casa de um homem solitário. Livros, discos, um enorme tapete, jornais amontoados num cesto, uma lareira apagada mas onde havia restos de lenha, uma televisão. Uma casa. Um cheiro a lenha queimada, a móveis limpos e onde o pó não pousara ou, se pousara, fora meticulosamente limpo. Uma cozinha arrumada. Ele gostava de cozinhas, mas não tinha tempo para inspecioná-las. As escadas levavam a um corredor e a três divisões no piso superior. Havia dois quartos e um escritório dominado por uma mesa de carvalho encostada a uma janela, comprida e quase toda ela coberta de livros, pilhas de papéis, cadernos, dossiês, um computador portátil. À volta, as paredes estavam ocupadas por estantes repletas de livros e de objetos que lembravam um colecionador de inutilidades e que lhe recordava que Adelino José Fontoura nasceu em 1950, quando a maioria dos barcos do bairro de La Boca, em Buenos Aires, ainda eram genoveses. Isto, Jaime Ramos não sabia ao abrir as pastas que encontrou sobre a mesa, ao folhear os cadernos que encontrou em gavetas que foi abrindo, ao ver as fotografias arrumadas em caixas de papelão, espalhadas pelas estantes, ao lado de livros que ele gostaria de ver melhor noutra ocasião. Fotografias de Buenos Aires. Tango. Buenos Aires lembrava-lhe uma das músicas da sua vida, se bem que não esperasse encontrá-la ali, naquela sala transformada em escritório, "*al viento las campanas dirán que ya eres mía, y locas las fontanas me contarán tu amor*". O bairro de La Boca não era colorido nem tinha turistas à procura de recordações – ele também não sabia, mas ia vendo fotografias. Um café de Buenos Aires onde se vê um homem solitário sentado a uma mesa, diante de duas pequenas chávenas, dois copos, um cinzeiro. É um homem velho, muito velho, vestindo terno completo, escuro, camisa branca sob um colete, e há um chapéu em cima de uma das cadeiras – a fotografia está pendurada na parede, emoldurada, protegida por vidro. Havia dois Adelinos Fontoura, e ele tomou nota do fato, anotando-o naquela zona de recordações ansiosas, de coincidências capazes de despertar a sua atenção. Adelino Fontoura, para todos os efeitos, tivera várias vidas, duas não chegavam. Criado em dois continentes, educado pelo frio durante metade do ano e pelo calor dos trópicos na outra metade, ele conhecera o significado de atravessar os mares e de se esconder dele. Por isso, esta casa no meio da montanha, um observatório desproposito e escondido da estrada – um refúgio discreto que explicava tudo, uma vida condenada, cheia, repleta de histórias que ele gostaria de conhecer e de poder contar. Jaime Ramos precisava de falar do assunto, mas nem Rosa nem Isaltino eram ouvintes para uma história como aquela, que lhe criava um passado e lhe emprestava uma aura de heroísmo que não tivera, ou ele julgava que nunca poderia ter. O passado passara. Queria livrar-se dele como de uma fotografia que se arranca da parede.

O telefone tocou outra vez. Tirou-o do bolso e atendeu a chamada de Isaltino de Jesus, que não via desde a noite anterior, depois de terem vindo de Lisboa:

"Chefe. Já tinha ligado."

"Não pude atender", mentiu.

"Está por perto?"

"O que aconteceu?"

"Ela saiu do país. Ontem mesmo. Mas não podemos fazer nada."

"Foi para onde?"

"O chefe sente-se, esteja onde estiver. Apanhou um voo para Marrocos. Casablanca. De lá pode ir para qualquer lugar, e nós aqui."

"Deixa-a ir. Pode ir para onde quiser."

O silêncio de Isaltino era um sinal de reprovação, e ele sabia-o, mas não podia contar-lhe tudo, não podia dizer-lhe – agora, sobretudo agora; talvez mais tarde.

"Não me conformo, chefe. Acho que ainda vamos ter problemas. Deixá-la à solta."

"Ela não está à solta, Isaltino. Pelo menos por agora."

"Se o chefe o diz."

"Eu ligo-te mais tarde", Jaime Ramos lembrando-se de Casablanca e das fotografias de há pouco, retiradas de uma das caixas de papelão "Por que é que não há mar em *Casablanca*?" Fora há dois ou três dias. Ele dormira toda a noite e, como Rosa notou ao regressar a casa, ficara sentado durante o dia no sofá. Ouvira-a ao telefone, na cozinha:

"Ele está sentado no mesmo sítio desde manhã." E então veio para a sala, deu-lhe de beber, ajeitou as almofadas onde ele estava encostado e pôs um filme no aparelho de DVD. Sentou-se ao lado dele – e Jaime Ramos deitou-se, os pés pendendo na extremidade do sofá, absorto. Até que, quase no final, ele voltou: "Por que é que não há mar no filme?"

"Há sim. Mas não vês", Rosa repetia pacientemente a conversa de há meses, de há anos, quando ele comprara o filme para ver em casa.

"Não se vê."

"Montagens. Um filme é sobretudo montagens", concedeu Rosa, sorrindo, como se tolerasse a ingenuidade daquele homem deitado ao seu lado. "Mesmo o diálogo final, já te expliquei, o diálogo sobre a amizade, tu vês?, mesmo esse, foi gravado depois das filmagens. Humphrey Bogart gravou o diálogo com o outro ator e depois eles colaram-no sobre aquela cena, os dois a avançarem pela pista do aeroporto. É um filme cheio de coisas que nunca existiram. Ingrid Bergman esteve até ao fim sem saber com quem ia ficar, por quem se iria apaixonar, se por Rick, se por Victor Laszlo."

Ele olhava a tela onde a imagem tinha parado:

"Como é que sabes tanto sobre cinema?"

"Isto é pouco."

"Mas é a história do filme."

Ela confirmou com o olhar, apenas com o olhar, silenciosa, muda.

"Mas", voltou ele, "continuo sem perceber por que é que não há mar em Casablanca."

"Há mar em Casablanca."

"Eu sei. Mas não se vê, eu sei."

"Não, não estou a falar do filme. Estou a falar da cidade. Há mar em Casablanca. Eu já fui a Casablanca."

"Como é o mar em Casablanca?"

"Azul, como em todo o lado. Há uma marginal em cima de uma falésia, cheia de cafés e de restaurantes com piscinas, há praias, e a cidade não é muito bonita."

"Não?"

"Não como Fez, não como Tânger, não como Marrakech. Nós estivemos em Marrakech. É uma cidade moderna onde o mais bonito são as zonas antigas, como em quase todo o lado. O souk, as duas mesquitas."

"E tem mar."

"Tem mar", tranquilizou-o Rosa. "Cabo Verde também tem mar, não esqueças."

Ele ficou a olhar o teto, algum ponto no teto. Tem mar. E, sentado na sala onde Adelino Fontoura tantas vezes ordenou, reordenou e catalogou a sua vida, imaginou como seria o mar em Casablanca – abrindo uma das caixas de fotografias para conferir que se tratava mesmo de Casablanca.

Daí a pouco, ao sair, Jaime Ramos estava apreensivo. Não só tinha de encontrar Isaltino de Jesus para lhe contar o que devia contar-lhe, como tinha de proteger Adelino Fontoura da terceira morte que o esperava, se era verdade que ele tinha escapado da morte em Luanda – soubera-o agora na casa que fora um refúgio daquele fantasma que atravessara parte da sua vida.

Jaime Ramos não gostava daquela história porque não gostava de se sentir observado – e sabia que faria tudo para retirar essa imagem do espelho. Durante dois dias perseguiu-se a si próprio, lendo tudo o que o ajudasse (relatórios, peças de arquivo, dois livros sobre os anos de 1975 e 1976, além de uma pasta que roubara da própria casa de Adelino Fontoura, e onde ele juntara uma espécie de recordações de viagem) a estabelecer um retrato do homem que, um dia, na Guiné, jurara ser a sua sombra. Mas ele sabia, também, que esse era outro homem que só ele recordava. Júlio Freixo insistiu que ele morrera na Guiné, como ele próprio confirmara. Antigos camaradas de armas tinham ouvido falar de Adelino Fontoura como o cadáver que atravessara a neblina de calor da Estrada da Morte e enfrentara a morte sem lhe resistir. Uma morte que convinha a toda agente.

O telefone tocou, finalmente, ao fim da tarde do primeiro dia:

"Encontraste o teu homem?"

"Hoje não é de madrugada."

"Variamos muito. Somos gente sem sono, não fazemos sestas."

"Estão interessados nele? É estranho ser eu a receber um telefonema."

Silêncio do outro lado. Uma hesitação.

"Sou eu que telefono. Só para saber."

Mas Jaime Ramos sabia que qualquer informação sobre Adelino Fontoura seria bem-vinda. Ele desaparecera da circulação com tanta discrição como a que rodeara o seu trabalho ao longo de trinta anos – serviço em três embaixadas, viagens onde era absolutamente necessário preparar sistemas de segurança ou contatos com outros homens sem nome, telefonemas a meio da noite, uma semana para atravessar a selva do Orinoco até encontrar dois portugueses que seriam resgatados. Espionagem de pequeno país, serviços de ocasião, habilidades recompensadas. Adelino Fontoura sabia falar quatro línguas, além das europeias – e três delas eram africanas. Atravessara o deserto do Namibe quando já ninguém esperava encontrá-lo ali. Cruzara os comboios de feridos de guerra durante os anos de fogo em Moçambique, atravessando a fronteira do Malawi ou sobrevoando a do Zimbabwe. Conhecia as fronteiras móveis entre a Argélia e Marrocos e sabia que Casablanca estava apenas a uma hora de Lisboa.

"Eu mantenho-te informado."

"Claro."

"Só mais uma coisa. Qual foi o último trabalho que ele fez?"

"Ele não fez nenhum último trabalho. Não com esse nome. Foi desativado há uns anos. Agora preocupamo-nos com o terrorismo e a invasão islâmica. Ele é de outro tempo. Do teu tempo."

"Quantas pessoas havia como ele, a trabalhar convosco?"

"Poucas. Seis, sete. Os sobreviventes da guerra no mato. Ou iam para a Legião Estrangeira ou assentavam e aprendiam a ler e escrever. Ele já sabia ler e escrever e não era um direitista perigoso."

"Foi comunista."

"Tu também."

"E tu?"

"Não me lembro. Mas não era o tipo de gente que pensava ter o destino da pátria sobre os ombros. A maior parte deles tinha sido escondida nos dois anos da revolução, aqui e ali, porque as embaixadas preferiam a gente dos partidos, não os profissionais. Foi nessa altura que entrou a rapaziada maoísta. O resto eram herdeiros dos serviços militares, nada que ver com a PIDE. Ele era o mais novo e um dos que estavam mais bem preparados. Mantém-me informado."

Espiões de pequeno porte, murmurou Jaime Ramos. Um salário modesto e um trabalho feito contra a vontade de todos. Os serviços infiltrados por toda a gente que queria infiltrar-se. Ele imaginava o ambiente, a solidariedade entre deserdados, as ordens e contraordens, a pausa nos trabalhos – o próprio Adelino Fontoura foi mandado para casa em 1975, dois meses ou três de licença. Os meses fatais, quando conheceu Isabel Castro. Mas sobre esse tempo tinha poucas notícias, e não se sabia, inclusive, de quem dependia o trabalho das Informações – uma coisa que começou a resolver-se só em 1977 e, definitivamente, depois de

1980. Foram ainda vinte anos de bom funcionário, discreto e protegido por um nome de que pouca gente se lembrava. Ele imaginou-o a ver, de longe, os portugueses na pequena invasão de Conakry, usando uma máquina fotográfica que depois seria destruída. Espiões de pequeno porte. País de pequenos espiões. Portugueses da Legião Estrangeira de férias nas Comores, deitados ao sol em Zanzibar, empurrados para África de novo, apoiando políticos em viagem, salvando espólios de embaixadas e escondendo cônsules desordeiros, limpando biografias – e, no caso de Adelino Fontoura, tratando da sua própria biografia, procurando um pai que nunca teve. Portugueses que esperavam uma palavra.

O HOMEM VESTIA TERNO COMPLETO, ele vira aquela fotografia. Um homem velho, de terno completo, escuro, com riscas horizontais, camisa branca sob um colete, um chapéu em cima de uma das cadeiras. Ele encontrara o pai em Buenos Aires, e essa fora a principal investigação que fizera ao longo da vida, recolhendo fragmentos de uma existência que podia ser apaixonante, se não estivesse marcada pela culpa e pelo remorso. Adelino Fontoura sobrevivera a tudo porque não tinha história, nem família, nem registros nos papéis da República. Apenas memória. Mas era uma memória tão desajeitada e incorreta que nunca seria registrada para não envergonhar os espiões de maior porte, a pequena pátria igualmente desajeitada e sem coragem para revelar os seus deslizes.

Jaime Ramos conhecia a sensação, também, se bem que não tivesse a imaginação prodigiosa daqueles que temem o mar e, por extensão, daqueles que não temem a morte. Agora, que os dados estavam lançados, ele sabia que Adelino Fontoura estava marcado como uma inutilidade de que era fácil alguém desvencilhar-se. Se ele protegera Mariana até este ponto, iria também protegê-la daqui em diante. Jaime Ramos reconhecera os papéis do Instituto de Oncologia do Porto, pousados sobre a mesa da casa de Adelino Fontoura – e sabia que um homem que dá, pelo menos, duas vezes a volta ao mundo, está pronto para oferecer-se em sacrifício por razões que ninguém mais entende.

48

E IMAGINAVA, SIM, IMAGINAVA COMO AS COISAS SE TERIAM PASSADO – o que, sendo útil, era uma espécie de maldição. A mesma que Isaltino detectara a meio do relato que lhes fizera, a ele e a José Corsário.

"E como é que ele a descobre?"

"Fácil, Corsário. A partir dos anos oitenta há comunicações entre os serviços, os portugueses e os angolanos. Há contatos, sobretudo. Ele volta a Angola várias vezes e faz amizades, reconstrói a história. Ele é meticuloso, é uma das lições que aprendeu ao longo dos anos, a ser meticuloso, a juntar datas e nomes, a vasculhar nos papéis e nos registros. Nessa altura, imagina que estamos em noventa e oito, noventa e nove, Mariana tem passaporte português mas ele não sabe. Mas sabe quem eram os vizinhos que tinham recolhido a filha de Isabel Castro e de Juvenal Serra. Um dia vê-a finalmente. Naquele lugar ele tem acesso a muitas informações, faz contas, reconstrói o que lhe parece a razão de ser da sua vida, tirando que não é a primeira vez que o faz. Anos antes ele partiu para a América do Sul à procura do próprio pai que ele não conhecera e que não sabia se tinha realmente existido. Encontra-o em Buenos Aires, é um velho português que tinha sido rico e aventureiro e que o mandara para Portugal em pequeno, entregue a uma família que há-de criá-lo e obedecer a ordens que vêm da Argentina. Até a própria filha foi alguém que não existia. Ela nunca soube que ele era o seu pai. Ele disse-lhe: 'Conheci a tua mãe.' Não lhe disse o resto."

"Que resto?"

"Que ele era o pai, Isaltino. Mariana nasceu em fevereiro de setenta e seis. Eles conheceram-se em junho de setenta e cinco. São nove meses, faz as contas. Não tenho provas, tenho apenas a impressão de que foi assim que as coisas se passaram. Este homem levava a morte atrás dele."

"Como sabe?"

"Porque imagino que deve ter sido assim. Em certas alturas, só podemos imaginar, é o que nos resta. Esta é uma história de portugueses que nunca completaram a sua vida, que deixaram episódios por contar e que são portugueses de um império desaparecido. Nós somos os que vêm a seguir, para contar a história completa, mesmo que não seja a verdadeira. Só heróis destes podem transformar-se em assassinos por motivos improváveis. Um amor desfeito, um amor incompleto e a coisa mais perigosa de todas. Não ter medo de morrer. Mas ter medo de dizer que é pai de Mariana, porque isso iria reconstruir de novo a sua história, e a de Mariana também. E a de Isabel. Até que, um dia, ele a vê com Mendonça. Ele sabe muito bem quem é Mendonça e suspeita o que vai acontecer. É aí que ele segue Mariana para todo o lado. Às vezes, encontram-se. Outras vezes, ele vê de longe."

"E como se explica o caso do Vidago?"

"Não sei. Mas há-de ser fácil, a partir de agora. Explorem hipóteses. Mariana sabe que Mendonça vai ao Vidago e vai lá. Mendonça é avisado por Seabra de que alguma coisa vai acontecer. Ou não chega a avisá-lo, o que não sabemos porque o outro é morto na semana a seguir."

"Por ela."

"A arma usada no Vidago e no Douro é uma Caracal, uma arma árabe que não se vende em Portugal. Pode ter entrado por carro, vinda de qualquer lado. Quem mata Mendonça é Adelino Fontoura. Em casa dele estavam as duas armas. A Caracal e a Beretta, seis trinta e cinco. É um expediente usado algumas vezes, está nos livros, matar com uma arma e disfarçar com outra. Para que nós procuremos dois assassinos. Mas o que me preocupa não é isso, que pode agora reconstituir-se passo a passo, uma vez que sabemos onde estão as armas. O que me preocupa é que, a partir deste momento, não há nada que prenda Adelino Fontoura à vida, a esta ou a qualquer outra. É meio-dia, o voo para Casablanca é às cinco da tarde. Mendonça era um homem bem relacionado e se há coisa que a morte dele pôs em perigo é Mariana, que está fora do nosso radar."

"Podemos tratar do mandado?"

"Podem, mas enfim."

"Enfim?"

"Enfim. O nosso homem já deixou demasiadas coisas incompletas ao longo da vida. É natural que queira ser ele a dizer como tudo acaba."

"E Casablanca? Por quê Casablanca?"

"Não sei."

49

"Pode ser uma vingança, um ajuste de contas. O mercado das drogas anda muito moderno, aprendem estas coisas pela televisão", disse o homem fardado, olhando para a duna quase desfeita onde encontraram o corpo. Jaime Ramos estava atrás dele:

"É um tipo morto. O meu pai cavava as vinhas do Douro, eu cavo nas praias do Minho para encontrar mortos."

A praia era um reduto do velho romantismo minhoto, estendida diante do forte da Ínsua e das colinas negras de Santa Tecla, do outro lado da foz do rio, limitada pelos rochedos e, atrás, pela antiga aldeia e pelas casas escondidas no meio dos pinhais. Se bem se lembrava, Moledo crescera na direção das montanhas, ocupadas aqui e ali por palacetes sem ar de palacetes – e atravessada por estradas que se substituíam umas às outras, uma espécie de rota para os novos peregrinos que inundavam o Minho em agosto, de Cerveira a Viana. Ele apenas gostava do lugar, mas Rosa preferia-o a todos, evocando a passagem de escritores sorumbáticos – e sonhava com uma casa na margem do rio Âncora, mais para o interior, entre os pinhais, onde pudesse depositar uma ou duas centenas de livros para os verões da idade madura e observar Jaime Ramos a preparar o jantar.

"Isto deve ser bom no fim do verão ou no princípio do outono, chefe", disse Isaltino de Jesus olhando-o de baixo, ajoelhado na areia da praia.

"Deve ser, deve. E porque é que vai ser bom no outono, Isaltino?"

"Deve ser melhor, pelo menos", esclareceu ele, levantando-se e sacudindo a areia das calças. "A praia aborrece-me muito, chefe. Aquela gente toda, ali em baixo."

Jaime Ramos compreendia o aborrecimento, mas gostava de praia e, mesmo de pé e sentindo no rosto a ventania desta primeira semana de dezembro, aquele cheiro mais próximo não era agradável. Isaltino de Jesus calculou, como sempre fazia nestas ocasiões, segurando o bloco de notas com a mão direita e escrevendo com a esquerda:

"Está aqui há mais de dez horas. Digamos que há dez horas." Fez uma pausa, aguardando que o guarda fardado se afastasse.

"É ele?"

Jaime Ramos limitou-se a virar o rosto para o lado das ondas, enfrentando o mar, procurando o isqueiro para acender um charuto, enquanto Isaltino de Jesus se ajoelhou de novo junto do cadáver para – parecia – examinar as estacas e os cabos que prendiam aquele corpo à areia, como se fossem quatro âncoras que delimitassem um porto de onde ninguém regressa. Pelo menos naquele estado, com o rosto parcialmente desfeito por um disparo, completamente nu, sujo do seu próprio sangue, que também escurecera tudo à volta, em manchas irregulares que entretanto secaram.

"É ele. Não o via há mais de trinta anos." Uma andorinha do mar passara rente à duna e recuara, rápida, regressando ao pinhal. Também ela não queria rever o corpo despedaçado de Adelino Fontoura, abandonado na areia.

"Vamos lá pôr ordem nisto", disse então Jaime Ramos.

"A questão, chefe", Isaltino chamando-o do alto da duna, onde se tinha plantado como um dos faróis já descoloridos da costa do

Alto Minho, irmãos dos seus irmãos galegos, os primos da Costa da Morte, ou das Rias Baixas, "a questão é saber como é que ele veio parar aqui."

"Pelo próprio pé", admitiu ele, junto da vedação improvisada que a GNR tinha instalado, se bem que o cenário fosse suficientemente afastado da praia mais familiar de Moledo – diante dos bares, esplanadas e parques de estacionamento agora vazios e entregues à solidão do inverno que se aproximava.

"Isto lembra uma dessas coisas de agora, uma cerimônia ritual, chefe."

"Uma dessas coisas antigas, Isaltino. Cerimônias rituais são coisas antigas."

"O chefe é que sabe."

"Uma cerimônia ritual", repetiu Jaime Ramos para a duna onde Isaltino de Jesus continuava erguido como um símbolo da lei e da investigação criminal. Aproximou-se e apontou-lhe um dedo:

"Tu és polícia, Isaltino. Investiga e trabalha, tens muita coisa a fazer: onde está a roupa, onde estão os documentos, de onde ele veio, quem o trouxe, onde jantou, onde vive. E quem é ele. Esse é o teu trabalho. Eu trato de imaginar o que aconteceu. É assim que deve ser."

Um veleiro apontando ao morro de Santa Tecla. Jaime Ramos imaginava a praia durante o verão, em fins de tarde onde detectava aquele cheiro de bronzeador. Descendo da paisagem de dunas e pequenos juncos, ele ouvia – pelo ouvido bom, o outro perdera-se quase definitivamente na Guiné – o ruído do mar. Não precisava de estar sozinho, apenas de caminhar um pouco, como o médico lhe recomendara que fizesse. Adelino Fontoura estivera dezenas de anos sozinho, e não estava nas melhores condições, se bem que tivesse encontrado um final para a sua história. Ele compreendia o gesto mas não podia explicá--lo. Era um homem doente, sorriu ele. Não estava ali para fazer justiça mas para apresentar-se diante de um morto. E imaginou, facilmente, que Mariana Serra tivesse disparado o primeiro tiro – e que Adelino Fontoura, entrando em casa, a ajudasse a limpar todos os vestígios, os cabelos no chão, um cabelo no lavatório, a roupa espalhada no chão do banheiro, tudo isso depois de completar a operação iniciada por ela. Ele teria explicado, um tiro daqueles não era suficiente.

Talvez lhe tivesse explicado que era ele o seu pai, mas não valia a pena. A partir daquele momento havia uma guerra que só ele entendia e que não tinha a ver com vingança, justiça, perseguição, nada do que ambos pudessem dizer um ao outro – só ele entenderia que, como aprendera em anos e anos de trabalhos limpos e de trabalhos sujos, há um preço para a vingança e um preço para a justiça e um preço para terminar com a perseguição.

"Deixa o carro perto da embaixada de Angola", ele podia ter dito. Também lhe podia explicar que tinha de encher o tanque do carro e de pagar com o seu próprio cartão, porque nenhum assassino o faria. Ele trataria do resto. Não havia outra solução. Benigno Mendonça ficaria ali a descansar, a sua biografia estava cheia de informações excessivas sobre homens que morrem e esta era uma história de homens que ele tinha iniciado no dia em que soube como ia ser a morte de Isabel.

Morte a mais, pensou Jaime Ramos, as mãos nos bolsos, caminhando junto da linha de água, onde a areia era mais dura e se misturava com seixos que a maré arrastava. Histórias de homens. Impossíveis. Vinganças que regressam e se afastam como os seixos da praia. África, a maldição que anda no sangue. E pensou naquelas fotografias de Casablanca, as que vira em casa de Adelino Fontoura. Pensou em Mariana – que ele mal vira, e ainda bem – em Casablanca. Ela veria o mar em Casablanca.

"E Casablanca? Por quê Casablanca?", perguntara Isaltino no dia anterior.

"Não sei", mas ele sabia. Durante o exílio, Juvenal Serra passara algum tempo retirado fora de Argel. Em Casablanca. O grupo de Casablanca, como foi conhecido. Adelino Fontoura comprou por isso uma casa em Casablanca, preparando o refúgio de Mariana, e fizera-lhe chegar a chave há alguns anos, como se fosse um legado do pai. De Juvenal Serra, pensara ela. Casablanca está a menos de uma hora de Lisboa e reconstrói todas as histórias de amor e de sacrifício para um homem como Adelino Fontoura. Basta atravessar aquele pequeno mar entre dois continentes e a vida muda de repente, Portugal desaparece atrás das nuvens do outro lado do pequeno mar. E ele imagina, aí, uma mulher diante do mar, uma mulher diante do cume da terra.

Isaltino de Jesus era meticuloso e teimoso. Por isso, ao longo dos primeiros doze quilômetros na estrada que subia para as montanhas e que, depois, o levaram para o sul na autoestrada que rasgara as colinas devoradas por incêndios de anos anteriores, ele parou várias vezes para inspecionar o acostamento e vasculhar entre as giestas, as urzes e as estevas que resistiam ao frio. Desiludido, regressou ao ponto de partida e refez o caminho na direção do norte e de Espanha, lentamente, até que pediu ajuda a uma brigada de trânsito. Ao fim de uma hora, descobriu-o. Era um BMW estacionado a dois quilômetros da fronteira, nos limites de Valença, junto da beira da estrada – a brigada de trânsito levou-o lá depois de ele ter explicado que andava à procura de roupas abandonadas, de uma carteira de documentos e talvez de sinais de disparos recentes.

"Isso tudo não temos, mas há um carro parado desde ontem à entrada de Valença. Já o assinalamos."

"Não me convinha nada um morto espanhol, sargento."

"Cá estamos para servi-lo, inspetor", disse o sargento, que gostava de ironias e sorria por detrás dos óculos escuros como um surfista de inverno.

Agora, havia um carro e um morto a que era preciso atribuir uma identidade, coisa em que – ele sabia, ele sabia – Jaime Ramos não ia ajudar. Com a ajuda de José Corsário, Isaltino abriu as portas do BMW e pediu ao cabo-verdiano que investigasse e recolhesse provas.

"Que provas?", perguntou Corsário, vasculhando no bolso das calças, à procura de um par de luvas.

"Tu és investigador, Corsário. Faz o teu trabalho e deixa as opiniões para quem sabe", disse ele. Jaime Ramos teria falado exatamente assim.

https://www.facebook.com/GryphusEditora/

twitter.com/gryphuseditora

www.bloggryphus.blogspot.com

www.gryphus.com.br

Este livro foi diagramado utilizando a fonte Minion Pro
e impresso pela Gráfica Olps, em papel off-set 90 g/m²
e a capa em papel cartão supremo 250 g/m².